Conserve en couverture

1885

LA DÉCADENCE LATINE

ÉTHOPÉE

—

TROISIÈME ROMAN

L'INITIATION

SENTIMENTALE

L'ŒUVRE DE JOSÉPHIN PELADAN

La Décadence latine (ÉTHOPÉE)

I. LE VICE SUPRÊME (1884-1891). Dentu.
II. CURIEUSE (1885-1891). Dentu.
III. L'INITIATION SENTIMENTALE (1886-1891.) Dentu.
IV. A CŒUR PERDU (1887-1891). Dentu.

V. ISTAR, 2 vol. (1888-1891). Dentu.
VI. LA VICTOIRE DU MARI (1889, Dentu).
VII. CŒUR EN PEINE (1890, Dentu).

Second Septénaire.

VIII. L'ANDROGYNE (1891, Dentu).
IX. LA GYNANDRE (1891, Dentu).
X. LE PANTHÉE (pour mai 1891).
XI. TYPHONIA,

XII. LE DERNIER BOURBON.
XIII. LA LAMENTATION D'ILOV.
XIV. LA VERTU SUPRÊME.

ORAISON FUNÈBRE DU DOCTEUR ADRIEN PELADAN (Dentu).. 1 fr. 50
ORAISON FUNÈBRE DU CHEVALIER ADRIEN PELADAN (Dentu). 1 50

La Décadence esthétique. (HIÉROPHANIE).

I. L'ESTHÉTIQUE AU SALON DE 1881.
II. — — 1882.
III. — — 1883.
IV. — — 1883.
(1 vol. in-8°, 7 fr. 50, premier tome de l'art ochlocratique, avec portrait de l'auteur).
V. FÉLICIEN ROPS (brochure, Bruxelles; épuisée).
VI. L'ESTHÉTIQUE AU SALON DE 1884 (L'Artiste).
VII. LES MUSÉES DE PROVINCE.
VIII. LA SECONDE RENAISSANCE FRANÇAISE ET SON SAVONAROLE.
IX. LES MUSÉES D'EUROPE, d'après la collection Braun.

X. LE PROCÉDÉ DE MANET.
XI. GUSTAVE COURBET.
XII. L'ESTHÉTIQUE AU SALON DE 1885 (Revue du Monde latin).
XIII. L'ART MYSTIQUE ET LA CRITIQUE CONTEMPORAINE.
XIV. LE MATÉRIALISME DANS L'ART.
XV-XVI. LE SALON DE JOSEPH PELADAN, 1886-87 (brochure, Dalou, édit.)
XVII. LE SALON DE JOSEPH PELADAN 1889 (Journal le Clairon).
XVIII. LE GRAND ŒUVRE, d'après Léonard de Vinci.
XIX. LES DEUX SALONS DE 1890 avec trois mandements de la R✝C (Dentu).

(INTRODUCTION à l'histoire des peintres de toutes les écoles, depuis les origines jusqu'à la Renaissance, avec reproduction de leurs chefs-d'œuvre et pinacographie spéciale, in-4°, format du Charles Blanc) parus : L'Orcagna et l'Angelico, 5 francs. — Rembrandt 1881 (épuisé).

Théâtre.

LE PRINCE DE BYZANCE (refusé à l'Odéon le 7 mars 1890).
LE SAR MERODACK PELADAN (tragédie en quatre actes).

Amphithéâtre des sciences mortes.

I. COMMENT ON DEVIENT MAGE (éthique) in-8° (sous presse).
II. COMMENT ON DEVIENT FÉE (érotique), en préparation.
III. LA SCIENCE D'AIMER (pneumatique), en préparation.
VI. LE TEMPLE DE ROSE-CROIX (polémique), en préparation.
LE SEPTÉNAIRE FÉMININ (astrologie).

JOSÉPHIN PÉLADAN

LA DÉCADENCE LATINE
ÉTHOPÉE
III

L'INITIATION
SENTIMENTALE

Après les mœurs, les
passions, après l'instinct
ce sentiment du corps, le
sentiment, cet instinct du
cœur...

(Curieuse, pag. 324.)

PARIS
E. DENTU, ÉDITEUR
LIBRAIRE DE LA SOCIÉTÉ DES GENS DE LETTRES
3 ET 5, PLACE DE VALOIS, PALAIS-ROYAL

A STANISLAS DE GUAITA

Cher Adelphe Mercurius,

Obéissant à cette prosodie idéale qui accouple l'Idée à son héraut et fait rimer Vérité avec Catholicisme, Brute avec Égalité : J'écris Ton nom de grand initié sur ce livre qui s'intitule INITIATION.

N'y cherche pas « cette gnose sainte des Adeptes qui, témérairement traduite en la langue des multitudes, était devenue, pour leur imbécilité, l'objet du pire scandale, un « mensonge », ainsi que Tu l'as dit en ton Seuil du Mystère, *pronaos magnifique du Temple Salomonique reconstruit.*

Paracelse le Grand, pour accomplir la studieuse pérégrination de sa vie, ne dût-il pas plier l'énonciation de la science aux nécessités d'époque et de milieu ?

Accepte donc cette dédicace en simple témoignage d'une chose forte et grande : notre adelphat.

Cette voie du mystère où Tu vas, je l'augure, immortellement marcher, le Mérodack, du Vice Suprême *Te l'a montrée ; laisse-moi, cher Adelphe, me vanter, comme de la meilleure gloire, d'avoir éveillé en Toi le Mage qui sommeillait.*

DEBUT DE PAGINATION

Les Mérodack, les Nebo, les Alta, ces figures orphiques et prométhéennes, je les ai dressées en mon œuvre, fières indicatrice de la voix occulte des renoncements sociaux et des ambitions spirituelles ; je les ai dressées, augurales du jour solennel où la Rose-Croix, désouillée des salissures maçonniques, purifiée de toute hérésie et bénie par le pape, se soudera à la clef de Pierre, urbi et orbi.

Nul plus que Toi, Poète et Adepte, ne m'apparaît élu pour ce grand œuvre, et je Te salue des propres vers dont Tu m'as salué :

> Calcine ton creuset au brasier de l'amour,
> Et sache, Adepte heureux, du sein des vils gangues,
> Faire germer l'or pur, à la clarté du jour.

Salutations pantaculaires d'une amitié où la communauté des études et l'identité des aspirations illuminent de sérénité les dévouements du cœur.

JOSÉPHIN PÉLADAN.

LES PLATANES, Février 1887.

NOTULE

L'*Initiation Sentimentale* est le second poème étholo-gique d'une trilogie, commencée par *Curieuse !* et que terminera *A Cœur Perdu*.

Curieuse, prétendait peindre les mœurs décadentes sous leur aspect parisien et public.

L'*Initiation Sentimentale* étudie les passions éter-nelles dans leur modalité contemporaine.

A *Cœur Perdu*, raconte le vain effort de deux êtres d'exception, vers la passion sublimée.

Ces trois romans représentent, dans leur essence et sous les formes d'aujourd'hui, en pays latin : les mœurs, les passions, la passion.

Chacun, pris séparément, constitue une lecture logi-quement complète. Toutefois, le lecteur de *Curieuse* et du *Vice Suprême* trouvera, sinon plus d'intérêt, du moins plus de clarté à ce volume.

Le caractère de fresque, reconnue à la décadence latine par M. Barbey d'Aurevilly implique les esclava-ges de la peinture monumentale.

A l'instar du fresquiste qui, déroulant une action multiple sur un mur, divisé par des colonnes, inter-rompu par des baies, est contraint d'avancer, en telle

scène, tel individu ailleurs perdu dans la figuration ; ainsi, le romancier qui tente de dérouler, sous le
regard même de ses modèles, toute une fin de race et
de civilisation, ne peut, dans le même compartiment,
donner à tous ses personnages la valeur qu'il prendront
dans l'économie générale de l'œuvre.

Cette trilogie, que finira *A Cœur Perdu*, est offerte
aux mondaines en proximité de tentation.

L'auteur estime avoir répondu, en ces trois volumes, et selon la plus grande franchise, aux points
d'interrogation perverse que se posent les honnêtes
femmes.

Si cette lecture leur ôtait l'idée d'*aller y voir* elles-
mêmes, ce serait beaucoup pour leur repos, leur salut
et celui de l'auteur.

J. P.

LE PRINCE DE BYZANCE

Drame wagnerien en cinq actes

A été refusé, au théâtre national de l'Odéon, le 7 avril 1890,
en ces termes courtois par M. Porel :

Monsieur,

La situation de Cavalcanti, qui croit le prince Tonio un
homme et qui l'aime « mystiquement »; celle de Tonio se
disant androgyne ou ange; l'accusation de sodomie lancée par
la marquise sur vos deux héros : tout cela ferait votre drame
effroyablement dangereux à la représentation. De plus, si
étrange, si curieux qu'il soit, il est d'une longueur formidable.
Enfin, et ce qui est plus grave, je crains bien que le public ne
puisse comprendre les sentiments et le langage de vos personnages. Il y a dans votre œuvre du mysticisme, du néo-
platonisme, de la philosophie quelque peu ténébreuse, des
abstractions...; de très belles choses qui, à mon avis, effraye-
raient la grande masse des spectateurs, à qui je dois songer
malheureusement en montant une pièce qui coûterait fort
cher.

Pour ces raisons, Monsieur, j'ai le regret de ne pouvoir
accepter votre drame le *Prince de Byzance*.

POREL.

DEUXIÈME NOTE POUR L'HISTOIRE LITTÉRAIRE

REFUS DE LA COMÉDIE FRANÇAISE
LE PRINCE DE BYZANCE
Drame wagnérien en cinq actes.

A été refusé, au théâtre national de la Comédie-Française, le 27 mai 1891 en ces termes archi-courtois par M. Jules Claretie.

Cher Monsieur,

Je ne vous conseille point de présenter officiellement le *Prince de Byzance* aux lecteurs de la Comédie.

Ils vous diraient, après moi, que votre drame romanesque ne serait certainement pas reçu par le Comité.

« C'est mon *Rienzi*, m'avez vous dit quand vous me l'avez apporté, mon *Rienzi* en attendant mon *Lohengrin.* »

Eh bien, dans un drame, toute la musique du monde ne peut remplacer l'action, une action claire, précise, nettement définie.

La forme, quelque précieuse qu'elle soit (précieuse dans le bon sens) ne donne pas la vie aux êtres que le public doit et veut comprendre. Le lyrisme de vos personnages ne remplace pas l'humanité, qui, sur les planches, les misérables planches, est la grande et peut-être la seule vertu.

Je ne méconnais pas l'œuvre d'art que vous m'avez fait lire, mais je ne crois guère à la possibilité de la représentation du *Prince de Byzance* sur un autre théâtre que celui que pourrait diriger quelque roi de Bavière.

En France, l'art dramatique ne chevauche pas encore sur un cygne.

Et maintenant, allez-vous encore me trouver le mieux bienveillant des écrivains? Je crains que non. Mais je suis, de vos lecteurs, le plus attentif et le plus curieux, un des plus dévoués aussi, et je reste cordialement à vous.

JULES CLARETIE.

SCHÉMA DE CONCORDANCE

PREMIER SEPTENAIRE

I. — Le Vice suprême, diathèse morale et mentale de la décadence latine : *Mérodack,* sommet de volonté consciente, type d'entité absolue ; *Alta,* prototype du moine en contact avec le monde ; *Courtenay,* homme-destin insuffisant, envoûté par le fait accompli social ; *L. D'Este,* l'extrême fierté, le grand style dans le mal ; *Coryse,* la vraie jeune fille ; *La Nine,* androgyne, mauvais ou mieux, gynandre ; *Dominicaux,* pervers conscients, caractère d'irrémédiabilité résultant d'une théorie esthétique spécieuse pour chaque vice, qui tue la notion et partant la conversion. Chaque roman a un Mérodack, c'est-à-dire un principe orphique abstrait en face d'une énigme idéale.

II. — Curieuse, phénoménisme clinique collectif parisien. Éthique : *Nébo ;* volonté sentimentale systématique. Érotique : *Paule,* passionnée à prisme androgyne. La Grande horreur, la Bête à deux dos, dans la *Gynandre* (IX) se métamorphose en dépravation. unisexuelles. *Curieuse,* c'est le tous les jours et de tout le monde de l'instinct ; la *Gynandre,* le minuit goétique et l'exceptionnel.

III. — **L'initiation sentimentale,** les manifestations usuelles de l'amour imparfait, expressément par tableaux du non-amour, car de l'âme moderne générale, faute d'énormon sentimental chez l'individu.

IV. — **A cœur perdu :** réalisation lyrique du dualisme par l'amour ; reverbération de deux moi jusqu'à saturation éclatante en jalousie et rupture ; restauration de voluptés anciennes et perdues.

V. — **Istar.** La race et l'amour impuissants dans la vie moyenne. Massacre nécessaire de l'exception par le nombre, ligue anti-amoureuse des femmes honnêtes transpo sant la pollution en portée de haine.

VI. — Là Victoire du mari : la mort de la notion
u devoir ; le droit nerveux de la femme. Antinomie
roissante de l'œuvre et de l'amour; corrélation de l'onde
onore et de l'onde érotique ; invasion des nerfs dans
idéal.

VII. — Cœur en peine : départ d'un nouveau cycle,
Tammuz n'y est qu'une voix qui prélude aux incanta-
tions orphiques de *la Gynandre; Bêlit* passive, radiante,
y perçoit sa vocation d'amante de charité qui s'épanouira
dans la Vertu suprême. Elle y évoque une des grandes
gynandres, *Rose de Faventine* (ix). — Roman à forme
symphonique, préparant à des diathèses animiques
invraisemblables, pour les superficiels lecteurs de M. de
Voltaire.

LA DÉCADENCE LATINE

SECOND SEPTÉNAIRE

VIII. — **L'Androgyne**, monographie de la Puberté, départ pour la lumière d'un œlohite *Samas*, épèlemen de l'amour et de la volupté. Restitution d'impressions éphébiques grecques à travers la mysticité catholique. Clef de l'éducation et anathème sur l'Université de France. La quinzième année du héros moderne, c'est-à-dire du jeune homme sans destin que son idéal; monographie de toute la féminité d'aspect et de nerfs compatible avec le positif mâle.

Stelle de *Sénanques,* étude de positivité féminine : puberté de *Gynandre* normale.

IX. — **La Gynandre**, phénoménisme individuel parisien. Éthique : *Tammuz* protagoniste ionien orphique, réformateur de l'amour; victoire sur le lunaire. Érotique : usurpation sentimentale de la femme. Grandes Gynandres, Rose de Faventine, Lilith de Vouivre, Luce de Goulaine, Aschera, Aschtoret, personnages réapparaissant de l'*initiation sentimentale.* L'habitarelle, la marquise de Nolay, Lavaldue, y reparaissent aussi. La Nie en

partie des dominicaux. En ce livre se retrouve le grouillis
de soixante personnages qui fait préférer le I de l'Ethopée
aux suivants; en ce livre aussi toutes les déformations de
l'attrait nerveux, les antiphysismes et la psychopathie
sexuelle, d'où il découlera que les auteurs récents ont
tous touché à cette matière en malpropres et en niais.

X. — **Le Panthée** : l'impossibilité d'être pour l'amour
parfait, sans la propicité de l'or. Amour parfait entre
deux œlohistes, égrènement des circonstances plus fortes
que la beauté et le génie unis par le cœur. Démonstration que l'amour dans le mariage ne peut être tenté que
par les riches ou les simples,

XI. — **Typhonia**, héros : le Samas de l'*Androgyne*.
Stérilisation de l'unité lyrique par le collectif provincial.
Démonstration de la nécessité de la grande ville pour
désorienter la férocité de la bourgeoisie française : sermon
du P. Alta sur le péché de haine ou péché provincial.

Évolution nihiliste chez un adolescent après l'attentat
du conseil de revision : doit-on son sang à l'État ? Non.
La province n'existe pas pour la civilisation : le vice
lui-même ne la polit pas. Aucun génie ne résiste au
face-à-face avec la province. Envoûtement par le collectif.

XII. — **Le dernier Bourbon**. La race et l'honnêteté
décadentes plus funestes que la vulgarité et le vice. Problème de la politique. La raison monarchique et la déraison dynastique en ce cas Chambord. Personnages du
Vice suprême! le prince de Courtenay, le prince Bal-

thazar des Baux, Rudenty (Curieuse), Marestan, duc de
Nîmes, Marcoux. Peinture du dernier boulevard de lé-
gitimité, pendant l'exécution des décrets de l'infâme
Ferry ; étude des progressions animiques collectives et
de l'âme des foules. Horreur de la justice française, billevesées de la légalité. Démonstration que les catholi-
ques français sont des lâches, et que l'histoire de ce pays
est finie. Dans la chronologie de l'Ethopée, le XII est
antérieur au *Vice suprême*. On y voit les débuts de Marcoux, l'élection de Courtenay.

XIII. — La Lamentation d'Ilou : défaite des grandes
volontés de lumière : Ilou, Mérodack, Alta, Nébo, Nergal, Tammuz, Rabbi Sichem, du *Finis Latinorum :* Ora-
torio à plusieurs entendements. Jérémiades où Alta
donne la preuve théologique ; Nergal, psychique ; Tammuz, érotique ; Sichem, comparée ; Mérodack, magique ;
Ilou, extatique ; que la Latinité est finie.

XIV. — La Vertu suprême : le « quand même »
des volontés de lumière, après l'évidence de l'irrémis-
sible damnation du collectif.

Mérodack y réalise tout à fait la Rose-Croix commencée au Château de Vouivre (VII). Bêlit tient le premier
plan féminin avec la plupart des gynandres (IX) ; Tammuz, Alta, Sichem, Nébo, Paule Riazan, Samas y
rayonnent. Les originaux du salut, excentriques de la
vertu, poètes de bonté et artiste de lumière : *aristie
future !*

EN PRÉPARATION

AMPHITHÉÂTRE DES SCIENCES MORTES

Restitution de la Magie ~aldéenne, adaptée à la contemporanéité.

ÉTHIQUE

COMMENT ON DEVIENT MAGE? méthode d'orgueil, entraînemen dans les trois modes pour l'accomplissement de la person nalité : ascèse du génie et de la sagesse.

ÉROTIQUE

COMMENT ON DEVIENT FÉE? méthode d'entraînement dans les deux modes pour l'accomplissement de la Béatrice et de l'Hypathia : ascèse de sexualité transcendante, restitution de l'initiation féminine perdue.

PNEUMATIQUE

LA SCIENCE D'AIMER, normisme de l'attract : transcription de la sensation en idéalité. Art du mirage appelé « bonheur », règles du choix esthétique et hyperphysique de la constance.

ASTROLOGIE

LES SEPT TYPES PLANÉTAIRES, méthode kaldéenne pour la divination à vue, la connaissance des vocations, calcul des probabilités appliquées au devenir passionnel : prophétisme de la fatalité des mariages d'après le planétarisme kaldéen.
Cette astrologie sera publiée en albums.

    I. LES SEPT TYPES PLANÉTAIRES DE LA FEMME.

    II. LES SEPT TYPES PLANÉTAIRES DE L'HOMME, MALÉFIQUES ET BÉNÉFIQUES.

    III. LES PLANÈTES MÊLÉES.

    IV. LE SEPTÉNAIRE HISTORIQUE.

    V. LES CONTEMPORAINS DEVANT LES PLANÈTES.

Selon cette astrologie, une comédie en cinq actes, attend que les industriels de théâtre permettent à une œuvre d'art de passer.

LA DÉCADENCE LATINE

III

L'INITIATION SENTIMENTALE

PROLOGUE

Le printemps de Paris a des grâces de convalescente et des sourires d'accouchée ; à l'éréthisme hivernal, une débilitation lasse succède ; le vieux Pan victorieux règne sur la ville de l'Artifice et, dans les jardins de banlieue l'arbuste, jactant comme un soldat de conquête, le brin d'herbe entre le pavé des cours, témoignent fièrement du renouveau de la terre.

Encadré par la baie cintrée de l'atelier et semblable à une aquarelle impressionniste, le jardinet au gazon clair-semé s'avivait du poudroiement d'un soleil pâle. Près d'un pommier tout étoilé de ses fleurs blanches, la couleuvre familière promenait son méandre vibrant.

Noho, les bras croisés, le torse rejeté en arrière, un pied sur le barreau de la selle étudiait, avec tension

1

d'esprit, une statue qu'il venait d'humecter. En maillot
gris, la chemise de dentelles bouillonnant sur le haut-
de-chausses comme les canons des Éraste et des Va-
lère, il semblait, entre les murs blancs de la salle, un
quattrocentiste ; mais l'œuvre se datait de la fin d'une
civilisation et de la décadence d'une race. Les métopes
du Parthénon, non plus que les bronzes florentins
n'avaient parrainage de cette terre où l'idée, violant
la forme et faussant le pouce, avait modelé littérairement, au mépris de la plastique pure. Effort métaphysique d'un rêveur audacieux, pentaculant un concept
par un corps humain, écrivant un mythe abstrait en
ronde-bosse.

Nu et debout, un bras à demi-étendu en geste
commandeur, l'autre mollement appuyé à la hanche ;
version sculpturale du Précurseur à mi-corps du
Louvre ; cependant plus de nerfs sous moins de chair
avec exacerbation de l'ironie souriante. Ici l'expression
sphingienne ne se confinait pas au coin des yeux, au
coin des lèvres : tout le corps souriait à toutes ses join-
tures, à tous ses plis, à tous ses méplats ; une ironie
attirante déshabillait ce nu, l'aggravant de mystérieux
et mauvais trouble ; cette statue avait un indéfinissable
clair-obscur malgré son modelé précis, et dans l'admiration qu'elle enlevait on sentait du péché. Point
d'hésitation hermaphrodite aux formes mêmes, c'était
bien un mâle et, cependant, au caractère bi-sexuel de
l'émotion, on eût dit la moitié d'un corps de jeune
homme et la moitié d'un corps de fille, juxtaposés ver-
ticalement, avec un art merveilleux. Tandis que le
dextre se dressait fièrement en sécheresse Manté-
gnienne, au biceps précis, à la hanche droite, au jar-
ret dur ; le senestre, Corrégien, hanchait, mollissant

avec abandon. Cette hybridation heureuse témoignait d'une si prestigieuse habileté; si ténu, le point qui séparait l'œuvre de lumière du grotesque avortement, qu'on avait peur que la vision énervante, soudaine métamorphose ! ne se résolût en cauchemar. Dans cette idole bi-frons, androgyne hiératique qui pouvait faire jaillir le « je t'aime » aux lèvres de la vierge et à celles du guerrier, quelque chose de monstrueux sommeillait.

L'artiste, aussi immobile que son œuvre, semblait lui parler. En subissait-il la fascination ?

Son visage reflétait des pensées d'au delà, dépassant le chef-d'œuvre réalisé, en défi des Normes.

— Vous avez bien tardé à me rappeler d'exil », dit une voix que l'émotion rendait basse et Nebo, se retournant, vit devant lui la princesse Riazan, en toilette de printemps, toute blanche.

— Chère flatteuse! » s'écria le jeune homme attendri et serrant les deux mains gantées qu'elle lui tendait.

— Nebo est donc votre patrie d'élection...?

Ils se regardèrent longuement, comme au retour des séparations, de cet examen qui est une reprise de possession, où l'on compare son souvenir et le présent, heureux de se retrouver les mêmes.

Ils avaient changé, pourtant, ou mieux échangé. La jeune fille, plus alanguie, l'œil humide, le geste lent, se sentimentalisait; et le Platonicien, le teint avivé, cavalier d'allure et le sourire moins amer, rajeunissait. Magnétisme réciproque du coudoiement et de la fréquentation, ils se revoyaient : Nebo plus mâle et Paule féminisée.

Il jeta un pan de velours sur un escabeau, l'y assit, et, restant droit devant elle :

— En ces quatre mois de vacances, mon écolière,
avez-vous songé aux enseignements du périple?

Paule leva sur lui un franc regard et, posant sa
main sur le bras de l'artiste pour arrêter le mouvement d'humeur qu'elle prévoyait :

— J'ai songé au pilote. Ne froncez pas le sourcil; laissez à cette minute sa douceur, sa sincère expression
à ma pensée. Aussi bien, ce résultat vous l'attendiez
ou je ne vous comprends pas. L'étudiante s'est bien
remémoré les leçons, mais elle n'a retenu par cœur
que le maître... Oh! la pudeur n'écoute point quand
l'amour n'est pas en tiers!... Oui, le périple aboutit à
Nebo, port où, l'ancre jetée, ma pensée mélancolique-
ment bercée, quatre longs mois banals, a regretté les
nuits héroïques. Mon seul plaisir a été, m'esseulant,
de me raconter des histoires analogues à nos aven-
tures où vous interveniez à la fois compatissant et
justicier, et toujours Saint-Georges en habit noir! Je
n'aime pas votre étonnement de tout à l'heure... Sur
le fond hideux des mœurs du temps, vous vous déta-
chez unique et, aux yeux de la femme comme à ceux
de l'androgyne, vous existez seul; car vous avez la
Bonté et vous avez la Force, Doux-Puissant... Oui!
faites-moi vos yeux les plus tendres, car vous êtes
exaucé, Nebo; j'ai médité les grandes paroles dont
vous m'avez dès l'abord étourdie; elles sont restées sur
moi, elles ont fleuri en moi; votre influence me féconde, votre contact m'élève; vous êtes pour moi l'excitation vers le monde supérieur; marcher à vos côtés,
c'est grandir. Magicien, la métamorphose s'opère et
vous aurez bientôt la petite Diotime demandée...
mais... » et sa voix câlina, « il ne faut plus m'exiler
de vous si longtemps. »

Nebo sourcilla, en voyant la femme invinciblement absorbante qui jetait son emprise.

— Oh ! difficilement satisfait ! » s'exclama la princesse. « Comment admirer sans souhaiter de jouir de l'objet admirable ? Près de vous, les petitesses de la femme me quittent ; ni puérile, ni coquette, je me trouve de moitié sur le piédestal que vous a fait mon imagination, et vous m'en renversez ! »

— Non, chère âme, vous y resterez et bientôt plus affermie ; mais je vous défends contre la joie et des attendrissements trop doux. A l'étude, Paule, de nouveau ! Le point exquis où nous sommes ne durera que si je vous plonge dans l'autre Styx. Pour voguer sur des eaux meilleures, la nacelle du périple déploie ses voiles. Après vos humanités, en philosophie ! Au sortir de l'éthologie, en psychologie, mon élève ! La toile tombée sur le spectacle des instincts va se relever sur le problème des sentiments. Ici, plus de hideurs matérielles ; la nausée ne jaillira que sous l'effort de la pénétration ; le mauvais lieu, c'est le jardin d'Armide, et le roucoulement de Roméo et de Juliette orchestre la grande horreur ! »

— Ah ! Nebo, quel triste courage est le vôtre... »

— Il faut tout savoir ou tout ignorer ; vous souffririez trop d'une demi-dépravation. »

— Que peut-il exister encore d'atroce que j'ignore ? Ne m'avez-vous pas promenée dans les coulisses du crime et du vice ? »

— Il y a encore les coulisses de la passion ; il faut qu'en lisant les *Nuits*, de Musset, vous voyez entre les lignes, afin que votre sensibilité meure comme est morte votre concupiscence. »

— Je vous suivrai pour être avec vous, non plus pour le spectacle : la curieuse est lassée. »

— Ce périple-là trouble plus que vous ne supposez ; purgatoire où l'on expie devant même qu'on pèche ; en ce royaume, l'âme a plus de part et aussi l'aberration. »

— J'aurais souhaité mon éducation finie ! »

— Finie au vice et au crime ? Finie, alors que vous n'avez pas été tentée ? Sont-ce des appeaux pour une âme un peu haute que le lupanar et le couteau ? Il vous faut voir le café, tremplin du pouvoir, et le cabaret, antichambre de la gloire ; la haute vie continuée sous l'habit diplomatique ; Sa Majesté le peuple faisant ses ordures sur le trône de saint Louis ; la traite des blanches aux mains de dévotes et de contribuables décorés ; l'Érotic'-Office avoisinant le Foreign-Office ; Don Juan de Montmartre copain du préfet de police ; l'armée du crime soldée par la politique ; le haut commerce, un proxénétat de Vénus Pandemos ; Rudenty ministre, et Cora avec une couronne fermée ; Thamar jetant son éventail dans la balance où se pèsent les intérêts des peuples, et, dans une orgie de parvenus, la civilisation latine déshonorée et perdue par les prostitués qui la mènent à d'innomables horreurs. Finie ? Eh ! vous ne connaissez encore que l'humanité de la rue et de la borne ; c'est au salon que je vous montrerai l'homme passionnel et dans votre monde même. »

— La passion procède d'une idéalité incontestable, et l'opinion ne la condamne pas du même mépris que la débauche. »

— Parce qu'elle contient le feu d'enfer qui la fait expier ; parce que le passionné, qui s'endort enguirlandé d'enivrantes tubéreuses, se réveille chargé de fers ; parce que la tenaille, si subitement rouge, de la jalousie ou la glaçante indifférence sont des Euménides toujours proches.

« Un débauché rencontre une fille après boire, si la fille est saine, voilà la fornication impunie ; tandis qu'une passion s'achève en torture ; là est la raison de l'indulgence de l'opinion pour le romanesque. Figurez-vous deux chevaux emballés : le premier qui se calme est traîné par l'autre ; ils s'abattent et se blessent. Ainsi les amants s'étreignent, puis s'étouffent, et leurs baisers finissent par mordre. »

— La passion serait-elle donc folle ? »

— Exactement, mais si générale qu'on la qualifie plus poliment. Ecoutez bien, princesse : le dualisme né d'une fausse vue analogique a donné lieu à la grande erreur persane d'Arhiman ; à la fiction chrétienne de Satan, antagoniste de Jésus ; et, aussi, à la grande erreur psychologique : l'antagonisme du corps et de l'âme. L'absence de Dieu dans une âme, dans une œuvre, dans une époque : voilà le Diable, c'est-à-dire, l'absence de lumière. La poésie a brodé là-dessus une Bestiaire en arabesque et en a affublé la métaphysique. Instinctivement, le corps et l'âme voudraient rester en bonne amitié ; car leur désharmonie produit de la douleur, et toute leur inimitié c'est leur différence. Par essence, le corps est pédestre comme l'âme est ptérienne. Ainsi que le figure le taureau ailé d'Assour empêché de déployer ses ailes par ses pieds lourds, gêné dans sa marche par son constant désir d'envolée : le tiraillement qui résulte de la tendance aquiline et de la nécessité taurique, s'appelle vie humaine. Croyez-moi, l'homme n'est pas un duel, mais

bien un singulier à double polarisation; parmi les
romanciers, les uns en sont encore à la bourde du
dualisme, et les autres, comme M. Zola, simplifient la
question en supprimant un des deux termes. Or, pour
moi, phénomène psychique et phénomène physique
sont deux erreurs en anthropologie : il n'y a que des
phénomènes physico-psychiques. Malheureusement,
la psychologie n'est pas constituée en science et la
physiologie parfaitement ignorée des écrivains.
M. Zola, le romancier à prétentions scientifiques, sait-
il que l'ouvrière qui a les ovaires sains chantera en
travaillant? que le blasement vient de l'affaiblissement
testiculaire et le parlage sempiternel, de l'irritation
glandulaire. Pour le physiologiste, l'ouvrier paresseux
a les muscles du bassin trop gros, l'intrépidité est
une irritation du plexus solaire et la mollesse du caractère dépend de plus ou moins de calcaire dans les os.
Qu'est-ce que l'entêtement? L'induration des membres du cerveau. Modestie ou vanité dépendent de la
santé du coccyx, et la plèvre relâchée donne l'humilité d'un saint Labre. Quand l'orifice cardiaque est
sain, on est serviable ; le plus ou moins de prétentions
tient du fonctionnement des vaisseaux lymphatiques.
L'épaisseur du péricarde donne l'insensibilité à Gob-
sek ; on est sociable comme Gaudissart d'après l'état
des hypocondres. La fausseté d'une cousine Bette
correspond au rétrécissement de l'orifice du cœur, et le
bavardage de la nourrice, dans Roméo et Juliette, à
sa dilatation ! La libéralité est liée à l'aorte pulmo-
naire ; la politesse s'engendre de la sanité de la glotte
et du larynx. L'avarice de Grandet ne va pas sans la
dureté des sphincters. On est juste ou injuste suivant que la valvule du cœur ferme bien ou mal. La

tuméfaction de la glande thyroïde coïncide avec l'ou-
trecuidance du colonel Bridau, et la veine-porte relâchée détermine la lenteur du cousin Pons. Le courage
ou la peur siège aux intestins ; le calme et la colère,
dans la bile ; la tristesse ou la gaîté, aux reins, et
Poiret est un employé ponctuel parce que sa rate est
bonne... »

— Assez de dissection, vous n'êtes plus le Nebo que
j'aime, en ce langage de carabin transcendental. Allez-
vous me dire, si je m'entête : « Princesse, les mem-
branes de votre cerveau s'indurent », et quel amoin-
drissement de la dignité humaine en pensant que,
l'orifice du cœur rétréci, je deviens menteuse; ou qu'il
se dilate, et je bavarderai ! »

— Et comptez-vous pour rien la Volonté, la faculté
sainte, qui dompte les lois organiques et ploie le corps
à sa discrétion? Quand Mme de Sérizy tord les barreaux
de la Conciergerie, quand Sombreval s'élance hors du
séminaire de Coutances, c'est l'âme qui chevauche
l'instinct. Les forces sentimentales défient la mensu-
ration; leur thaumaturgie a lieu chaque fois qu'un
être croit ou qu'il aime immensément. »

— Expliquez-moi, Nebo, avant toute chose, le phénomène sentimental par excellence. Qu'est-ce aimer? »

— Aimer? une aliénation consentie, une désorbi-
tation voluptueuse; c'est devenir le satellite de qui
a pris sur vous ascendant astral, suivant Paracelse.
Tout homme est attiré par un nord qui est sa destinée : une femme intervient, qui le fait dévier,
comme l'aimant, l'aiguille aimantée. L'attraction
sexuelle est un phénomène magnétique, une fascination douce ou un envoûtement douloureux. Il n'y a
pas de sortes en amour, il ne saurait différer qu'en

1.

degré et en objet, et Stendhal s'est mépris en donnant pour générateur à l'amour, l'admiration. Vous avez entendu au cabaret, Ligneuil confesser à la fois son amour et son mépris pour sa maîtresse ? Les gens d'une haute culture s'avouent la laideur ou la sottise d'une femme aimée. »

— Et la fameuse cristallisation ? interrogea Paule.

— S'appelle scientifiquement : auto-magnétisation. Voilà un M. Charcot qui ne veut pas avouer que l'hypnotisme est une magnétisation dont le malade fait tous les frais fluidiques ; il place entre les deux yeux du sujet un point brillant qui détermine un strabisme convergent, irradiant du fluide qui se réfracte sur le sujet même.

« Ainsi l'amoureux, en fixant son imagination sur l'être charmeur, produit un strabisme convergent de ses pensées et hypnotise, c'est-à-dire endort, tout autre sentiment que celui de son amour naissant. »

— L'être supérieur serait donc celui qui n'a pas dévié de son Nord ?

— Prenez garde, Paule ! L'homme sans passions et l'homme devenu passif déchoient de même ; il n'y a point de gloire à être impuissant ou à se châtrer ; endiguer sa force passionnelle, la canaliser vers un but idéal ; la gouverner, enfin, en un emploi héroïque : voilà le grandiose ! »

— La supériorité supposerait donc la tentation ? »

— Vous soulevez ici le mystère de l'originel péché. Eh bien ! ouvrons la Genèse ésotériquement.

« Au milieu de l'Eden était une stèle de bois écrite, relative à la science du bien et du mal. Dieu dit à l'homme : « Alimente ton esprit de ce qui est figuré sur toutes les stèles du jardin, sauf celle du bien et du mal ; car tu mourrais à la vie Edénique. »

« Adam se tint pour averti ; mais la femme plus curieuse, à peine née, écouta le plus subtile des Séraphins lui disant : « Oui, vous serez chassés du jardin et mènerez une vie misérable si vous lisez la stèle défendue ; mais à ce prix, vous serez immortels, d'une immortalité supérieure et vous aurez la science divine. » Et la femme, ayant lu la stèle, la fit lire à Adam. Le sort en était jeté ; ils avaient préféré la douloureuse initiation à l'Eden paisible. Dieu leur donna des corps pour la vie végétative et l'existence terrestre commença. »

— Quelles variantes au catéchisme ! L'arbre du bien et du mal, une table de bois gravée ; la pomme, une formule métaphysique et le premier péché, l'acte le plus saint de l'humanité. »

— Ne croyez pas le péché originel spécial au premier couple ; nul ne peut naître sans le commettre. Dieu ne nous jette pas malgré nous dans la vie, nous y entrons de plein gré. L'instinct de l'âme encore fondue au foyer de l'Absolu, si cette expression se peut tolérer, c'est d'arriver, fût-ce à travers mille maux, à l'individualisation : or, la personnalité éternelle est un bienfait si incommensurable, que Dieu ne saurait l'accorder que sous condition de le mériter ultérieurement par la souffrance ; ainsi, la maladie et le désespoir sont les faibles et arriérés payements de cet inestimable : l'entité éternelle. »

— Cette vie maudite par la plupart des vivants, a été consentie par eux et dépasse un tel prix ; vous me confondez, Nebo ! »

— Oui, Paule, « Être », voilà la seule importance, puisque Dieu se définit l'Être ; mais l'entité ne saurait trouver le bonheur que dans la conscience et l'amour d'elle-même.

« Dieu s'aime et se manifeste à lui-même par la création, tandis que l'homme a sans cesse besoin de faire la preuve de sa personnalité par autrui ; et comment s'aimerait-il ? Sa beauté, imparfaite et brève ; sa force, à la merci d'une intempérie ; son intelligence si facilement obscurcie ne lui laissent d'aimable que le double reflet d'absolu qu'il renferme : la Conception et la Charité.

« L'homme, imitateur de Dieu, c'est-à-dire créateur, saint, élevant son cœur jusqu'à la cause ; artiste l'exprimant en une œuvre, sera toujours rare et l'ensemble humain, impuissant à prier de l'esprit et à s'affirmer dans le monde des formes, demeure exclusivement passionnel.

« Soit qu'il s'efforce, ambitieux, à gouverner ; avare, à thésauriser ; gourmand, à reporter toute sa sensibilité à l'épigastre ; cette foule qu'il entraîne, cet or qu'il entasse ; ces mangeailles, où il s'animalise, sont de détestables preuves de son entité. L'homme général ne peut demander qu'à l'amour une enivrante affirmation de lui-même, et, lorsqu'il entend une femme dire entre ses bras : « C'est le ciel » ou : « Tu es mon Dieu » ; il trompe un noble désir et satisfait inférieurement un appétit d'essence supérieure. Il n'y a qu'un seul sentiment, Paule, et générant de tous les autres : l'orgueil ; moyeu de la roue passionnelle autour duquel tous les autres rayonnent, et je définis les passions de coupables affirmations de la personnalité humaine. »

— Oh ! définir ainsi, c'est absurde. »

— Non pas, c'est voir le déterminisme à travers le phénomène et dégager, par exemple, des formes folles de l'amour l'auguste besoin d'expansion qui l'engendre. »

Paule l'interrompit :

— La passion n'est-elle pas disparue de la société actuelle ? »

— Ah ! Éros suit la mode, et, comme Almaviva n'a jamais profilé l'ombre de sa cape, relevée par une épée, dans votre rue ; comme les éperons d'argent de Silvio n'ont jamais étoilé l'herbe nocturne à votre château, parce qu'enfin la société n'est plus décorative et que vous voyez l'amour à la lumière des féeries poétiques, vous croyez l'homme changé ? Sous le plastron du mondain, sous la redingote quakrement boutonnée, la vieille boîte à musique moud les éternels vieux airs. L'Amour s'affirme à chaque faits divers par le vitriol et le couteau ; plus de roi, ni de cour de France, et cependant l'avocat, qui a éraflé la pourpre de plus près, meurt d'une femme. Les lois sont faites par la majorité ; la majorité par la Chambre ; la Chambre par les passions locales. Vous êtes dupes des romantiques ; ces artistes admirables ont rythmé la passion, paillonné le péché et pourpré le crime ; et ces portraits-là ne ressemblent pas aux originaux.

« On n'aime plus, pensez-vous ; on aime autrement, princesse ; l'amour est une fatalité, boulet au pied gauche ou au pied droit ; acoquiné par le spasme ou par le désœuvrement, l'homme, pour des raisons différentes, éternise ses mêmes errements. L'impuissance prématurée se généralise, soit ; est-ce que l'impuissance ôte le désir ; et le désir ôté, ne resterait-il pas la vanité, et enfin, à défaut, la routine sempiternelle ?

« Voyez l'histoire : la goutte d'eau qui fait verser la

coupe de l'événement est toujours sentimentale. La
prise d'Alger, un coup d'éventail ; et Rosbach réplique
à une épigramme. Ma pauvre princesse, vous ne savez
pas l'histoire ; où l'enseigne-t-on, du reste ? Quel ma-
nuel expliquera l'implacabilité de Richelieu par sa
constipation et sa gravelle ? En quel pensionnat for-
mulera-t-on le tort de Marie Leczinska vis-à-vis de
Louis XV. Napoléon, l'aventurier, épousa une aventu-
rière pour obtenir le commandement d'Égypte, et
l'épopée impériale commencée par de la prostitution,
se continue par le brigandage et un thugisme occidental. Que voit là l'élève ? des régiments qui évoluent
des bornes-frontières que déplacent des diplomates.
L'histoire est une si épouvantable école de perdition
que, d'avis unanime, on a prononcé le huis-clos. On
n'enseigne que les verdicts, c'est-à-dire les traités ;
les débats on les tait ; les dépositions des témoins on
les étouffe. Nul ne voit que la Saint-Barthélemy,
étrangère à la religion, est un mouvement démocratique contre les féodaux, et le public a été stupéfait à
l'étalage des pièces du procès révolutionnaire, cassé
par Henri Taine. A votre étonnement, chère princesse,
je vois clair que vous êtes aussi ignorante qu'un ministre de l'instruction publique et la dupe des cahiers
d'une élève de Saint-Denis : vous n'apercevez pas le
roman dans l'histoire. Cependant, Ninus est mort
pour avoir joué dans la réalité un opéra-comique, la
reine d'un jour ; Ilios, a été réduite en cendres pour
venger un cocuage ; un mari se vante de sa femme
après boire et Rome tombe en république ; un décem-
vir s'éprend d'une grisette et le décemvirat croule ;
Curius, au lieu de donner à une fille des sensations,
lui raconte ses petites affaires et Catilina échoue ;

Octave refuse le jambage à Fulvia : guerre avec Antoine ; Titus reçoit l'empire comme prix Montyon pour ses égards envers son vieux père ; Commode périt pour avoir laissé traîner un papier. Sous Constance, un impôt est supprimé parce qu'une femme avait dû se prostituer, avec l'assentiment de son mari, pour le payer ; Jove lit tout haut une lettre d'Honorius : de là le sac de Rome par Alaric. Toutes les victoires de Bélisaire sont oubliées parce que, étant cocu, il ose être mécontent, comme M. de Montespan. »

— A vous croire, la véritable histoire des peuples serait le roman de quelques individus. »

— Rien autre ; le Tonkin est le roman d'ambition de M. Ferry, et la guerre du Péloponèse n'eut pas d'autre raison que de conserver le portefeuille d'alors à Périclès. Comme ces jeunes filles qui perdent leur plus grande illusion en voyant un prêtre aller à la garde-robe, le public niais se figure les premiers rôles historiques exempts des besoins auxquels les coryphées sont soumis ! Suivant son génie, l'homme oriente sa passionnalité, il la sanctifie ou l'héroïse, mais elle demeure virtuelle sous le froc et sur le trône même.

« Le sauvage qui dispute une femelle à un rival est le même homme que le mousquetaire tirant son épée parce qu'on a offert le bras avant lui. La déchéance d'une espèce ne change pas plus ses conditions biologiques que l'avachissement de l'individu ne l'exempte des lois régissant sa série. »

— L'homme « supérieur », répondit la princesse, garde donc en lui les éléments de redevenir ordinaire. »

— La supériorité humaine n'a que deux types, Paule, l'exterminateur ou l'enchanteur ; celui qui

donne la mort, celui qui annonce la vie éternelle :
Nimroud et Orphée. L'un piétine, vole et massacre les
peuples ; il écrit son nom avec du sang, et la foule ne
l'oublie pas ; Bonaparte, le thug, n'a-t-il pas sa colonne
dans la ville qui se croit la plus civilisée.

« L'autre, hiérophante et poète, sublime recruteur de
la légion idéale, raccoleur insigne de toute spiritualité
dit à l'humanité féroce la parole d'amour, et, après
l'avoir bafoué, on le tue et on l'oublie. Le grand drame
terrestre se joue entre les descendants de Nimroud et
les fils d'Orphée ; et la masse n'oscille pas, comme le
chœur antique, entre les deux puissances ; elle aime
l'odeur du sang versé, elle aime la guerre, le lupanar
et le suffrage universel, les trois immondices humaines.

« La sueur des peuples mouillera le mortier de mes
constructions, et sa charogne fumera mes terres. »

« Voilà le *Credo* de Nimroud, d'Alaric, de Charles-
Quint, de Bonaparte, de Bismarck.

« Les descendants d'Orphée ne pensent pas qu'ayant
plus de droits, ils aient moins de devoirs ; ils attribuent
d'abord le bonheur à la canaille ; car la canaille seule
peut être heureuse ; ils se réservent la suprême aristocratie de la douleur.

« Au peuple le catéchisme ferme, précis et satisfai-
sant; à nous les vertiges sinaïtiques de l'ésotérisme ;
à nous les longues méditations de la gnose, au peuple
les carrousels et les feux d'artifice ; à nous les veillées
austères; au peuple la Bête à deux dos et ses assouvis-
sements ; à nous le rêve des amours impossibles ; à lui
la santé et tous les fruits de la terre ; à nous la fièvre
et la stèle de la science du bien et du mal. »

— Votre descendance d'Orphée vient de luire dans

vos yeux, Nebo, et quoique nulle merveille n'en témoigne, votre génie m'apparaît ; mais, si fraternel que
soit notre lien, impavide nocher, il y a dans votre éducation Kironnienne de la princesse Paule un besoin
d'expansion, le désir d'un compagnon à votre taille,
une tendresse qui donne beaucoup et veut mêmement
recevoir et l'invention d'une Eurydice. »

— Comme le grand Cytharéen, pilote d'une expé-
dition dans la Colchide des passions, j'ai fait vibrer
votre atmosphère ; et votre âme, comme l'Argo qui
restait immobile sur la plage, descendit dans les flots
de la Curiosité ; je vous ai tiré, Androgyne inconscient, de l'inaction argonautide à Lemnos ; et maintenant, ayant apaisé par cette statue la colère de Rhée
Erotide, je vais évoquer la triple Hécate pour qu'elle
nous éclaire la forêt obscure des sentiments humains ;
comme le Thrace couvrait de ses chants la voix des
sirènes, je vous empêcherai d'entendre les voix chu-
choteuses du péché : nous voici encore sur les rives
stygiennes ; pourrai-je vous ramener à la vie androgyne ; Eurydice, Eurydice, ne vous retournerez-vous
pas, avant d'avoir franchi la dernière épreuve de l'initiation ? »

Et le visage du rêveur s'attrista d'un pressenti-
ment.

— Chassez ce doute injurieux », fit vivement la
princesse, « et laissez-moi m'étonner qu'à l'instar du
Thrace, fils d'Apollon, vous n'accomplissiez pas une
œuvre de lumière. »

Les traits de Nebo se tendirent, exprimant une de
ces fiertés qu'on ne désarme pas.

— Le nom de l'Hermès kaldéen ne peut pas s'écrire
au bas d'une affiche électorale ; ce serait prostituer le

souvenir des dieux ; il y a cinq mille ans j'eusse porté
la tiare ; il y a cinq cents ans j'eusse été peintre ou
condottiere ; aujourd'hui le devoir de mes bras est
d'être croisés ; « le devoir de mes lèvres, de cracher ; le
devoir de ma charité, de maudire. Est-ce que les
valets des pharaons voudraient être les ministres de
maintenant ? Toutes les voies sont corrompues ; dans
un pays où l'on voit sur le même édifice : *Égalité* et
Défense de faire des ordures, vous voulez que j'œuvre ?
Savez-vous ce que ferait la France républicaine d'un
Orphée ? Elle l'emmènerait en Colchide, sac au dos,
comme pousse-caillou, et, après l'avoir livré aux
jurons blasphématoires d'un caporal, elle le ferait
périr dans un silos, au bon plaisir d'un adjudant.
Ayant trente-six millions d'égaux, mon devoir c'est le
mépris des lois! »

— Je commence peut être à vous comprendre, malgré votre complexité, Nebo ; vos colères révélatrices
me montrent une activité sans emploi, un héroisme en
disponibilité qui, en d'autres temps, eût mis à la conduite des peuples l'étrange puissance qui s'exerce sur
la princesse Riazan, en pis aller... »

— Apparence que cela ! Un seul pouvoir mérite la
convoitise, celui des princes de l'Église ; régner par le
Verbe, gouverner les consciences, voilà vraiment le
pouvoir désirable ; mais, j'en jure par Dieu même,
entre le plébiscite qui fait un empereur et votre présence ici, je ne saurais hésiter, et vous savez que cette
parole n'est pas d'un amant.

« L'initié ne saurait plus avoir avec l'État que des
rapports défensifs ; il faut se méfier des méchantes
bêtes démocratiques, puis extravaser sa personnalité
dans une œuvre ou dans un rêve. Il n'y a plus que trois

hommes en Occident: l'homme d'oraison, l'homme de méditation et le voyou; ôtez les moines et les artistes, il reste de la crapule seulement. Mais ces deux castes occupent de telles hauteurs que toutes les boues rejaillissantes ne les éclabousseront pas. »

Paule regarda sa montre :

— Cher maître, en me conviant aujourd'hui, vous avez oublié que c'était le jour de la duchesse Vologda, ma noble tante, et je n'ai plus que de courts instants à vous donner. A quand ma première leçon sentimentale ? »

— Samedi soir. »

— Vous jouez de malheur ; il faut que je paraisse au bal de la princesse Dinska. »

— Je joue de bonheur ; c'est au bal de la princesse Dinska que je vous donne rendez-vous. »

— Permettez-moi, Nebo, de vous avouer que je crois mieux connaître ce monde-là que vous, et je m'offre, à mon tour, à y être votre Mentoresse. »

— Vraiment? » fit Nebo, ironique, « vous connaissez les assassins, les souteneurs, les bandits et les filles qui seront samedi chez votre ami Ywanowna. »

La princesse regarda le Platonicien avec stupéfaction.

— Rêvé-je ou déraisonnez-vous ? »

— Ni l'un ni l'autre : tout le crime et tout le vice qui a demandé quatorze nuits pour être passé en revue, sera réuni en même temps dans l'hôtel de l'avenue Kléber. »

— Vous raillez d'une énervante façon ; si vous disiez vrai, j'aurais déjà vu, au moins... »

— Princesse, il y a l'œil artiste et l'œil psychologique ; on ne naît pas avec ces yeux-là, on se les fait.»

— Je voudrais être à samedi pour avoir raison d'une assertion telle. »

— Vous voilà redevenue curieuse! » fit Nebo en un sarcasme doux. »

— Philostrate raconte », reprit-il, « qu'un disciple d'Apollonius de Thyane avait convié son maitre à son mariage. La mariée était jeune et belle ; on enviait l'heureux époux. A peine le hiérophante a-t-il paru, a-t-il parlé, que la belle fiancée s'évanouit pour laisser voir la sorcière Canidie. Eh bien, votre société éblouissante d'aspect, vous apparaitra l'infâme stryge qu'elle est réellement, à ma parole ; je dissiperai les prestiges et romprai les charmes, et vous resterez confondue et plus écœurée qu'à l'Erotic-Office ou au Grand-Trimard. »

— Votre affirmation me déconcerte », murmura Paule.

Depuis son arrivée, son attention se partageait entre les discours de Nebo et la statue singulière, qu'elle considérait avec une préoccupation croissante ; elle se leva et, s'approchant de la selle :

— Comment baptisez-vous ? »

— Elle est païenne. »

Et, trempant un pinceau dans de l'or en coquille, il l'étendit au creux des lettres du socle :

EROS-ROI

Tous deux, maintenant, regardaient l'œuvre étrange et ne parlaient plus.

— Si la cuisson réussit, j'en doute, la pièce est d'une grosseur inusitée au four, je vous l'offrirai.

Oh ! généreux Nebo, quel ornement sur l'estrade du hall.

— Non », fit l'artiste, « je ne veux pas qu'elle soit en exposition, mais qu'elle anime un bosquet; sa place est dans un parc : ce sont les clauses de la donation. »

— Eh bien, à Saint-Fulcran, château que ma tante vient d'acheter, il y a une clairière disposée à souhait pour votre Éros, — mon Éros. Je pourrai, ce soir, me déshabiller à la Titus; se faire donner un chef d'œuvre voilà qui s'appelle ne pas perdre sa journée ! Allons, Nebo de Thyane, à samedi la grande métamorphose des invités de la comtesse Dinska en stryges, lamies, empuses, incubes, succubes... »

— Attendez », fit Nebo en la retenant, et, l'œil un peu fébrile, la voix émue, l'attitude exaltée :

— Vous m'avez demandé comment je baptisais cette statue. Eh bien ! soyez sa marraine, et écoutez la formule exorciste »; et, posant la main sur l'épaule de la jeune fille, les yeux fixés sur l'œuvre, il improvisa cet hymne orphique :

Eros, roi des cœurs vagissants, Saggitaire railleur
dont les flèches ignées hérissent de désirs les reins mor-
tels!

De l'Olympe descends, et viens de ta divinité animer
cette forme, pieusement pétrie, selon le rituel.

A t'évoquer, l'heure est propice : le taureau bondit au
zodiaque; Pasiphaé le suit, d'une course affolée, aux
champs crétois. Les doux mystères du printemps, dans
la forêt frissonnante, se révèlent à l'amant hardi, à la
craintive amante. Les mondes, amoureusement dans
leur ronde solaire, irradient jusqu'à nous de purs
rayons de lumière.

L'air est plein de baisers flottants, qui effleurent très
doucement les bras nus des vierges. Quel souffle chaud
fait voltiger aux lèvres la moue d'un baiser, les poils
follets aux nuques frêles?

Le désir jaillit sous les pas, et, dans les plis droits des
tuniques, des effluves montent, lubriques.

Alanguies, enlacées et le regard perdu, sous bois, elles
s'en vont interroger les fleurs; et, dans l'écorce des bou-
leaux, avec l'épingle de leurs cheveux; elles écrivent le
nom qu'elles n'osent pas prononcer. Loin du pédagogue
ennuyeux, l'adolescent rêveur s'esseule en des chemins
ombreux pour écouter la voix nouvelle qui parle en lui
et qui parle d'aimer. A travers le fourré, entend-il point

ricaner les vieux faunes? Perçoit-il pas l'éclair charnel d'une nymphe surprise et qui fuit vers les saules, un péplos mal jeté sur ses beaux membres nus?

Éros, roi des cœurs vagissants, Sagittaire railleur dont les flèches ignées hérissent de désirs les reins mortels!

De l'Olympe descends, et viens de ta divinité animer cette forme, pieusement pétrie selon le rituel.

II

Eros, roi des cœurs battants, titilleur des seins turgescents, entremetteur de la nature entière, proxénète par qui tout rut est exaucé!

Insuffle à cette argile et l'extase amollie du plaisir qui s'avance et les spasmes vibrants.

C'est toi qui règnes et resplendis quand, sous l'or d'Hélios, la strideuse cigale chante les pamoisons de la terre enflammée, quand l'argent de Phébée poudroie dans la nuit bleue; autant de cubicules, autant d'autels, Eros! autant de sacrifices en ton nom, puissant Dieu!

Comme des lutteurs acharnés, l'un à l'autre liés, les amants ne sont plus qu'un seul corps; ils balbutient des mots perdus dans les baisers; en leurs fauves ardeurs ils crient et mordent. Zeus alors peut lancer ses foudres redoutables, Poseidon soulever les vagues monstrueuses et celles-ci vomir des dragons effroyables, sans troubler seulement ces mortels enivrés. Le battement de leurs artères et la pulsation de leur cœur les fait semblables aux Dieux, extasiés et solitaires, sans pensée et sans peur.

Eros, roi des cœurs battants, titilleur des seins turges-

*cents, entremetteur de la nature entière, proxénète par
qui tout rut est exaucé !*

*Insuffle à cet argile et l'extase amolie du plaisir qui
s'avance et les spasmes vibrants.*

III

*Eros, roi des cœurs mourants, déceveur des âmes can-
dides, qui souffles l'inconstance au cœur, la lassitude au
corps !*

*Donne à cette effigie le regard éperdu d'un grand
amour trompé, artisan des déceptions amères !*

*Lamentables et obstinées, les chercheuses d'amour ne
te maudissent pas ; les seins pendants, les lèvres lasses
et le corps tout meurtri aux combats du plaisir, elles
mendient encore un même amant trompeur.*

*D'autres à l'abandon ne se résignent pas, et de la même
main qui versait la caresse, broient la ciguë ; impuissantes à garder leur amant, elles le donnent à la Mort !*

*Plus avides, les mâles fourragent les baisers sur les
lèvres qui passent, et, presque sans choisir, errent de
femme en femme, sans jamais assouvir leur turpide
désir. Là-bas, à l'écart, le rocher de Leucade atteste, ô
dieu de la vie, que tu fiances à la mort ; l'humanité te
fait, Eros, un effrayant cortège : les râles du trépas, les
râles du plaisir, affreusement se mêlent, ces cris confus
sont-ils de haine ou de bénédiction, ces passionnés, tes
serfs sont-ils sages ou fous ? Charmes-tu la vie ou bien
si tu la troubles ?*

Eros, roi des cœurs mouvants, déceveur des âmes

2

candides, qui souffles l'inconstance au cœur, la lassitude au corps !

Donne à cette effigie le regard éperdu d'un grand amour trompé, artisan des déceptions amères !

Éros, roi des formes aimées, au milieu de l'oubli d'un siècle inconscient, tu renais sous ma main et ta gloire à nouveau par mon art apparaît.

Aux Erotides, les Thespiens t'ont-ils voué plus bel icone ? Je t'ai ressuscité, Éros, pour te braver et te vaincre. Vois en moi Anteros, le hiérophante-maître.

La forme splendide où tu revis n'est que le signe de de ma volonté, sous ces traits d'argile, j'enchaîne tes prestiges et tes charmes, et la cause seconde qui fait ta force. J'ai brisé la ligne verte dès longtemps et je la brise aujourd'hui pour cette vierge : aussi t'ai je donné le double charme asmodéen. Règne sur les multitudes, Éros ; elles sont viles elles sont dignes d'un tel roi ; mais souviens-toi de docilement servir ceux qui marchent sur l'aspic et le basilic et qui foulent le lion et le dragon. »

FIN DU PROLOGUE

LE CYCLE PASSIONNEL

I

L'ÊNVERS D'UN BAL

Il y a quarante ans, Balzac prononçait par la bouche du comte de Marsay, l'oraison funèbre de la grande dame française, annonçant l'avènement de la femme comme il faut; nous en sommes aujourd'hui à la femme du monde. On va chez elle et on la reçoit : son mari n'a pas de casier judiciaire, ni sa vertu de faits divers : aucune autre spécification ; elle s'appelle indifféremment des Porcellets et a son hôtel sur la rive gauche ou Poirier et, lors, habite la rive droite : la fortune a jeté dans l'opinion même un pont entre les deux faubourgs riches, Saint-Germain et Saint-Honoré et un bon voisinage, établi depuis la chute de l'Empire, fait danser dans le même rond l'armorial déchu et le coffre plein d'hier seulement.

La femme du monde est plutôt un lieu qu'une personne. Accessoire de son salon, elle donne à dîner et à danser, et n'a que la valeur d'une station dans le chemin de la mode.

Dès la moitié du siècle, la noblesse fut placée entre un double chemin, comme Hercule : se retirer sur l'Aventin du Blason, rester les gentilshommes malgré tout, comme les Juifs restent les Juifs partout, et bénéficier du prestige de son dédain et de l'éloquence du mutisme ; énerver aussi la République par de sourdes et perpétuelles menaces de conspiration, ou bien tenir le jeu de la Démocratie et gagner ; dans l'ordre politique, le succès enlève tout. La vieille douairière a perdu toutes les parties ; celle de la blague comme de la bourse et, descendue dans la boue du suffrage universel, salie à jamais par le coudoiement basochien, elle ne se retrouve pas même noblesse comme devant ; le prestige est à terre. Ajouter conseiller municipal à : « Ne suis ne comte, ne marquis, suis le sire de Coucy », et faire succéder le titre de maire communal à : « Roi ne puis, prince ne daigne, Rohan je suis », c'est abdiquer son passé et préférer être peuple, comme dit Labruyère.

Localement, les porteurs de grands noms féodaux ont été battus par les fils de leurs anciens tenanciers et, sur le grand théâtre du vaudeville républicain, il n'y a eu ni les impertinences d'un Maury, ni les perfidies nécessaires aux minorités parlementaires. En France, on ne se soucie pas d'être quelqu'un, on veut être quelque chose, c'est-à-dire baser l'estime de soi sur l'assentiment officiel des autres ; et la Ducaille comme la crapule. Désobéissants à l'honneur du nom qui exigeait une retraite des Dix Mille de l'orgueil de race devant le flot égalitaire, les nobles pouvaient encore inspirer cette crainte, sans laquelle on se méprise entre ambitieux, en envoyant à la Chambre des énergumènes sans lettres, à la Kropotchine, donnant corps ainsi au spectre rouge, dont Prud'homme a toujours peur, malgré son Voltaire et son Jean-Jacques en biscuit! Point, ils ont niaisement mimé des : « Après vous, messieurs les Rouges », et sont tombés dans l'avocaterie ; c'est si bas que ni les individus ni les peuples ne se relèvent d'une pareille chute. La littérature elle-même n'a plus osé peindre le grand seigneur ni la grande dame, qui ont leur cénotaphe dans l'œuvre de Balzac, et le Maître, prenant la particule et s'amusant aux émaux de l'héraldique, a certainement prolongé de plusieurs lustres le prestige des classes titrées.

A une confession générale des débuts de lettres, combien n'avoueraient pas être allés aux porches de Saint-Thomas d'Aquin et de Sainte-Clotilde pour voir entrer et sortir des duchesses, comme Ruy Blas? Et ils n'ont vu que des femmes du monde. Plus tard, pénétrant dans les salons, ils ont compris que toutes les femmes élevées dans le luxe et le frottement esthétique se valaient, en dehors des castes ; quel Denoisel ou autre Parisien le plus parisianant pourrait dire d'une inconnue, à un mardi des Français ou à un vendredi d'Opéra : « Celle-là est comtesse »? La valeur du nom devient exclusivement matrimoniale et, à vacuité égale, l'enrichi qui préfère pour gendre le gentilhomme au militaire et à l'avocat, voit juste : un nom qui a du passé restera toujours un objet de luxe et un article de toilette sociale.

La civilisation latine n'aura plus d'aristocratie ; en admettant que, sur ses derniers jours, la France n'assimile plus les penseurs aux rouliers, la consécration d'une gloire véritable tarde si longtemps, qu'elle semble précéder et annoncer la mort ; quant à l'hérédité intellectuelle, nulle n'y peut croire, à moins d'ânerie.

2.

Les fils d'Hugo n'étaient qu'estimables, ses petits-fils risquent d'être quelconques.

Cependant, la vogue et l'opinion obéissent à la Norme, qui fixe et individualise les courants humains, aussi changeants et versatiles qu'ils soient : ne voit-on pas le journal perpétuellement occupé à désigner au public les meneurs éphémères du branle jouisseur. Avec le carnet mondain, les échos du baron de Vaux et autres reportages, dans plusieurs siècles, les chiffonneurs de l'érudition auront la liste des toilettes et le détail d'ameublement de toute femme qui a donné à danser en ce temps catin.

La princesse Ywanowna Dinska représente bien l'espèce ; son salon est le *Figaro* des salons, on y passe au moment du succès, véritable pont d'Avignon de la notoriété, où le forçat qui aurait eu l'honneur de quelques chroniques, serait reçu avec les égards de Balzac rencontrant Vautrin.

Tout Paris connaît l'hôtel à dôme moscovite de l'avenue Kléber. Le *Gaulois* l'a décrit en trois cents lignes de première page, sans omettre les dentelles du lit et le knout d'argent qui siège sur la table du boudoir.

De manières distinguées, la stature haute et les cheveux roux, la princesse Dinska est plutôt très élégante que jolie ; elle a commis un volume de poèmes en prose et pastiche Nergal, qu'elle a admiré une des premières. Indifférente aux coteries, intelligente sans être supérieure, elle préfère un homme d'esprit à un sot, une idée à un galon, un livre à un titre, ce qui lui donne la réputation d'être excentrique et de ne pas penser comme les autres. Ses réceptions, très courues, se citent pour une particularité : on se demande, en allant chez elle, quels seront les plats du jour.

Ils étaient officiels, le jour où Paule et Nebo devaient s'y rencontrer : les nouveaux ambassadeurs et les derniers ministres.

La jeune fille, venue presque trop tôt, dans son impatience de revoir son cher Virgile, disait à son amie, qui jetait autour d'elle le regard d'un régisseur au moment de lever le rideau :

— Que pensez-vous de M. Nebo? »

— C'est un jeune homme très comme il faut. »

Et ce fut tout. Blessée dans son admiration, Paule reprit :

— Vous en parlez comme du premier venu : c'est un esprit supérieur. »

— Je ne m'en suis jamais aperçue... Il est vrai qu'il vous a fait un très beau portrait, et on a toujours l'amour-propre de son peintre!... »

Elle s'interrompit pour répondre aux salutations des premiers arrivants.

On n'imagine pas, d'ordinaire, ce que le nimbe de gloire le plus pâle même, ajoute à l'amour; jamais un amant obscur, fût-il un hercule la nuit et M. de Montausier le jour, ne donnera les jouissances singulières que l'homme célèbre procure, a son insu peut être, à la femme qui l'aime. Exciter l'envie de ce que l'on possède est la plus intense façon d'en jouir : le prestige des actrices n'a pas d'autre cause. Quand toute une salle crépite de bravi et de désirs, celui qui reçoit d'un regard la préférence de la ballerine éprouve une sensation d'orgueil violente et très propre à l'enivrer: Quelle griserie pour une femme de se dire : « Chaque lettre qu'il m'écrit vaut plus qu'un billet de banque, vénalement; le temps qu'il me donne il le prend à sa gloire, et j'ai la réalité de cet enchanteur, dont les fictions font pâmer d'amour les femmes qui le lisent. »

En ce moment Paule eût ôté à Nebo la moitié de son génie pour rendre l'autre publique ; elle s'exalta à la pensée qu'elle pourrait le tourner vers le soin d'une réputation retentissante ; déjà, en idée, elle cherchait à quelle vitrine du boulevard exposer l'Eros, malgré le sculpteur. Puis elle se gronda, prise d'une peur absurde qu'il ne devinât tout à l'heure sa divagation ; elle se sentit en faute vis-à-vis du Platonicien et se débattit en des appréhensions bizarres pour cette velléité de despotisme. Enfin, ce remord d'âme s'immobilisa en tristesse un peu humiliée ; ce caractère si résistant sous des formes si douces, lui imposait un respect quelquefois lourd : la disproportion de leurs entités la blessait, au bout de ses comparaisons, elle se retrouvait petit fille, et cette infériorité lui empoisonnait de délicieuses impressions.

Magnifique de jeunesse dans sa robe bleu cœruléen, entièrement recouverte de toile d'argent, Paule, hardiment décolletée, montrait des épaules vraiment nues, sans même de poudre de riz, et la matité blonde de cette peau parcourue de filaments bleuâtres, était une saveur où l'œil jouissait. Cette carnation irréelle des babys des grandes familles anglaises, peinte par Reynolds et Lawrence, éblouissait. Antar, impuissant à rendre son admiration pour cette chair spirituelle dont parle Baudelaire, lui avait dit un jour : « Votre peau, c'est de la lumière à travers du lait. » A l'omoplate, au coude, aucune des aigreurs de forme, des acidités de contour de la jeune fille ; non plus au gras du bras les épaisseurs de la femme faite. Son cou expliquait la métaphore biblique qui le compare à une tour, et casquée plutôt que coiffée de ses cheveux brillants, elle était belle. Au gré des superficiels, le visage se gâtait d'expressions compliquées et sa tête visiblement pensante détonnait dans la pouponnerie voisinante. L'or vert de ses yeux inquiétait et écartait le madrigal ; depuis plusieurs mois, on se disait dans son monde que la princesse Riazan avait des regards bien profonds, des répliques singulières, des moues grosses de secrets dédains : dans la jeune mondaine, l'écolière de Nebo apparaissait quelquefois, et les souvenirs du périple éclairaient d'atroces lueurs le monde gravitant autour d'elle. Son regard, par instant, charriait de formidables spectacles ; et la cuirasse de dégoût que le Platonicien lui avait bouclée aux reins, la protégeait, quoique invisible, contre la concupiscence qui se serait avancée.

Distraite aux présentations, elle s'impatientait de l'emplissement des salons, où son attendu ne surgissait pas.

Malgré son luxe, l'hôtel Dinska ressemblait à un ministère ; tout y portait la marque d'une vie en l'air ; rien d'intime et de la personnalité n'y était imprégné ; malgré la foule et les bougies, on sentait que ce n'était pas moralement habité : la princesse Dinska n'était elle-même que sa première invitée.

Nebo parut enfin, gracieux mais replié, portant au cou la décoration qui avait si fort intrigué le prince de Trèves, à son souper de noces concubines avec Rose Combe. Le Platonicien salua la princesse Dinska, avec la phrase de tout le monde, et, sitôt, Paule prenant son bras, l'emmena à l'écart.

— Pourquoi avez-vous été banal avec Ywanowna ? »

— Par convenance, ma chère élève ; il faut parler le langage de ceux avec qui l'on parle et du lieu où l'on est. Dans un bal aussi mélangé et avec une mondaine, voulez-vous que je sois l'Orlando, au pays d'Ardenne ? Une femme qui reçoit deux cents personnes, presque toutes en vogue, a-t-elle le temps d'écouter un compliment à tournure neuve, avec les adjectifs assortis. Paule, si vous connaissiez ce que cela coûte de se montrer supérieur, même en petite matière ; voyez-vous ce vieux jeune, qui fait de son claque un ventilateur, tandis qu'il s'accoude à la cheminée ? Son malheur, ça été la Chiromancie, une victime de Desbarolles. Ce garçon-là, à trente ans, n'avait qu'un salut pour mener la vie de Paris : se richement marier. Or, il imagina, pour sortir de la pénombre où grouille la gent à la poursuite d'une dot, d'apprendre à lire les mains. Malheureusement, il devint très fort et, au lieu de lire entre les lignes, il lut les lignes mêmes. Le premier effet de ce beau savoir fut de lui fermer le cœur entr'ouvert d'une jeune fille à laquelle il déclara qu'elle donnerait beaucoup de tablature à son mari ; le second est exquis : en s'abstenant de regarder les mains des demoiselles à marier, il se crut sauf et, un deuxième mariage pointait à son horizon, quand, défié par sa belle-mère de deviner son passé, il lui dit : « Vous avez ou la charité universelle ! » Cette fable montre, comme dit Esope, qu'afficher une prétention c'est provoquer le prochain, qui est toujours méchant et toujours dangereux, et qu'il ne faut pas plus montrer son esprit dans un salon que son portefeuille sur les grandes routes.

— En vous attendant, mon ami, j'étais à des pensées inverses, je vous souhaitais glorieux, votre nom est si bien fait pour être répété ; j'aurais voulu, quand vous êtes entré, qu'un remou de curiosité et d'envie...

— Si vous étiez ma femme ou ma maîtresse, vous m'inquiéteriez beaucoup, avec ces billevesées : ma personnalité n'a pas besoin de suffrage ; être grand pour moi et les miens, j'entends des êtres chers et grands eux-mêmes, miroirs qui me flattent sans me mentir, voilà qui suffit. Eh ! inconsidérée que vous êtes, si Nebo faisait une œuvre, il ne ferait pas l'éducation de la princesse Riazan : allez dire à Nergal de développer son Androgynat, il vous répondra : « Je l'ai déjà fait et ne recommence rien, » en vous citant un de ses romans.

— Venons à notre grande leçon, » dit Paule, « et commencez par la maîtresse de céans. »

— Eh bien ! allons dans la serre. »

Ils quittèrent les salons et entrèrent dans une sorte de jardin d'hiver éclairé de lanternes chinoises. Ils s'assirent tout au fond, derrière un massif d'arbustes.

— Si vous parvenez à me noircir Ywanowna d'aucun crime, je croirai tout possible. »

— Croyez-le donc ; le livre du désir est dédié : *à elle*. Elle signifie Katerina Ridzé, sa propre sœur, qui est mariée à lord Bedforest, colonel britannique aux Indes. Vous ignorez que les deux sœurs ont grandi, jusqu'à leur majorité, au château de Zaslavl ; dans ce pays de loups, couvert de neige une moitié de l'année, sans distraction et surtout sans surveillance : leur père était un vieux général taciturne et maniaque ; elles ont lu des romans et, n'ayant pas le moindre velmoje avec qui flirter, elles ont inventé un jeu dangereux : Katerina se déguisait en homme et courtisait sa sœur. Un jour, grisées par leur comédie amoureuse, elles se sont embrassées plus longuement que de coutume. Lors, Zaslavl est devenu un Tourlaville plus criminel que le château normand, et les Ridzé dépassèrent le crime des Rovalet ; songez à cela, princesse, l'inceste antiphysique. »

— Horreur ! » s'écria Paule.

— Le bourreau n'a pas touché à ces cols délicieux, ni l'histoire à cette honte, enfouie à Zaslavl, et qu'aucun d'Aurevilly ne racontera jamais. Seulement votre cri d'horreur s'est hâté, et vous aurez à le redire à la fin de l'histoire. Le vieux Ridzé connut-il le forfait de son château ? Du moins, quand le prince Dinski, amené par le hasard d'une chasse, s'éprit d'Ywanowna, il la maria presque de force. Celle-ci, emmena sa sœur avec elle ; combien de temps Dinski fut-il sans soupçons, comment lui vinrent-ils ? Six mois à peine écoulés, il priait Katerina de les quitter, et partit avec sa femme pour ses terres de Zaslavl ; Ywanowna paraissait très résignée, mais son mari, un soir d'hiver, après avoir frappé à la porte de sa chambre, la força : le lit était vide.

« Lors, il prend son revolver et descend dans le parc ; un clair de lune éclatant lui montre des traces de pas sur la neige fraîchement tombée, il les suit l'espace de deux cents mètres jusqu'à un pavillon d'où filtrait de la lumière.

« Tendant l'oreille, il perçoit un dialogue passionné coupé de baisers et de soupirs ; furieux, il crie : « Ouvrez, madame, ou je mets le feu au pavillon. » Un silence de stupeur lui répond ; puis le remuement fiévreux et bousculant tout de l'adultère surpris ; et, lorsqu'il pèse de sa forte épaule contre la porte, la fenêtre s'ouvre, et une forme humaine, à peine vêtue d'une culotte, tombe presque à ses pieds et se dresse dans une course folle.

« Dinski s'élance à sa poursuite, une branche lui fouette le bras au passage, son revolver tombe ; derrière lui, une femme, dévêtue et troussant sa robe pour l'atteindre, lui crie : « Dinski, c'est ma sœur. » — « Je la tuerai », hurle le prince. Alors la princesse ramasse le revolver et, s'arrêtant pour mieux viser, tire : le prince tombe. Au bruit de la détonation, Katerina s'est arrêtée, et les deux sœurs, à quarante pas, se regardent avec épouvante. Entre elles, barrière formidable et qui les sépare à jamais, le cadavre de cet homme. Un grand moment, elles se considérèrent sans oser avancer l'une vers l'autre ; puis, sans un geste d'adieu, la princesse rentre au château ; et Katerina, un mois après, épousait lord Bedforest, colonel des cipayes. Elles ne se sont jamais revues. »

— Maîtresse de sa sœur et meurtrière de son mari ! Ywanowna », murmurait Paule atterrée.

Ils se taisaient, quand un bruit de voix et de pas vint à eux.

— Chut ! » souffla Nebo.

— Ici, nous sommes seuls », dit une voix de femme, et ils s'assirent, tournant le dos au bouquet de cactus et de palmiers qui cachaient les jeunes gens.

— Voyons, mon cher, expliquons-nous », commença la femme, « je sais quel homme vous êtes, et je ne crois pas à votre amour ; quel intérêt avez-vous à cela ? »

— Que vous importe ? Je vous offre cinquante mille francs. »

— Vous ne les avez pas, qui vous les donne ? Celui-là a de grandes raisons en cette affaires ; car vous recevez au moins autant que vous offrez ? Donc, cartes sur table ou point de jeu. »

3

— J'abaisse tout mon jeu, en vous disant, je séduis pour épouser la fortune. »

— A d'autres : le comte ne vous la donnerait pas, même enceinte, et vous le savez bien, il la tuerait ou la cloîtrerait, et voilà tout. Ce n'est pas un homme à qui on forcerait la main, même avec du scandale. »

— Que croyez-vous donc ? »

— Je crois, mon habile homme, que l'intéressé c'est le frère du second lit, Enguerrand ; en déshonorant Blanche, il croit que son père la déshéritera, la mettra au couvent et, dès lors, la fortune des Nogent lui échoit toute ! Hein, dites non ? J'ajouterai que vous avez carte blanche pour le budget du piège ; et je mets à cent mille francs mon concours. »

— Tope », dit l'homme, « mais vous abusez de la situation et je puis m'en souvenir.

— Mon cher, vous ne m'effrayez pas assez pour renoncer à ce doublement de prix.

— Eh bien ! quand ? comment ?

— Quand, je ne sais pas ; comment, voici : dès le premier jour, j'inviterai Blanche à une collation, à ma campagne de Créteil ; un soporifique dans son verre; je la couche sur le canapé et je me retire; à vous le reste. »

Ils se levèrent ; sur le seuil de la serre, la femme se retourna.

— N'avez-vous pas entendu un bruit derrière les palmiers. »

Mais l'homme n'en tint pas compte : c'était Paule qui avait écarté le feuillage pour voir les interlocuteurs dont les voix lui étaient inconnues.

— Mistress Connghaut ! » fit-elle, « quant à son accolyte, je ne l'ai jamais vu. Mais vous empêcherez ce crime, Nebo.

— Oui, soyez-en sûre, et comparez ce complot avec celui du grand Trimard ; l'Armée du crime n'a pas que sa cour des Miracles ; elle a aussi un corps d'élite où l'assassin est ganté et des Mistress Rakings, avec vingt mille francs de diamants sur leurs épaules nues. La morale, c'est-à-dire l'opinion sur les passions, est une raison d'Etat, tout à fait locale. Voyez le bigame condamné à Paris, honoré à Constantinople : les Anglais autorisent la recherche de la paternité à Londres et la vente des femmes à Malte ; ils fondent des sociétés de tempérance dans leur île et bombardent les côtes chinoises le jour où l'Empereur Céleste repousse leur opium. A Marseille, le même homme qui fait la traite des Nègres du Gabon, donne à lire à sa fille la *Case de l'oncle Tom*. Les Français regardent l'annexion de l'Alsace-Loraine comme un crime horrible et ils volent le Tonkin. Le prêtre français et le prêtre allemand prient le même Dieu de leur donner à chacun la victoire : et que la guerre soit juste ou injuste, sur une rive ou sur l'autre, on chante le *Te Deum*. Spectacle épouvantant que cet égoïsme des nationalités cohésionnant l'égoïsme communal, l'égoïsme de coterie et l'égoïsme industriel. La notion de la justice n'existe pas dans les actes de la civilisation ; en politique, c'est l'étranger qui.a tort, et en morale, c'est le peuple. Celui qui oserait dire un jour à la douce France qu'elle est mécréante, serait traité d'Iscariote et, chaque fois qu'un éthologue a retourné le gant parfumé des classes riches pour découvrir la même main crochue et tachée de sang qui griffe la barre des assises, on a crié à la calomnie et à l'invention infernale d'un esprit dépravé.

« Toutefois, un autre côté de la question nous solli-

cite. Baser une société sur la vertu, un saint peut y
penser, non pas un psychologue ; il faut, cependant,
que la bête à deux dos ne surgisse pas au coin des rues
à midi, ni le couteau à minuit : on n'a donc pu que dé-
tourner les mauvais instincts, les endiguer, en les
poussant vers un dépotoir ; et on a des lupanars et
des tapis francs. En montant l'échelle sociale, on se
trouve en présence de délits irrépressibles ; l'intelligence humaine a des ressources infinies pour mal faire
et, lors, la condition de l'existence sociale c'est l'hypocrisie. « Esbats-toi entre quatre murs, vole, viole, tue,
mais si tu te laisses voir, mais si tu calcules mal, mais
si tu n'enterres pas bien tes cadavres, moi, société, je
serai forcée, à mon vif regret, de sévir. » Supposez
que je puisse remettre demain à la justice les vingt
dossiers criminels qui dansent dans cet hôtel, je l'em-
barrasserais fort. La morale, c'est un corset ; à partir
d'une certaine zone sociale, tout le monde le porte ;
mais à certaines heures, tout le monde le quitte ; la
même femme qui tonnera contre l'adultère, va demain
rejoindre son amant au Grand-Hôtel ; pourvu qu'elle
ne soit pas vue sans corset, elle est considérée. Le
Pacte social n'a qu'un mot : « Ceux qui sauveront les
apparences seront saufs. » Pour parodier le fameux
commandement de Beaumarchais , la société dit :
« Sois sage si tu veux, dépravé s'il te plait, mais ne le
parais pas. » Encore se faut-il modérer dans la sagesse et ne pas dépasser un diapason donné : l'excès
de vertu est une imprudence et punie comme telle par
toute-puissante Opinion. Les légitimistes qui l'ont été
plus que le roi, les seules bêtes noires de Frosdorff,
savent ce qu'il en coûte d'être les puristes d'un parti ;
à des destinées plus épouvantables encore sont voués

les puristes de conduite. Rien ne doit dépasser. Le
gris, qui est la couleur morale du monde, a une haute
raison d'être : cet effacement produit la sécurité ;
qu'une individualité rouge ou bleue intervienne, le
gris paraît ce qu'il est, sale, étant éclairé. On n'abreuve
de tant de fiel les supériorités que parce qu'on redoute
la lumière qu'elles irradient : et si Nebo était pour
cette salonée autre chose qu'un habit noir de plus,
il ne pourrait pas vous enseigner cette science du mal,
qui vous forcera à vous vouer au bien, uniquement. »

Le prélude d'une valse hongroise se fit entendre, ils
se levèrent.

— Un bal, princesse, c'est pour la pensionnaire
la première toilette ; pour la femme de trente ans, l'a-
mant, ; pour tous, le champ de bataille où évoluent les
vanités et les désirs, où commencent et se résolvent
les passions. Le Bal n'a pas lieu en province, si ce n'est
ceux des mairies par souscriptions, des bastringues,
et l'annuel de la Préfecture, la fête des sandaraques et
des épitoges. Mais le vrai bal parisien, comme celui-
ci, c'est une espèce de prostitution. »

— Vos appellations déraisonnables exaspèrent ; je
suis allée au bal très souvent et m'y voilà : en quoi me
prostitué-je ? »

— Oh ! je sais, ma princesse, que ces mots-là font
peur et qu'à les prononcer on passe pour un vision-
naire d'ordures ! N'importe, écoutez-moi. Qu'un Noroudine, un vicomte d'Antioche, vous surprenne à
l'hôtel Vologda nu-bras et assez décolletée pour qu'on
voie par devant le commencement de vos seins, plus
bas que les omoplates par derrière, vous vous dérobe-
riez vite, en grand émoi, jetant un voile sur vous. Cependant vous montrez tout cela, sous une lumière crue

et les yeux concupiscents de cent mâles. Il y a donc deux pudeurs, une première vis-à-vis l'homme seul, l'autre pour les hommes en tas. Encore êtes-vous jeune vierge et la casuistique vous autorise à émouvoir les sens, si vous tendez à l'œuvre de chair qui est au mariage : mais supposez-vous mariée. Entre un inconnu qui vous prend la taille, vous serre contre son gilet, coule son œil dans votre gorge, emmêlant ses jambes à votre robe le plus lascivement qu'il peut, tandis que vous mettez un bras autour de son cou et une main dans la sienne. Surprise ainsi par votre mari, il ne lui reste plus qu'à tuer l'homme ou à plaider en divorce. »

Et il la mena à la porte du grand salon où les couples tournoyant évaporaient du désir parfumé.

— Voyez ces femmes pâmées sur des épaules d'inconnus, ce sont des femmes mariées et des femmes honnêtes. Il y a donc une honnêteté pour ce qui est public, une autre pour le privé et le mariage ne souffre aucun dommage des attouchements lubriques s'il y a galerie. Quiconque vous surprendrait chez vous en train de danser, serait persuadé que cet homme est votre amant ; ici, il s'appelle simplement votre valseur. Serait-ce donc que l'opinion absout une luxure qui n'aboutit pas, qui ne choisit pas ? »

Et du regard montrant les couples enlacés :

— Voyez ces regards noyés, ces crispations des mains gantées sur l'épaule du cavalier ; voyez ces jambes disparaissant dans la robe ; voyez ces têtes qui penchent et ces tailles qui ploient ; voyez ces étreintes où pointe le spasme, ces moiteurs frissonnantes du dos ; voyez ces gorges qui battent le corsage, ces lèvres séchées et ces narines palpitantes. Écoutez ces froissis d'étoffe ; dessous, la chair se froisse aussi ; écoutez ce halètement, ce n'est pas celui de la fatigue. »

Et Paule, à la parole du Platonicien, voyait le fantôme obscène de la Pollution planer sur la danse.

— Vous êtes abominable, Nebo ! »

— Dessiller les yeux volontairement sillés, appeler chacun par son nom moral et dénoncer les choses dans leur essence mauvaise ; oui, c'est une abomination ! De quel droit appeler ivrognes des buveurs, voleurs des habiles et lascifs des gens corrects ? C'est toucher avec impiété au Concordat signé entre la bienséance et le vice.

« Au début du périple à travers les mœurs, nous allâmes prendre la clé de leur explication au café. C'est au bal que les formes mêmes des passions vont nous apparaître. A vue de niais, il n'y a ici que des gens en toilette qui en regardent sauter d'autres ; à vue profonde, il y a toutes les horreurs constitutives d'une civilisation. Nous avons étudié séparément et chacun dans leur lieu, l'homme au café et au cercle, la femme au Bon-Marché et au Printemps. Ici les sexes sont en présence et en conjonction : et le cas général et qui saute aux yeux... »

— C'est l'adultère. »

— Non, l'adultère des gens riches suppose, sinon l'amour, le choix, la préférence, des préliminaires de dignité et un peu de soupirs avant les embrassements, de la quémanderie gracieuse, et quelque lenteur d'agrégation. Au bal, on accorde à un inconnu, à presque n'importe qui de présent, une possession extérieure et momentanée qui équivaut moralement à l'abandon complet, et physiquement aussi parfois.

« Et d'abord, princesse, nombre de filles se feraient

payer d'avance avant de se montrer aussi déshabillées que vous l'êtes. »

— Vous êtes un empoisonneur de la vie, Nebo; votre imagination satanique frappe la mienne et vous m'écœurez sans me convaincre. »

— Eh bien ! je vais me taire et vous prier d'écouter; si des bribes de conversation ne commentent pas éloquemment mon dire, je renonce au Virgiliat près de vous. »

A l'entrée du buffet, en une petite cohue, Paule entendit ce dialogue à mi-voix de jeunes gens.

— Tu la serrais trop ; elle en faisait des yeux blancs. »

— Mon cher, c'est elle; je parie que mon épaule garde la marque de ses doigts ; une femme qui rabroue les déclarations en Minerve, je n'aurais jamais cru ça. »

— Eh ! » dit l'autre « les surprises de la valse et du bazar. »

Nebo louvoya vers un groupe de clubmen très élégants et feignit de s'entretenir avec Paule, qui écoutait de toutes ses oreilles.

— Qui est-ce qui a dit que madame de Guébriant n'avait pas de jambes? elle a même des mollets. »

— Je te parie cent louis que je la fais », s'exclama le duc de Nîmes.

— Parbleu », fit de Quéant, « si tu la mets de moitié dans le pari. »

— Je vous recommande, messieurs », dit un autre, « le balcon de madame de Ganges, ça vaut la peine de s'y pencher. Contour et fermeté, voilà ma devise. »

Et cyniquement, en mots bas, ils se disaient leurs sensations, déshabillant les femmes, détaillant leurs

défauts ou leur beauté, expliquant leurs tempéraments.

— Oh ! Nebo », s'écria Paule, en crispant son bras
sur celui du Platonicien, « que Dieu me préserve de
m'entendre déshabiller ainsi.

— Ne parlons pas de Dieu ici ; à vous seule appartient cette préservation, et croyez bien que les neuf
chœurs s'inquiètent peu d'imposer silence à vos val-
seurs. J'admire la lâche routine chrétienne qui jette
sur Dieu la responsabilité de nos vices. « Seigneur, je
m'expose à tout, faites que je ne succombe à rien » :
voilà les patenôtres féminines, et celles du parti catholique : « O Jésus, si nous sommes dénués de tout mérite et si nous ne faisons aucun effort c'est pour votre
prestige et que votre intervention soit plus visible.
Iahvé, votre droite apparaîtra mieux en sauvant des
indignes, et nous sommes le fumier Achab, pour votre
plus grande gloire. »

La princesse Dinska vint à eux :

— Monsieur Nebo, vous êtes accapareur et ne pouvez vous séparer de votre modèle », et à Paule, « chère
vous ne dansez pas, vous ne parlez à personne et vous
compromettez. Venez faire un tour de salon avec moi :
a-t-on jamais vu de confiscation semblable. »

Et comme la princesse allait répliquer d'indépendance agacée.

— Princesse, suivez ce conseil ; je m'en veux de ne
pas vous l'avoir moi-même donné ; mais la faveur de
votre compagnie est telle que je suis excusable de l'a-
voir si longtemps conservée, au mépris de l'usage qui
est maître ici. »

Et, saluant cérémonieusement les deux femmes, il
s'écarta.

3.

— Quel est donc le charme de M. Nebo ! » demandait Ywanowna à Paule, « vous auriez une passion pour lui que vous le quitteriez avec moins de regret.

— Son charme, c'est de ne pas me faire la cour, de ne pas me serrer le bras, de ne pas se pencher sur mon épaule ; en le quittant, je suis livrée aux fadeurs, aux compliments niais ; je rentre en scène, avec lui j'étais dans la coulisse ; voilà mon regret. »

— Que vous êtes étrange depuis quelques mois ; jusqu'à la façon dont vous me répondez est bizarre. »

Mais la princesse Dinska arrêtée par un ministre, dut lui présenter Paule ; celle-ci répondit d'un mouvement si bref que ce dispensateur de bureaux de tabac et d'emplois à deux mille cinq, ne crut pas digné d'accepter le dédain de la jeune fille.

— Le pouvoir, mademoiselle la princesse, est bien peu de chose auprès de la beauté. »

— Mais l'intelligence, monsieur le ministre, prime la beauté. »

— En ce cas, je me prévaudrai auprès de vous de ma naissance, la plus obscure du monde, je suis le fils de mes œuvres, si je ne peux me vanter de mon père. »

— Vos œuvres ? » articula Paule, « si vous disiez vos blagues, ce serait plus exact. Vous avez blagué dans un café d'abord, dans un club après, à la chambre enfin. Gavarni, un historien plus sérieux que Louis Blanc, a écrit en deux mots l'histoire contemporaine : « blagueux et blagués », prétendez-vous en appeler de mon jugement. »

Un moment le ministre de l'intérieur se rebiffa ; puis voyant qu'on ne les entendait pas.

— Eh bien ! mademoiselle, vous voulez me froisser

et vous m'amusez ; une Riazan parler argot avec un clerc d'étude, fût-il devenu ministre, cela est gai.

« Entre augures, on accepte d'être scélérat, mais non pas imbécile. Vous vous moquez du ministre ; vous ne pouvez rire de l'homme. Nous croyez-vous donc assez sots, mes collègues et moi, pour nous prendre au sérieux : la République un gouvernement! allons donc, c'est la faillite d'un peuple. Nous des ministres ! à d'autres ! Des syndics oui, et si le France obtient son concordat, nous serons les plus étonnés ! »

Le marquis de Hou-Hang-Li en habit noir, clignant ses yeux pleins de malice, s'avança et dit à la princesse, en excellent français.

— Madame, vous êtes ce que l'envoyé du Céleste-Empire a trouvé de plus céleste et aimable en Occident, et ne devriez marcher que sur des jonchées de fleurs de pêchers. »

— Ce madrigal d'un *pays* de Li-Taï-Pé me plait : et une Occidentale ne peut répondre à votre selam de mots que par une fleur de son bouquet », et elle lui offrit un camélia hlanc ; l'Asiatique le porta à ses lèvres avec dévotieuse drôlerie et profitant de la retraite du ministre, s'approcha de Paule comme pour lui confier un secret. »

— Les Français des hautes classes, » dit-il « emploient des mots qui ne sont pas dans le dictionnaire du français mandarin : je n'ose pas demander l'explication aux mandarins officiels ; ils me prennent pour un sot; mais vous qui connaissez un poète chinois, expliquez-moi ceci : je demandais l'autre jour « que fait donc le chef de l'Etat, quand il ne signe pas », on m'a répondu « il fait sa pelote ». Tout à l'heure, je cherchais M. Ronçan, et un attaché d'ambassade me

répond : « Ne le dérangez pas, il pelote madame Bo-
rie ». Comment le mot « pelote » peut-il s'appliquer à
l'oisiveté d'un vieillard et à la causerie d'un homme et
d'une femme. J'ai lu dans une revue encore ceci :
« M. Renan est un peloteur d'idées ». En France, on
pelote au pouvoir, on pelote dans le monde, on pelote
même dans le silence du cabinet, je m'y perds. »

— Faire sa pelote », fit la princesse, « doit signifier
faire ses affaires personnelles, faire son magot.

— Magot rime avec Chinois en français », interrompit l'Asiatique en riant.

— Quant aux autres acceptions, j'avoue la même
ignorance que vous ; mais je vais questionner... M. de
Nimes, venez ici expliquer au marquis le mot «pelote.»

Le duc ouvrit de grands yeux, puis fit signe au
Chinois de s'éloigner de la princesse.

— Ah ! mais, je veux m'instruire aussi », fit-elle.

— Il faut expliquer devant vous ? Je suis trop mal
avec les périphrases pour m'en charger », et il s'éloi-
gna vivement.

— Il ne sera pas dit qu'un mot gardera ainsi non secret. Offrez-moi le bras, marquis, et mettons-nous à
la recherche de Nebo, celui-là nous répondra. »

Ils trouvèrent le Platonicien causant bas avec le
comte de Nogent, très pâle et le front plissé.

— Attendons », fit Paule à l'ambassadeur, « son
colloque est très important. »

Et quand Nebo les rejoignit :

— Le marquis de Hou-Hang-Li me demande ce que
signifie « peloter ».

— Eh bien, je vais le lui dire. »

Et il se pencha à l'oreille du Chinois, qui eut un
jeu de physionomie plein de salacité.

Paule se montait l'imagination sur ce mot que Nebo, l'oseur sans réticence, ne lui traduisait pas.

— A vous princesse, je vais vous le faire voir en conjugaison, et peut-être sur vous-même ; patientez. »

Selon la mode, la princesse Dinska, au milieu de son bal, produisait quelque attraction ; acteurs en vogue, musiciens célèbres ; ce soir-là, l'orchestre hongrois, avec solo de czimbalium, était annoncé.

Des domestiques, envahissant le grand salon, alignaient des fauteuils et les chaises.

— Asseyez-vous près de moi » dit la princesse.

— Non », dit Nebo, « nous nous retrouverons après ; mettez-vous près de Varnage ; il ne bat pas la mesure avec son pied et ne dodeline pas de la tête, condition de voisinage indispensable à une audition musicale. »

Deux jolies femmes, le sourire aux lèvres, mais la voix un peu fébrile :

— Tu crois que je ne t'ai pas vue ? tu t'abandonnais ; tu me trompais », et, se penchant coquettement, elle laissa tomber, avec une inflexion indéfinissable de jalousie contenue :

— Sale ! »

Ce mot glaça Paule, ainsi prononcé au milieu des minauderies les plus tendres.

La passion, ce torrent du cœur, a donc des crues si formidables qu'elles envasent toute la dignité et débordent du respect de soi et de toute contrainte ? — pensa-t-elle.

— Gaston, ne faites plus ça en dansant, je frissonne toute, je me retiens pour ne pas crier », disait une jeune fille à son cousin germain.

On prenait place, et pour l'œil de la princesse, dont Nebo avait développé la portée psychologique, les couples s'accotaient; chacun s'approchait de la personne de prédilection.

— Quelle douceur de vous tenir entre mes bras, de voir vos seins prêts de jaillir du corsage dans l'émoi de la danse ! si vous saviez ce que j'ai senti... »

— Vous êtes mieux doué que moi, » répondait la femme, « je n'ai rien senti du tout, sinon vos coups de genoux, qui me faisaient faire des faux pas; votre main d'épileptique qui pétrissait les baleines de ma tournure ; il y a des femmes qui aiment ça ; moi je ne fais qu'une chose à la fois; quand je danse, je danse, et les cavaliers qui veulent faire d'une pierre deux coups et d'une valse une... vous me comprenez, je les juge, sans appels aussi mauvais galants que piètres danseurs, cela vous soit dit, en passant, mon beau sire. »

Un ménage se querellait en souriant.

— Vous étiez indécent, sa barbe vous... »

— Sa barbe ! je n'ai pas vu sa barbe. »

— Elle vous grattait le cou ; il est encore rouge. »

Et une mère à sa fille :

— Tu as fait la grue avec ce monsieur. »

— Mais, maman, tu m'avais dit toi-même..... »

— Je te l'ai dit pour ton établissement et non pour ton plaisir ; quand tu seras mariée, bien ; mais jusquelà, rien que des danseurs conséquents, mademoiselle. »

Ces lambeaux de dialogues dépravés arrivaient de tous côtés battre au cerveau de la princesse, toute hérissée de répulsions et de malaise. Nebo lui avait ouvert les oreilles comme les yeux : en quelques heures, la redoutable perception de l'infamie mondaine s'éveillait en elle.

Le czimbalium jeta tout à coup ses vibrations mé-

talliques et les archets attaquèrent la marche fantastique, avec le staccato de l'élan d'un cavalier. Sitôt, la
chevauchée des notes déroula les mornes horizons de
la Püsta ; on eût dit les voix de passions fauves et déçues, hurlant dans la steppe.

La princessse, emportée sur la mélodie nerveuse des
Tziganes, respirait mieux à cette musique de plein air
où le vent même passe et couche les sons pressés
comme une crinière de cheval emballé, quand diverses
sensations l'arrachèrent à sa rêverie.

Des doigts dégantés lui frôlaient le dos ; un souffle
agaçait son bras ; un pied cherchait le sien ; des yeux
posés sur sa poitrine ne s'en écartaient pas. A cette
quadruple impertinence, elle se rebiffait avec la violence de sa colère et de son dégoût, quand la comtesse
de Sommières..., non loin d'elle, dit assez haut pour
être entendue de plusieurs.

— Monsieur, il y a longtemps que cela ne me fait
plus rien. »

— Mais, Madame, c'est pour mon plaisir et non pour
le vôtre. »

— Si j'avais ma bourse », répliqua la comtesse, « je
vous donnerais un louis et en descendant dans la rue,
vous trouveriez à vous satisfaire beaucoup mieux.

— Ce ne serait plus la même chose », répondit avec
tranquillité le personnage, en s'écartant.

Paule, après avoir enveloppé ses obsesseurs d'un
regard dont le couroux les étonna fort, attendit impa-
tiemment que le morceau finit. Lors, rejoignant Nebo,
resté debout à l'entrée du salon :

— Me direz-vous enfin l'explication de ce mot ? »

— Ne venez-vous pas de l'éprouver, à l'émotion que
je vous voie.

— Dites, dites toujours », fit-elle fébrilement.

— « Peloter », princesse, signifie, en argot érotique faire de menues caresses, des attouchements furtifs, parce que la partenaire ou le lieu n'en permettent pas davantage. »

— Et cela se tolère », s'écria-t-elle.

— Ecoutez une documentation à ce sujet : sous l'Empire, le gouverneur militaire d'une des plus grandes villes de France, bancroche et paillard, voulait épouser une demoiselle noble qui avait l'esprit, étant riche, de rester fille. Le père de cette intelligente personne, vieux militaire, recevait souvent le maréchal-gouverneur à dîner, et le singe amoureux se trouvait placé à côté de la jeune personne. Tout le repas durant, il pinçait les jambes de celle qu'il aimait, sous forme de ramasser sa serviette. Pour obvier à ces attouchements, la demoiselle imagina de le flanquer de deux laquais, un à droite et un à gauche, et chaque laquais, d'une douzaine de serviettes : Eh bien ! devinez, au dessert, le nombre des serviettes restées aux mains des laquais : chacun une. Le maréchal gouverneur avait fait vingt-deux tentatives de pelotage et, partant, changé vingt-deux fois de serviette. Ne vous figurez pas que l'attouchement lubrique entre inconnus soit un caractère spécifique des bals ; là, il est inévitable, voilà tout. Mais, dans toutes les foules, expositions de nouveautés aux magasins du Louvre, cohue attendant un passage officiel ou un feu d'artifice, sur la banquette du théâtre et de l'omnibus, dans les églises même, la Pollution se glisse et s'ébauche. Vous verrez d'anciens viveurs mariés, prier un ami de se mettre à côté de leur femme, à l'Hippodrome, afin qu'on ne lui « fasse pas le genou », comme ils disent. On fait le

coude, on fait l'épaule, on fait la hanche, on fait tout
ce qui est possible et même ce qui ne le semblerait
pas. La police appelle ces gens-là « des frotteurs » ; ils
n'ont pas nom dans langue mandarine, comme dirait
votre interlocuteur d'il y a un moment.

« Pourquoi la vie de Paris est-elle si agréable, de
l'avis universel ? parce que l'atmosphère même y
caresse les vices : pauvre, on s'y frotte au luxe : seul,
dès sortir, on respire cet *odor di femina* qui y flotte ;
quel promeneur peu pressé a jamais monté du boulevard de la Madeleine au Château-d'Eau, sans ramasser un joli regard, un frôlement agréable ? Au-dessus,
de ces attouchements qui vous révoltent, il y a une
vaporisation de péché, si subtil qu'on s'en défend mal,
et qu'il faut apercevoir, à l'aide d'un esprit mal fait,
selon l'expression de ceux qui n'y voient rien de mal
en dehors des gros faits. »

Le concert finissait ; cette confidence leur parvint :

— J'ai éprouvé des choses... je sens que c'est mal.
Je le dirai à mon mari, en rentrant, car je l'aime. »

— Garde-t'en, chérie ; quand tu ne l'aimeras plus,
ces choses..., tu sentiras que ce n'est plus mal. »

— Voilà », fit Nebo, « la princesse Dinska qui va
nous apercevoir et recommencer sa récitation des convenances », et il s'esquiva.

Paule restait à la même place, les oreilles rouges,
les veines gonflées, un plissement au front.

— Et il sera nommé, vous le jurez ? Eh bien ! alors,
à mardi où vous savez. »

Et Paule, subitement retournée, au lieu de madame
de Marneffe, aperçut une femme au regard navré et
un sous-secrétaire d'Etat obèse.

Incapable de répondre sans humeur aux empressés,

elle gagna un petit salon retiré et là, jetant son éventail, elle s'assit sur un divan et, croisant les bras, se
mit à réfléchir.

Elle avait traversé le monde des brutes, sans être
effleurée, et dans son monde à elle, le plus haut situé,
après celui des cours, elle n'échappait pas aux attouchements qui salissent. L'ardeur lesbienne apparue
d'abord sous le traits d'une fille de brasserie, se pour-
prait d'un meurtre conjugal, en la personne d'une
amie; dans les salons princiers, les hommes osaient
plus en mimique qu'au foyer de la danse : l'Erotic-
Office ne lui semblait plus monstrueux, après le complot de Mistress Connaught et le marché du sous-
secrétaire d'Etat. Le souteneur s'étalait sous les traits
de l'ambitieux qui lance les grâces de sa femme à la
séduction des gens en place; la *marmite* conjugale
l'épouvantait plus que celle du boulevard extérieur.
Les crimes, elle les devinait exécutés le Code à la
main et l'honnêteté générale un savant contournement
des répressions; et, par dessus tout, le cynisme masculin abusant de l'ignorance des vierges, appliquant
les secrets appris de Phryné à troubler des sens encore dormants ; le masque tombait enfin, que portait
si bien attaché la haute classe; retrouvant si près
d'elle toute la boue des rues, se sentant salir, elle
s'exaspérait à évoquer l'avenir que lui faisait sa terrible éducation.

Pendant que la jeune fille se débattait douloureusement contre cet irrésistible dégoût, clamé par Beaudelaire, le Platonicien, à moitié couché sur un divan
du fumoir, regardait sa fumée l'entourer d'un nuage.

Il y avait quelque chose d'extraordinaire à déchiffrer pour qui aurait pu rapprocher l'attitude du maître

et de l'élève, isolés chacun à une extrémité de l'hôtel ;
Nebo savait l'état d'âme de la princesse, et sa sérénité
presque cruelle révélait la volonté immobile d'un but
résolu. Ce penseur qui savait si bien se taire qu'on le
croyait à peu près nul ; cet oseur, si prudent qu'il n'é-
veillait aucune méfiance de son pouvoir, semblait arrivé à l'apogée de son individualité. Une illumination
corporelle avait eu lieu depuis son entrée à l'hôtel
Vologda ; il laissait maintenant croître ses cheveux
blonds foncés, comme symbole de sa royauté affirmée
par la marche désormais infaillible de sa réalisation
passionnelle ; le teint éclairci, l'arc des lèvres plus
vibrant, son allure même jadis amollie, annonçait plus
de force et une maîtrise de soi, traduite en gestes
précis.

La vue de son rêve se possibilisant étoilait ses
yeux.

Balthazar des Baux entra ; ils s'étaient croisés plusieurs fois pendant la soirée sans paraître se connaître.

— Tu as de la plante attractive, sur toi ? »

— Oui », dit Nebo, « mais aucun dominical n'est
tombé mortellement amoureux. »

— Moi-même ! »

— Et tu aimes Blanche de Nogent ! »

Nebo se dressa.

— Tu devrais te souvenir des serments ; on n'em-
ploiera le secret de Van Helmont qu'envers des femmes en perdition commencée ou bien envers toute
femme, pour sauver l'un de nous, dans sa liberté ou sa
vie. »

Le prince des Baux baissa la tête.

— A toi seul sont confiés les actes de courage extérieur ; je commande au laboratoire ; mais tu m'aurais sauvé la vie que je ne te donnerais pas l'élixir que tu demandes, parce que ce jour-là, le Dominicat serait rompu. Notre force c'est notre chef ; et si tu étais plus initié, l'idée ne te viendrait pas de violer impunément la volonté de Mérodack. Ignorons-nous : on vient. »

Nebo rentra dans les salons, échangeant des banalités ; il fut bientôt rejoint par la princesse, qui lui reprit le bras.

— Soûlez-moi d'horreurs, puisque telle est votre déplorable fantaisie. Est-ce qu'il n'y a point d'assassins et de voleurs ici ? »

— Il y a, d'abord, ceux qui ont tué en duel un adversaire ignorant du tir ou de l'escrime ; ensuite, les banquiers. Mais si vous voulez de la cause célèbre, inédite, cherchons. Ce personnage au profil coupant, avec le certificat de trois médecins a fait mettre sa femme à Charenton, et au bout de trois jours elle devint folle en effet ; l'épisode d'Adrienne de Cardoville plus intense. Cet avocat général, si doucereux auprès de cette blonde anglaise, a fait condamner un romancier et le romancier est mort d'une maladie contractée en prison ; ce général a mis au sylos un métaphysicien. Cet autre magistrat qui aborde la princesse Dinska a nombre de cadavres sur la conscience, il a abusé de la prison préventive : ce crâne dénudé est un doyen de faculté qui a refusé un candidat parce que sa composition était trop remarquable pour ne pas être copiée. Nous ne saurions en finir, princesse, surtout s'il faut que je vous montre le visage en vous dévoilant le scélérat. Qu'il vous suffise d'être éclairée sur les risques que court votre trop attirante personne, parmi ces pickpokets de l'érotisme. »

— Il n'y a donc pas une seule vertu ici. »

— Plusieurs, sans parler de la nôtre ! »

Pour céder la place à un groupe qui évoluait, Paule et Nebo s'effacèrent dans une embrasure de fenêtre et ne furent pas vus de Noroudine et du vicomte d'Antioche qui s'arrêtèrent devant eux.

— Rien ne vaut la peau de la Riazan », dit M. d'Antioche.

— Ah ! mon cher », s'exclama Noroudine, « ses jambes ! les jambes de Diane !

— Tu les as vues ?

— Je les ai senties.

Nebo pesa de ses deux mains sur les bras de Paule pour la contenir.

— Nebo », fit-elle, la parole sifflante, quand les jeunes gens eurent passé, « vous les châtierez. »

— Qui ne veut pas se mouiller ne va pas à l'eau, et, lorsqu'on tient au secret de sa robe, on ne laisse pas les genoux d'un danseur y fouiller. »

Deux larmes de bonté, lourdes et chaudes, jaillirent des yeux de Paule et l'une d'elles tomba sur le gant de Nebo qui, d'un mouvement grave, se baissa et la but.

— Oh ! Nebo, je ne sais pour qui je me garde ; je jure pourtant, impitoyable Maistre, d'être impolluée désormais : je ne danserai plus ! »

II

CONCUBINAT

Seule dans le cabinet du Platonicien, la princesse,
déguisée en comte Noroski, regardait fixement des
débris de cristal dans un plat d'argent et l'intonation
de Nebo lui emplissait l'oreille : « Brisez donc
cette coupe, symbole de toutes les ignorances aux-
quelles vous renoncez ». Son orgueil ne lui permettait
pas le repentir ; mais une vague terreur l'envahissait,
de tout le dévoilement que la main de son Virgile
poussait toujours plus avant. Le dénouement de cette
initiation, quel serait-il ? Après quinze nouvelles soirées, allait-il la laisser encore ? de la révolte bouil-
lonnait en elle de ne pas voir où la menait cette voie
douloureuse de la désillusion. En entendant venir
Nebo, elle se fit un visage de dissimulation : deux éperons, maintenant, l'assouplissaient au dessein inconnu ; à la curiosité entêtée d'aller au fond et au bout
s'ajoutait un sentiment indéfini, dont le symptôme était
l'impérieux besoin d'avoir présent l'être qu'elle jugeait
unique et digne d'elle.

— Vous m'avez pardonné », fit-il en lui donnant une

poignée de main masculine, « et mon absence et ma prière de vous déguiser avant ma venue pour ne pas perdre de temps ? je n'ai pu m'assurer plus tôt qu'il y avait comédie humaine là où je vous veux mener. »

Paule ne l'interrogea pas, par feinte d'incuriosité, et habilement en témoigna une autre que celle du moment.

Puisque la connaissance de la vie est l'étude de l'argot, un autre mot me revient tout à fait incompris. « Il est collé » ai-je entendu dire, et cela ne pouvait pas s'entendre d'un refusé d'examen.

— Collage, studieuse princesse, a pour synonymes, en langage théologique, concubinat et, langue Émile Augier, faux ménage; en termes communiqué de la Préfecture de police, vivre maritalement, c'est-à-dire cohabiter avec sa maîtresse. »

— Eh bien ! le fait d'avoir une maîtresse, vitupérable au sacré et au moral, une fois admis, implique presque pour moi la vie commune. »

— L'opinion n'a pas vos yeux, ici; elle est sévère pour le concubinat. Qu'il soit public, que vous ne sortez d'un lupanar que pour entrer dans un autre ; vous êtes un viveur; mais si vous vivez avec votre Chloris, vous êtes déconsidéré. »

— Absurde, vraiment! Une passion déchoit moins que de la débauche; et la constance dans la fornication me paraît moins bas qu'un papillonnage phallique. »

— La société qui se gausse de la vertu, tient fort aux mœurs, c'est-à-dire aux conventions. Tuer un homme en tête-à-tête, c'est assassiner et on risque « d'épouser la veuve », comme eût dit feu Jamais Pris; tuer un homme devant quatre témoins, cela augmente de beaucoup votre prestige. En fornication, aussi,

Bridoison juge fort bien que tout est dans la forme. Or, la société n'admet pas la forme maritale de la fornication : elle réprouve ce terme moyen entre le sacrement et le péché. En outre, collé est synonyme de momentanément fini : le concubin est un être qui a fermé sa vie au hasard et dont tout l'effort n'aboutira qu'à se soutenir à la flottaison. Puis, on sait par expérience que c'est là pis qu'un mariage : la fausseté de la situation aigrit les humeurs, l'absence de sécurité, la rupture, pendante épée de Damoclès pour l'un ou pour l'autre, aiguisent la jalousie et aigrissent le caractère: « Épouse, si tu aimes, ou quittes si tu n'aimes pas », dit le monde ; et les concubins répondent : « on ne choisit pas mêmement sa maîtresse et la mère de ses enfants. »

Balzac a peint dans la *Muse du département*, le concubinat de Lousteau, le journaliste ; mais, en cette bohème, il perd de sa conséquence. Entre Rubempré et Coralie, il est tout à fait déshonorant, parce que c'est la femme qui nourrit l'amant. Épousez des millions, vous êtes un malin ; que celle qui vous donne la nichée vous donne aussi la pâtée et c'est fait de votre réputation. »

— Voilà encore qui me passe », fit Paule, « je fermerais ma bourse à celui auquel j'ouvre ma robe et mon cœur ! Peut-on laisser sans pain celui qu'on aime ? »

— La femme peut penser comme vous ; mais ici l'homme d'honneur est de l'avis du monde ; il acceptera, dans le besoin, le prêt d'une amitié, jamais le don d'une maîtresse. La dignité humaine défend d'enfourner son pain dans un lit, fût-il le plus hautement passionné du monde. Mais neuf heures vont sonner et la voiture en bas nous attend. »

— Boulevard Bineau », dit le Platonicien au cocher,
et à Paule : « Pourquoi vous mettre en pénitence et vous
imposer ce grand effort à seule fin de me faire croire
que la même jeune fille qui a risqué sa vie et sa réputation par curiosité, ne se soucie pas de savoir où je
l'emmène, en travesti. Vous avez de l'humeur, chère
âme, et je vous mène chez des gens de méchante humeur, en un faux ménage d'une ex-pensionnaire de
Saint-Denis, avec un ingénieur, Rumond. Vous verrez
en eux le plus haut degré de correction où le concubinat puisse atteindre.

« Vous remarquerez la maladive susceptibilité naissant de la situation fausse et les soins qu'aura la
femme d'appuyer sur le contrat absent : car elle s'appelle à Neuilly, madame Rumond. Ne venez à parler ni
de d'Alembert et de Lespinasse, ni d'aucun fait rimant
avec la situation ; ce pauvre Rumond essuyerait une
tempête après votre départ. »

— Je plains cette femme, elle doit souffrir affreusement. »

— Mais elle fait souffrir aussi ; vous allez me dire le
propos mondain, « quitte ou épouse », je vous y ré-
pondrai en sortant, si vous n'avez deviné l'impossibilité des deux partis. »

Ils descendirent devant une coquette villa, et sonnèrent à la grille d'une cour assez vaste et plantée.
Une bonne en tablier blanc les introduisit dans le salon
élégamment bourgeois : au coin du feu, une femme
proche de la quarantaine, brodait, en face de l'architecte en robe de chambre et pantoufles : l'impression
conjugale était donnée, avec un art de bonhomie digne
d'une mise en scène de théâtre. Rumond présenta les

4

jeunes gens cérémonieusement, disant : ma chère femme !

Elle se récria sur le mérite de venir la nuit, visiter des sauvages comme eux, dans ce pays perdu, attribuant l'installation extra-muros à la poitrine de son mari et à son amour du foyer domestique. Encore jolie le maintien aisé, la diction facile, elle parut à Paule très appropriée à l'âge et à l'air de Rumond. Persuadée par son mari que Nebo la croyait épousée, elle crut bien faire à sermonner en partisan du mariage quand même...

— Mon mari, monsieur Nebo, m'a beaucoup parlé de vous et je vois que chez vous l'homme du monde enveloppe si bien l'artiste... »

— Trop bien, madame, et c'est un grand tant pis : je suis sociable et improductif ; mieux vaudrait que je fisse peur aux dames et que mes œuvres réjouissent les mânes des génies. L'artiste, à l'état esthétique ou de nature, est un fantasque hérisson ; ses pics sont nécessaires au maintien de sa personnalité ; qu'il les coupe, et sitôt il sent, vit et pense comme tout le monde, il n'est qu'un bâton de plus dans la flottaison de son temps. »

— Mais, monsieur », objecta la dame, « quelles mœurs, celles de vos artistes-hérissons ! Des ribauds, et la plupart acoquinés avec des drôlesses. Oh ! fi ! j'estime avant tout la tenue et la conduite. »

Rumond semblait compter les oves de la frise, les yeux au plafond. Elle l'apostropha.

— Mon cher, je sais que les hommes ne sont aimables qu'avec leur maîtresse, mais quand on a du monde... »

L'ingénieur abaissa son regard sur les chenêts :

l'oppression de la voix et le mutisme dessinaient déjà une effroyable situation.

— Comte Noroski, vous avez presque l'air d'une jeune fille. »

— Cela m'aide à séduire », fit Paule d'un air crâne.

— Comment à séduire? » fit-elle avec un jeu de Lady Tartuffe.

— Eh! » fit Paule, « si je ne faisais pas mes sottises maintenant, elles me resteraient à faire et je me hâte, avec l'aide de Nebo; pensez-vous, cher, que j'aie bientôt fini. »

— Mon Dieu! » fit Nebo, que la comédie de Paule amusait, « encore vingt-six adultères, dont moitié de dévotes et moitié de duchesses, trente et une grisettes, un enlèvement...

— Vous me scandalisez, monsieur Nebo; je comprends encore l'amour à l'âge du comte, mais l'amour pour une seule. »

— C'est la faute de toutes, madame, » fit Paule, « si je n'en ai pas encore vu une qui me parût valoir plus de huit jours.

Elle pinça les lèvres et redressa son buste, offensée qu'on parlât, en la regardant, d'amour hebdomadaire.

— Et vos travaux, ingénieur-architecte que vous êtes, je vous avais recommandé à Cora? Vous a-t-elle pas agréé? »

— Si fait, mais ma femme... »

Les yeux de madame Rumond se braquèrent en manière de pistolets...

— Je vois, et quelque chose de rare », interrompit le Platonicien, « être jalouse de son mari, madame, c'est la suprême flatterie qui soit au pouvoir d'une épouse. »

— Certainement, je suis, comme toutes les femmes qui aiment, peu partageuse, mais j'ai foi en Rumond : seulement vous avouerez que travailler pour les filles, il fallait construire une naumachie pour les ébats érotiques de cette donzelle et je n'aurais pas trouvé cet argent-là propre.

— Léonard de Vinci, qui était ingénieur, sachant tous les arts comme toutes les sciences, construisait les châteaux de plaisance des maîtresses du duc Sforza. »

— Autre temps, autres mœurs », fit-elle d'un ton tranchant.

On apporta le thé, et la conversation pénible et banale traîna encore un moment. Madame Rumond avait compris l'hostilité des visiteurs et leur laissait voir qu'elle les souhaitait partis.

— J'accompagne ces messieurs jusqu'à leur voiture, ma bonne amie », dit l'ingénieur, quand ils se levèrent. Et le perron franchi, l'imprécation éclatait aux lèvres du concubin.

— La garce! Elle m'a fait manquer cette affaire de Belfont, cinquante mille au moins, par peur que Cora ne me séduisît; et elle m'aime comme je l'aime; vous ne vous figurez pas... »

Et il allait se dégonfler, quand madame parut dans l'ombre sur le perron.

— Rentre, Rumond, tu prendras froid. »

A cette voix, l'ingénieur baissa la tête.

— Évitons une scène ; ce qu'on devient lâche dans les luttes intimes! » et prenant la main de la princesse et la serrant d'une pression où se sentait toute sa rancœur.

— Jeune homme, avant de confier jamais un secret

à une maîtresse, rappelez-vous l'enfer du boulevard Bineau. »

Et il rentra.

La porte de fer grinça en se refermant.

— Ah ! dit Paule ! Quelle horrible vie ! Ils s'abhorrent et restent ensemble, je m'y perds. »

— Cette femme déclassée par une vie très panachée, sans ressources, a double raison de faire ce jeu ; après avoir rôti les balais, elle finit dans une semblance honnête et aisée. Quant à Rumond, il est rivé par un secret, j'ignore lequel. Figurez-vous qu'elle garde quelque faux en écriture, je vous cite cela comme exemple. Puis, Rumond a des besoins d'intérieur ; un bouton qui manque, sa flanelle absente ; cet homme est malheureux, il a les besoins bourgeois du pot au feu, du gigot de ménage cuit à point, des petits plats et des chemises bien repassées ; à ces servitudes de tempérament, ajoutez le cadavre secret et voyez le comment de la rupture. »

— S'il l'épousait, ce serait au moins la paix intérieure. »

— Erreur, elle ne se tient que parce qu'elle n'a pas de droits ; le jour où le maire y passera aura un lendemain de fantaisie adultère. Puis, Rumond, au milieu de ses abdications, garde assez de sens pour ne pas donner son nom à un passé aussi chargé et, ainsi, ils se martyriseront indéfiniment, à coups d'épingle journaliers et mutuels. »

La voiture s'arrêta au coin de la rue Levis :

— Nous allons ? » demanda Paule.

— Chez Ligneuil, celui qui vous déplut le moins, à la Grande-Truanderie ; ici je n'ai pas de recommandations à vous faire que d'être garçonnier ; la dame du

4.

lieu prise plus les démences que les bienséances.

Au second étage d'une maison d'ouvriers, Ligneuil lui-même leur ouvrit. Il portait, d'assez bon air, une blouse de drap rouge et tenait une pipe neuve.

Après avoir traversé une pièce d'aspect hybride, cuisine sans feu et débarras sans meubles, ils se trouvèrent dans une chambre à l'aspect révélateur. Des indications de luxe intelligent et des puérilités sordides signalaient qu'un double courant d'art et de niaiserie se mouvait là. Sur la cheminée en bois peint, une réduction du mandara du temple de Too-dji était flanquée d'un peigne et d'une pantoufle. Un vieux bas pendait lamentablement, barrant de vulgarité une rite Astharotique de Félicien Rops', et sur les quatre murs, le même pourchas de loques et de l'objet d'art.

— Je vous ai déjà vu, il y a sept à huit mois, comte Noroski, à la Grande-Truanderie », fit Ligneuil à Paule, « je ne connaissais pas encore M. Nebo. »

Les rideaux de l'alcôve s'ouvrirent.

— Ma femme, — MM. Nebo et Noroski. »

Celle-ci tendit la main à chacun des jeunes gens. C'était une grande fille, visiblement hystérique, à l'œil halluciné, au corps ondulant et donnant l'impression d'une horizontale qui rêverait. Elle avait trop de poudre de riz et aux pieds des socques qui sonnaient l'avachissement à chaque pas qu'elle traînait.

Elle coula tout de suite un luisant regard sur le faux comte.

— Soyez les bienvenus, Messieurs, dans Elseneur », dit-elle d'une voix rauque de femme lascive.

Paule, qui ignorait les mutuelles infidélités de ce couple, laissa voir son étonnement à être si ouvertement désiré, dès l'abord.

— Lalie, tu scandalises Monsieur », fit Ligneuil avec
ironie, « et tu reluques en vain. Cette fantaisie-là, ma
fille, tu ne te la passeras pas ; ainsi prends pour devise
ce soir : décence et résignation. »

Le regard de la femme devint plus noir et son coude
creusa le coussin du sofa. L'auteur des *Métiers Étranges*, sautant de la calme horreur de sa situation à la
psychologie générale, lâcha une lourde bouffée, et se
tournant vers Nebo :

— Etre fidèle ou ne pas l'être, c'est là la question
sentimentale. Y a-t-il plus de noblesse d'âme et d'art
à imaginer en une même femme toute la féminité, ou
bien un être, épris du rare et de l'intense, doit-il par-
courir les lèvres qui passent, comme les notes du cla-
vier d'amour jusqu'à ce qu'il frappe sur son ut enchanté ? Ecartons du problème ceux qui l'ont écarté,
les absorbés et les incommodés, style Montausier. Une
femme ?... ou toutes les femmes ?... Une, c'est la mort
du désir... toutes, c'est du satyriasis... Et dire que
cette torture qu'on nomme éducation, depuis l'Epitome
et le jardin des racines grecques jusqu'au développe-
ment de sensibilité que produit l'entraînement catholique, tout cela aboutit à une Lalie !... Le dénouement
de la culture, comme disent les Allemands, c'est la
mort de tous sentiments pour l'honneur d'un seul, qui
n'est lui-même qu'une sensation. Une femme ?... ou
toutes les femmes ? ou point de femmes ? Oui, là est
l'embarras. Car, quelle vocation du rêve faudrait-il,
pour n'avoir pas le besoin impérieux d'étreindre de la
vie ? Voilà qui doit nous arrêter. En réfléchissant à la
rareté du spasme, sur ce globe, c'est-à-dire de la
minute nerveuse où l'être s'électrise et perd pied dans
le suave, on absout les calamiteuses Lalies. Qui vou-

drait, en effet, supporter la réprobation et le blâme
du monde, la débilitation de son corps, la perte de son
génie, la négation de tout avenir, les déceptions pres-
sées et successives comme les battements du pouls, la
nausée qui cotonne tout l'être et la jalousie qui le tord,
s'il pouvait en être quitte avec le simple renoncement
à l'amour? Qui voudrait obéir à un être absurde,
méchant, puéril et pleurard, si la crainte de quelque
chose de pire, ne troublait sa volonté et ne lui faisait
surmonter les maux de la passion par l'épouvante qu'il
fait dans un lit froid et dans une âme seule? Ainsi le
sentiment fait de nous tous des lâches ; ainsi les plus
virtuels s'énervent aux tordillons d'une femelle ; ainsi
l'épopée d'un esprit avorte en un collage, et toute la
volonté inutile comme une épée faussée pend ironique-
ment au flanc d'un cadavre. Doucement, maintenant !
Voici la belle Ophélia... Nymphomane, souviens-toi
de mes oraisons dans tes péchés. »

Pendant cette parodie du monologue d'Hamlet,
Eulalie avait roulé et allumé une cigarette.

— Mon cher », commença-t-elle de cette voix morte
de la femme qui va mordre avec des mots, « tu as
une manie, c'est de te déboutonner dès qu'il y a du
monde, et dire en me montrant : voilà mon cautère.
Si je suis ta partie honteuse, cache-la ; mais tu
m'étales, de façon à faire croire que si je suis le
chancre de ta vie, tu es assez dépravé pour tenir à ton
chancre. »

— L'un, l'autre, on se pèse lourd à certaines heures »,
dit Nebo, « et la femme légitime coule souvent un
homme aussi bien qu'une maîtresse. A mes yeux,
ce n'est pas telles conventions préliminaires qui font
la dignité ou l'indignité d'une liaison. »

— Eh bien ! voilà un langage qu'il me plaît d'entendre », s'écria Eulalie.

— Vous applaudissez maintenant, Madame, et tout à l'heure vous me sifflerez. Ce qui surpasse toute autre considération pour le jugement d'un cas d'union libre ou légalisée, c'est de rechercher l'abnégation qu'il y rentre. Entre le premier venu, j'entends ainsi tout être qui n'importe ni à l'art, ni à la science, et une femme, il y a une égalité relative faite de l'infériorité du mâle ; et la femme ordinaire est supérieure à l'homme ordinaire. Mais sitôt qu'il s'agit d'un être qui pense et qui œuvre, c'est à la femme de se sacrifier, sinon elle n'aime pas. En amour, dès qu'un femme admire sans se dévouer...

— Je n'admire pas Ligneuil, certes », s'écria Eulalie, « son œuvre même m'est antipathique.

— Comment », fit Paule, « vous vivez avec un artiste dont vous détestez l'œuvre ; c'est comme si vous aimiez les baisers d'une bouche que vous déclareriez laide ; l'œuvre, c'est le corps et le sang d'un homme, et détester ce corps et ce sang, c'est haïr cet homme. »

— Monsieur Noroski », dit Ligneuil, « vous avez peut-être touché juste : Lalie et moi nous nous haïssons ; elle est la satisfaction de mes instincts bas, de mon érotisme exigeant ; et quand je la vois de l'œil du désir, il se dresse un remords : derrière elle, il y a le spectre de Banquo, le moi noble et grand que nous avons, à tous les deux, tué.

— Et toi », fit la femme, « tu es aussi le pis aller de ma luxure ; je te reste ou je te garde, choisis des deux, parce que seule tu as la lâche indulgence de m'embrasser encore quand je te reviens marbrée d'autres baisers. Ne crois pas que ta débonnaireté me touche, j'ai honte, va, parfois de n'avoir à me rabattre que sur un être incapable de me donner les bastonnades que je mérite. »

— Paix », fit Ligneuil, « puisque le péché nous a fait compagnons de chaines, ne nous meurtrissons pas en nous querellant et présentons au destin nos deux fronts ; pour en mieux porter les coups, partageons-les.

Nebo s'était levé.

— Où peut-on vous voir ? » soufflait Lalie à Paule.

— Nulle part », fit celle-ci.

— Ne croyez pas, d'après les crudités échangées tout à l'heure, que je sois une dame Shylock ne voyant rien hors de la chair promise, c'est une curiosité plus haute qui me pousse vers vous...

— Allons, Noroski », dit Nebo, « prenons congé », et dans l'escalier, en les éclairant, Ligneuil lançait à Paule :

— Ne venez pas en mon absence, vous seriez dévoré ou bien trouverai-je votre manteau, en rentrant. »

— Les passionnés me semblent bien plus immédiatement punis que les paillards », disait la princesse en remontant en voiture.

— Aussi bien cumulent-ils la double aberration de l'esprit et du corps ; toutefois, l'être passionnel est de nature infiniment plus élevée que l'être instinctif et, partant, il apporte dans la comédie humaine des éléments plus dangereux. Une femme romanesque est l'occasion de plus de péchés et de plus de désordre qu'une femme publique. Jamais, avec l'emploi pur et simple de son corps, la femme ne suscitera les catastrophes qui marqueront ses pas si la lecture de Sand l'a fêlée et si elle irradie du faux idéal.

« Ligneuil et Lalie se sont confessés en surface ; il y a un attrait animique qu'ils ne s'avouent pas ; dans sa poursuite maladive de la sensation qui lui fait faire le trottoir, certains jours, elle se plaît à la savante étreinte de l'écrivain.

« Mais nous allons, quoiqu'il soit tard, étudier un autre intérieur qui n'a de hollandais que la femme. »

Ils descendirent de voiture près du square Monge et montèrent le quatrième étage d'une de ces bâtisses hideusement bourgeoises qui déparent le sol, si long-temps pittoresque, du quartier des Écoles.

Au frappement de Nebo, une forte voix cria :

— Attendez, je me lève ». Et, au bout d'un moment, ouvrit la porte une virago, en chemise et jupon, flamande à réjouir un peintre anversois.

— Entrez donc, Messieurs, ne faites pas attention à ma tenue ; Adolphe est allé faire les provisions de demain et, comme vous deviez venir tard, je m'étais couchée ; j'ai fait un somme en vous attendant.

Paule considérait curieusement cette Sirène de Rubens et sa chair rose à bourrelets aux plis ; elle releva son jupon, pour mettre ses bas, avec une impudeur animale. Ses seins énormes tressautaient à chaque mouvement. Adolphe entra et Paule crut qu'il se trompait de porte, se refusant à voir en lui le partenaire de cette belle bouchère. Le jeune homme, blond et fluet, aux yeux bleus, aux mains aristocratiquement longues, semblait l'Adolphe même de Benjamin Constant, amoureux d'une femme colosse. Et, pour surcroît d'ironie, il l'appelait « ma mignonne », « ma petite », elle lui disait « mon gros chéri ». Leur histoire était simple : Adolphe, en sortant du lycée après son baccalauréat, était retourné dans sa famille qui habitait ses

terres, près de Rouen. Le jeune bachelier, Chérubin
sans marraine ni Fanchette, s'était épris de la Normande, cuisinière de ses parents ; et lorsqu'on l'envoya
à Paris faire son droit, il l'avait emmenée. Dans la
maîtresse, la servante restait et aussi la vassale ; par
une gloriole de serve favorite, elle aimait à recevoir
couchée et à dire : « Adolphe est aux provisions »;
mais intimement elle soignait son amant avec des
maternités de patience et d'indulgence.

— Voyez-vous », disait-elle à Nebo, « je ne lui fais
pas beaucoup d'honneur quand je sors avec lui, je ne
peux pas mettre de corset et on le blague sur sa campa-
gnarde. N'empêche que je l'aime mieux que toutes les
autres collées du quartier n'aiment le leur. Tant qu'il est
étudiant et qu'il mène la vie de jeune homme, autant
moi qu'une autre, est-ce pas? C'est le jour où il se ran-
gera, qu'on verra si Jeanne est une honnête fille. Ce jour-
là, je fais mon paquet et je retourne au pays, je ne veux
rien alors que l'argent du chemin de fer, je lui aurai
donné quatre ans de ma jeunesse, pour les quatre ans
de la sienne et nous serons quittes : et il peut m'oublier.
Ah ! ce ne sera pas long, lorsque je sentirai que je suis de
trop pour son bien ; et il n'aura pas, comme ses amis, à
payer sa délivrance. »

L'honnêteté de la Normande sonnait clair dans sa
voix sonore et franche ; les jeunes gens lui serrèrent la
main, presque sans mésestime.

— L'exceptionnelle chance de cet Adolphe », dit la
princesse en descendant l'escalier obscur, au gaz éteint,
montre mieux que nos études précédentes l'égoïsme
féminin qui préside au concubinat. Hormis les gens
peuple ou employés, dont le destin subalterne est
borné à l'atelier, au chantier, au bureau, celui qui se

laisse entraîner à la vie en commun n'est jamais aimé, au sens élevé du mot, à moins qu'on ne prenne pour de la passion cette déclaration d'égoïsme : « Donne ton cou, afin que je m'y suspende comme une pierre ; unis ta vie à ma vie, afin que je te noie socialement comme je suis noyée ».

III

PROSTITUTION SACRÉE

Tout le rez-de-chaussée du vaste hôtel transformé, par l'enlèvement des portes, en une suite de salons, resplendissait de lumière et de bruit. La duchesse de Novare avait laissé à chaque vendeuse le soin d'arranger sa boutique : « Je donne la salle et les bougies, à vous de faire le reste », avait-elle dit, s'en rapportant à la vanité des dames patronesses du succès de sa vente de charité. En sa qualité de présidente, elle n'avait motionné qu'un seul point : la tenue du bal pour la vente du soir, et cet article voté d'acclamation indiquait chez la vieille douairière, l'entente corrompue de son milieu. Dès la porte, des jeunes filles tendaient les fleurs de boutonnière à l'arrivant et, féroces dans cet exercice de duper l'homme et de le berner, qui devait être leur vie, elles se mettaient jusqu'à quatre pour fleurir celui qui leur semblait béat et point au fait de ces difficiles escarmouches, où il faut plus que de l'esprit pour n'être ni dupe, ni impoli. Le quadruple florissement coûtait quatre louis, et à peine échappé aux bouquetières, des cigarreras collaient leur boîte

de sapin au plastron du dévalisé : « Un petit louis, le
londrès, Monsieur, ce n'est pas cher. »

Il n'avait pas fait cinq pas et avait donné cent
francs.

Quelques arrivants affichaient, épinglé comme une
plaque d'ordre à leur habit, un carton rouge portant
en grosses lettres : Exempt. Le vicomte de Quéant
avait adressé à la comtesse de Novare une requête,
couverte des signatures du Grand Cercle, demandant
à ce qu'il fût délivré, au prix de cinq cents francs, une
carte qui, portée en évidence comme celle des courses
exempterait des importunités des vendeuses. Et la
duchesse de Novare, qui avait le respect des artistes
et des écrivains, respect presque inconnu dans le
faubourg Saint-Germain abêti, avait délivré aux peintres, aux romanciers, à tous ceux qui, dans une
assemblée, trouvent la pose d'un personnage ou la
page d'un livre, des cartons rouges.

La vente avait lieu au profit d'une fondation italienne.
Le R. P. Riccardi élevait à Florence une église dédiée
au Saint-Esprit, et la duchesse de Novare, en affiliation
avec le clergé romain, avait offert au prélat une vente,
s'il venait prêcher à Saint Thomas d'Aquin. Le jésuite
avait enlevé son auditoire par la finesse de ses discours, où une foi certaine s'exprimait avec des concetti
ironiques, promettant de paraître au soir de clôture ;
Nebo avait dit à la princesse Riazan de l'y attendre.

Maussadement assise dans le débit de liqueurs de
madame d'Estaque, Paule avait jeté à la figure de
M. de Genneton, le verre de grenadine dont il offrait
cinq louis, si elle voulait y boire la première. Et cet
acte de brusquerie, inconnu dans les annales des ventes
de charité, avait causé une sorte de scandale chez les

femmes que cette fierté humiliait et un engouement parmi les hommes que cette indépendance allumait, avec l'appât du difficile à obtenir.

— Pour un psychologue », disait Nergal, que protégeait la carte rouge, « j'estime madame la duchesse, que le spectacle n'a point de prix : on va à Versailles les jours de grandes eaux ; ici, vous donnez les grandes eaux de la coquetterie, et mon exemption est exorbitante quoique nécessaire, car j'emporterai d'ici une grappe d'observations perverses...

— Emportez toutes les observations, mais ne me les qualifiez pas ; je suis, ce soir, orfèvre et Dame Josse », fit spirituellement la duchesse de Novarc, qui siégeait en face de l'entrée, à une sorte de bureau, offrant ses cartes rouges à cinq cents francs. Puis les comptoirs se suivaient luxueux et disparates ; la baronne de Stains, en robe blanche, et sa lesbienne amie madame de Montmagny, en satin vieil or, tenaient un bazar oriental, et les poignées de pastilles du sérail que jetait incessamment la baronne dans un brasero, alourdissaient l'atmosphère au maugrément des voisines. Les demoiselles de Chamarande, en leur pâtisserie, pour un louis entamaient les gâteaux. Madame de Breuvannes vendait les japonaiseries ; la duchesse de Noirmoutier débitait des portraits de la famille d'Orléans signés par les originaux ; tout au fond, dans un des pavillons, en une boutique pourvue d'un petit salon, la marquise de Trinquetailles montrait, à des prix exorbitants, un album de Félicien Rops', et officiellement des photographies d'actrices et de célébrités. Blanche de Nogent disait la bonne aventure et tirait les cartes. La princesse Dinska ne débitait que du vin de Champagne à emporter, comme portait

l'écriteau de sa baraque ; elle ne vendait que dix francs
la bouteille, prêtait deux verres par bouteille ; chacun
pouvait, à ce prix modique pour le lieu, aller boire
avec la dame de ses préférences ; et la duchesse se
terrifiait en voyant six cents bouteilles se ranger sur
les étagères de la slave : « Je crains ma chère, que ce
flot de champagne ne fasse tourner des moulins coiffés
de cornettes. »

Nebo ne vint qu'à dix heures ; la princesse l'aperçut
arrêté et enveloppant dès la porte la situation d'un
coup d'œil lucide, tandis que d'une main lente il
cherchait le carton d'exemption dans sa poche. Au
lieu de venir tout de suite au débit de liqueurs où
était Paule, il se dirigea avec une certaine précipitation vers Blanche de Nogent : devant elle Mistress
Connghaut était arrêtée donnant le bras au personnage
avec qui elle avait comploté dans la serre de l'hôtel
Vologda.

— « Voulez vous, Mademoiselle », dit Nebo, « que
j'explique à votre place les cartes que Monsieur et
Madame viennent de tirer », et, sans attendre la per-
mission : « Le 15 me fait voir un dessein diabolique et
le 17 me marque qu'il s'agit de perdre une pure jeune
fille par le 13 suivi du 4, c'est-à-dire par le déshonneur aux yeux de son père, et cela au profit d'un frère
du second lit, comme il appert du... »

— « Assez, Monsieur », dit l'inconnu épouvanté.

— « Versez donc cent francs à mademoiselle de
Nogent. »

Et Nebo laissa les deux complices très pâles et
rejoignit la princesse. Celle-ci saisit un verre, et
affichant son affection pour le Platonicien :

— « Monsieur Nebo, que puis-je vous offrir à boire ? »

— « Votre gracieuseté est une ironie, vous savez que je n'ai jamais soif ». Et, bas. « autant vaudrait m'embrasser devant eux, je vous supplie de dissimuler. Pas d'initiation sans mystère. »

Une excitation nerveuse, un entraînement fendillaient le vernis des convenances ; la tenue diminuant, l'offre des vendeuses câlinait mieux et les acheteurs hardis flirtaient d'une manière ouvertement galante. Tout ce qu'il y avait de secrète liaison peu à peu se dévoilait ; l'amant heureux, ou près de l'être, s'immobilisait devant un comptoir et poursuivait sa cour, au travers des interruptions de la vente.

Il faisait très chaud, et les femmes trop corsetées rougissaient derrière l'éventail, et non pas des propos tenus. Dans leurs yeux un peu noyés, la volonté se relâchait. Depuis deux heures qu'elles escrimaient avec des gens sans autre désir que de faire écouter de correctes gaillardises, leur contenance, lasse d'être un peu raide, s'assouplissait souriante à un irrespect croissant.

— « J'ai parié que vous aviez la plus ferme gorge du bal », déclarait M. de Montessuy à madame de Brécourt, « baissez-vous un peu que je voie si mon pari est gagné. »

Et la dame, indécise de rire ou de se récrier, flattée et blessée aussi de la forme brusque et impertinente du madrigal, restait gênée, quand le comte, tirant un billet de cent francs, continuait à voix plus basse :

— C'est pour une église, souvenez-vous en, et puis, madame de Meyne, qui tient aussi les cravates, risque de vous dépasser en recette si vous êtes plus renchérie que charitable. »

Et la dame, vaincue par ce dernier argument

— « Puisque c'est pour une église », et, sous apparence de mettre à M. de Montessuy la cravate achetée, elle se baissait si bien que le petit bouquet parfumant le vide de l'entre-deux des seins tombait en dehors de boutique.

Montessuy, rejoignant un groupe de viveurs, leur enseignait son invention ; et tous, dans une gaieté extrême, se présentaient aux boutiques et n'achetaient rien que la vue des seins des vendeuses. Et toujours l'argument décisif faisant bâillonner les corsages sous leurs yeux concupiscents, était l'assertion que la voisine, la rivale, faisait plus de recettes. Cédant à de pareilles instances, la grosse madame Sylvabelle se pencha trop, et ses seins lourds jaillirent du corsage ; elle dut se retirer dans le fond de la boutique et tourner le dos aux acheteurs, dilatés par un rire muet. Pour six louis, mademoiselle de Chamarande, la cadette, déchirait la dentelle qui diminuait le décolletage de sa robe.

La princesse Riazan avait pris le bras de Nebo.

— Voyez », disait le Platonicien, « le mauvais lieu élégant apparaître déjà. Il n'y a ici que deux courants : le masculin, d'obtenir de ces femmes honnêtes les concessions les plus *filles* possible, et le féminin, de faire payer le plus cher possible ces dites concessions. »

— « Achetez-moi ce bronze », disait madame de Breuvannes.

— « Je vous achète un baiser payable demain chez moi. »

— « Mon cher marquis », répondit la vendeuse, « ceci est l'article désespéré ; quand je saurai le bilan de ces dames, si le mien n'est pas présentable, alors je vendrai cela, mais chez moi et non chez vous. »

— « Tout ce que je vois, tout ce que j'entends m'é-
cœure », murmura la princesse. « C'est à ne pas croire
à ses yeux et à ses oreilles. »

— « Aveugle et sourd, je sentirais exactement ce qui
se passe ici ; et cela ne peut pas être différent. »

— « Je ne vous comprend pas, Nebo, vous trouvez
naturelle... »

— « Cette prostitution sacrée, oui, naturelle et fatale.
Vous figurez-vous bonnement que les mondains qui
sont ici y soient par charité ? Ils y sont par mode et
par obligations d'élégance. Beaucoup laisseront ici un
billet de cinq cents, sinon de mille et plus ; j'en comp-
terais jusqu'à dix qui ont emprunté, à trente pour
cent, l'argent qu'ils jettent sur ces comptoirs. Ils ne
veulent pas que ce soit entièrement perdu pour leurs
vices ; et par perversité autant que par rancune, ce
qu'ils ôtent ce soir aux filles, leurs tirelires habituel-
les, ils veulent le savourer en catinisant les femmes
qui les dévalisent hors d'alcôve. Quant aux vendeuses,
dès qu'elles ont accepté ce terrain de lutte, il y va de
toute leur vanité d'y triompher. Celle qui, restant
décente, demain à l'assemblée des dames patronesses
avouerait quelques cents francs seulement, se croirait
déshonorée et se mettrait au lit de cette humiliation.
Pouvez-vous dire aux viveurs : videz vos bourses
comme des sages, sans arrière-pensée sexuelle, et aux
mondaines : abdiquez tout amour-propre de vos charmes. Non ? en effet ; eh bien ! ce double steeple-chase
de l'acheteur poussant la vendeuse à une menue
prostitution, et de la vendeuse y consentant pour
l'honneur de sa beauté et de sa réputation mondaine,
ne sauraient être en ces assemblées que plus ou moins
gazées, absentes, jamais. »

La duchesse de Novare avait pressenti le danger des six cents bouteilles de la boutique de Dinska : Quéant portant des verres et Montessuy une bouteille, allaient de comptoir en comptoir ; ils avaient réfléchi que si eux se grisaient, on les traiterait plus tard de grossiers, et ils complotaient de griser les vendeuses, et offraient un louis à celle qui buvait un verre de Cliquot.

Ywanowna suivait, d'un œil perversement amusé, la griserie qui allait venir rompre les dernières bienséances encore gardées. L'amphitryonne, madame de Noirmoutier et les douairières voyaient venir un moment où les apparences même de retenue disparaîtraient, et maudissaient Quéant, Montessuy et le prince des Baux qui débandaient la vente en fête foraine ; mais le moyen de dire à des clubmen qui vident leur bourse, qu'une vente de charité ne comporte pas de gaies fantaisies. Des dames s'étaient réunies pour dévaliser ces messieurs ; elles les dévalisaient ; le but proposé atteint par delà les espérances, comment critiquer les moyens ? et les femmes mûres et raisonnables se résignèrent, se consolant par les haut-le-corps qu'elles feraient tout le mois en déchirant la réputation des vendeuses.

— « Encore un moment, princesse », disait Nebo, « et vous allez voir jaillir, suivant le mot d'Armand Hayem, la Manon Lescaut qui est dans toute femme. Le pli d'extérieure rectitude que le soin de la considération leur impose va s'effacer ; il ne reste plus que des scrupules ténus ; bientôt, la femme va se piquer à son jeu de fille, et ne marchandera plus les faveurs publiquement accordables ; l'irresponsabilité va venir, un phénomène suggestif s'opère ; depuis plusieurs heures,

5.

des regards, du geste, du sens des mots, non des mots
eux-mêmes, on leur dit et ressasse : « Allons, farceuses,
ce soir vous ,êtes des hétaires ; » et, envoûtées par la
chaîne magnétique que formeront tous ces mâles
corrompus, comme sous une baguette de Circeus, elles
vont se transformer. Déjà il n'y a presque plus de
différence entre le bar des Folies-Bergères et ceux de
l'hôtel de Novare. Comparez ces promeneuses et celles
de l'Eden, les mots échangés diffèrent, mais le raccro-
chage physique, le jeu érotique sont les mêmes.
L'argent n'est pas pour elles et elles rentreront coucher seules ou avec leurs maris : voilà les seules disparates, n'est-ce pas ?

Le petit Nonancourt eut une idée qui enthousiasma :
au lieu de verre, les deux mains unies de la vendeuse
étaient remplies de vin de Champagne et l'acheteur
buvait en les baisant : Chaumontel demanda et obtint
pour faveur singulière que la vendeuse essuyât ses
mains mouillées à ses joues et à sa barbe ; et le duc
de Nîmes payait quarante francs un cigare que madame d'Allichamps avait tenu une minute sous l'ais-
selle.

Une détestable émulation les faisait chercher toute
la lubricité compatible avec le lieu : les mouchoirs
de vendeuse mouillés de sueur étaient fort disputés.
De tous les comptoirs, la laiterie, située à une extrémité des salons, faisait les plus maigres recettes ;
madame d'Ardany, sans esprit et, jusqu'à cette heure,
sans audace, se terrifiait de la soirée avançante sans
honneur pour elle. Quéant remarqua qu'elle avait de
beaux bras d'une blancheur rosée savoureuse et lui
conseilla de les tremper dans la crème et de les offrir
ainsi à baiser ; et sitôt la faveur tourna vers la laitière.

Mademoiselle de Lectoure ne pouvait vendre un fruit qu'elle ne l'eût mordu, et madame de Pexonne, une cigarette qu'elle ne l'eût allumée. On chuchotait que la marquise de Trinquetailles passait les bornes, dans son arrière-boutique, et que les baisers ne s'y comptaient pas plus que les pièces d'or.

Paule, toute à l'examen de ces Erotides que, jusqu'alors, elle avait hautainement traversées sans les comprendre, ne s'apercevait pas des regards malveillants qui convergeaient vers Nebo. En cette heure de liesse galante, les nombreux admirateurs de la jeune princesse eussent tenté d'obtenir un menu suffrage, sans la présence du Platonicien.

— « On me veut male mort de vous accaparer, Paule, ce qui n'est rien ; mais on se vengera sur vous, on calomniera. »

Elle haussa ses belles épaules.

— « Que m'importe ? et, du reste, sans votre protection, en but aux turpides poursuites de ces drôles, je ferai quelque éclat d'un pire effet pour ma réputation.

La boutique de Dinska se vidait à vue d'œil, et la griserie allumait des fusées de rires, éveillant l'idée de femmes chatouillées et surprises, les exclamations se lançant à toute voix. Il y avait des taches aux tentures des buvettes et du désordre à toutes les boutiques ; les fards détrempés par la sueur encanaillaient un peu les visages ; les coiffures, on ne savait comment dérangées, les robes inexplicablement frippées disaient le moment prochain où quelque insanité générale se produirait. Les fantaisies masculines devenaient absurdes; les demoiselles de Chamarande, pour écouler leurs fondants, devaient les écraser, de leur coude nu, et tirer les pastilles de chocolat de leur gorge, ce qui les forçait constamment à effacer avec leurs mouchoirs les traces de marron sur leur poitrine.

Comme toutes les marchandes avaient vendu leur bouquet de sein et la fleur de leurs chevaux, Quéant et Montessuy s'emparèrent des fleurs restées aux mains des bouquetières et payèrent pour les poser eux-mêmes. Un moment vint où leur imagination fut à court : le duc de Nîmes proposa une bourse des baisers, quelques-uns se constituèrent agents de change, se groupèrent le carnet en main, le crayon en l'air, autour d'une corbeille fictive ; et le duc de Nîmes cria d'une voix terrible : « Messieurs, la bourse des baisers est ouverte. » A cette étrangeté, toutes les conversations s'arrêtèrent, et les yeux étonnés convergèrent vers le groupe.

— « Baiser Trinquetailles, vingt louis. »
— « Baiser Chamarande cadette, vingt-cinq. »
— « Baiser Montmagny, trente. »

Cette fois, il y eut un murmure de protestation : cela passait la plaisanterie, et la duchesse de Novare voulut parler ; mais rien ne pouvait arrêter cette facétie que les clubmen considéraient comme un comble digne de mémoire, et les cris augmentèrent. Impuissantes et forcées de subir cet intermède imprévu, les vendeuses retrouvèrent bientôt, à ce jeu insolent, le même attrait d'amour-propre qui les avait pliées aux exigences malsaines.

Tout à coup, une voix nette et coupant le bruit :
— « Baiser Riazan, cent cinquante louis. »
Aucun baiser n'avait encore eu cette cote.
— Qui a crié ? » faisait Paule furieuse à Nebo.
— Je ne sais », répondit-il, « mais je vais dérouter

l'audacieux », et, élevant une rose croix au bout de ses doigts, il attendit un instant.

— « Deux cents louis », cria Nergal.

— « Mais il ne les a pas même, celui-là. »

— « Calmez-vous, il surenchérit par mon ordre. Voyons jusqu'où cela ira, vous vous indignerez après. »

— « Deux cent cinquante louis, » répliqua la voix nette qui avait misé la première.

— « Trois cents », dit le prince des Baux.

— « Quatre cents », dit Quéant.

— « Cinq cents louis », reprit la voix nette, dans le remous de la curiosité. Nebo aperçut le nabab américain, Chester.

— « O! Titania », fit-il, « mieux vaudrait être baisé d'un orang-outang que du Yankee, Chester ! »

— « L'abominable destin » s'écriait Paule, « être ainsi marchandée et achetée par un marchand de salaisons. »

— Laissez ce Minotaure étaler son or à vos pieds, je m'écarte un peu, Paule, parce que l'attention converge sur vous: mais soyez affermie, vous êtes sous ma garde. »

La contenance de la princesse devenait difficile ; le Yankee prenait au sérieux la mauvaise farce de Montessuy, et depuis qu'elle connaissait Nebo, elle avait froissé si durement tous ceux qui l'avaient approchée, que l'assemblée, presque hostile, lui souhaitait une humiliation.

Peu à peu on s'écartait, et l'Américain et la Slave se voyaient. Celle-ci, les bras ramenés au buste et l'éventail frémissant, gardait un grand air. La duchesse de Novare essayait vainement de faire entendre sa méprise à Chester, qui ne voulant pas comprendre, cria :

— « Mille louis ! »

Un grand silence se fit : Chester regarda autour de lui comme pour demander si nul n'enchérissait, et tout le monde s'écartant, il marcha vers la princesse: celle-ci léva son éventail, blanche de colère.

— « N'avancez pas, brute, ou je vous coupe la figure.»

Chester avança. A ce moment, le P. Riccardi était entré sans être vu. Une angoisse immobilisait et aussi une curiosité mauvaise planait sur cette scène étrange. Chester éleva un bras pour parer le coup d'éventail et tendit brusquement sa lourde tête, mais il recula et serra les poings; devant lui, Nebo tenait un poignard où il s'était piqué le front. Avant qu'il eût pu lever le poing, le prince des Baux lui pliait les reins sur son genou ; Nergal et Quéant le terrassaient (1).

— Renonces-tu ? » demanda Nebo.

Le Yankee, sans parole, affirma d'un signe : sitôt les trois dominicaux lâchant prise se jetèrent dans la foule avec la hâte de gens qui ont montré malgré eux leur solidarité. Le P. Riccardi, qui avait percé la foule, se trouva en présence de Nebo ; la duchesse de Novare, désolée, s'excusait auprès de la princesse, qui, singularité, était devenue presque joyeuse de fierté, à ce témoignage éclatant du pouvoir de Nebo. L'Américain, tout froissé, s'était retiré en maugréant contre l'inconséquence des mœurs françaises.

Le Platonicien et le prêtre s'étaient curieusement regardés, mais la duchesse de Noirmoutiers s'emparait du prêtre lui narrant la cause de cette tragique fin de vente et la bourse des baisers. Il ne sourcilla pas; mais quand il sut qu'il perdait mille louis par le refus de Paule, il eut un geste de dépit.

---

(1) Invraisemblable mais historique. J. P.

A ce geste, la princesse Paule vint à lui.

— « Vous trouvez mauvais, mon Révérend, que je ne me sois pas laissé prendre ce baiser ? »

— Oui », dit-il nettement.

— « Je regrette, moi, d'être inapte à la prostitution sacrée. »

Le prédicateur eut un haut-le-corps à cette expression.

— « Le péché », dit-il, « est dans la délectation et, comme ce baiser vous était répulsif, vous pouviez, en sûreté de conscience, l'accorder puisqu'il aboutissait à la seule digne chose qui puisse avoir lieu sur cette terre : l'édification d'un temple au vrai Dieu. »

— « Votre théologie casuistique est faible », reprit la princesse ironique, « si la délectation seule fait le péché, la plupart des prostituées ne pêchent pas. »

— « Je ne vois pas de la vertu, de l'orgueil seulement dans votre conduite », répliqua sèchement le prélat italien. « S'il se fût agi, au lieu d'un homme déplaisant, d'un jeune homme », et il se tourna vers Nebo.

— « Doucement, mon Révérend », dit Nebo, « personne au monde n'insultera impunément la princesse Riazan ; et à défaut de charité, ayez la clairvoyance. »

— « Vous êtes franc-maçon, vous ? »

— « Je suis catholique romain, moi. »

— « Et vous m'osez tenir tête ! »

— « Et j'ose, sur un terrain que je connais mieux que vous ; vous avez reçu l'onction sacramentelle, d'autres ont reçu celle du mystère. Il y aurait peut-être autant de lumières rationnelles dans un Sacré-Collège laïque qu'il y en a de surnaturelles au collège romain ; vous avez le pas hiérarchique sur nous par la consécration et les vertus ; pour l'ésotérisme, c'est autre chose. Les mystères que vous avez l'honneur de célébrer, je les expliquerais peut-être. »

A ces paroles, dites d'un air que l'on ne connaissait pas à Nebo, le prêtre se tourna vers Paule et, avec une humilité vraie :

— « Pardonnez-moi, mademoiselle la princesse, d'avoir méjugé de vous ; je vous en fais les plus entières excuses, et M. Nebo a bien dit, j'ai manqué de clairvoyance et de charité. Et comme il ne faut pas qu'un prêtre scandalise jamais, je vous dois une explication. »

— « Avant de prendre l'habit sacerdotal, j'ai vécu de la vie du monde et j'ai gardé dans le sacerdoce le douloureux scepticisme d'un pécheur converti, mais sans illusion sur l'humanité et lui-même ; obtenir le bien pour le bien, on ne peut l'espérer que de peu d'âmes et toutes d'exception ; il faut donc, dans une mesure périlleuse, j'en conviens, faire sortir une vertu d'un vice inévitable. Toutes les semaines, cette assemblée commet au bal les mêmes péchés qu'elle a pu commettre ce soir ; combien d'églises et d'abbayes dont le fondement est un crime qu'un potentat a pensé ainsi expier ; les coquetteries de ce soir se résoudront prochainement en prières pour la conversion et le salut des donateurs. »

Et se tournant vers Nebo :

— « Et vous, intelligence que j'hésitais à reconnaître ici, comme j'ai méconnu cette vertu », et il salua Paule « ne proclameriez-vous pas comme moi, dans les bornes de charité, qu'il y a une raison réductrice des vains scrupules et fronton de toutes les grandes édifications, celle même qui apparaît en la création : *la souveraineté du but.* »

IV

LE DIMANCHE SENTIMENTAL

Pour la troisième fois, Nebo franchissait le seuil de l'hôtel Vologda, une matinée de dimanche; non plus invité de hasard, amené par un sculpteur ami, ou revenu pour retoucher un dessin; il avait été prié par la duchesse douairière, écrivant : « En mémoire de vos façons de disparaître après avoir émerveillé, je vous menace de ma visite de gratitude si la vôtre tarde. » Et la spirituelle impotente, à son entrée, lui tendant les deux mains disait à Paule : « Petite, à ta place, je l'embrasserais. »

Et la princesse rougissante, feignait de ne pas avoir entendu la singulière invite.

— « Asseyez-vous là, près de moi, plus près », disait la vieille, femme, « que je voie cet habit noir qui sort de sa poche à point nommé, le crayon du Vinci ou le poignard d'un franc-juge! On a assuré que la piqûre de Chester a fait une tache... »

— « Ineffaçable, duchesse. Les poignards de la Rose-

Croix laissent la signature d'un jugement sur les fronts. »

— « Qu'est-ce que votre Rose-Croix ? »

— « Un secret, puisque c'est une force. »

— « Et vous êtes le chef ? »

— « Je ne suis pas le chef. »

— « Il y en a donc un autre plus surprenant que vous? »

— « Il y en a, un autre infiniment plus surprenant que moi. »

— « Je voudrais bien le connaître, celui-là. Et quel rapport y a-t-il entre vous et la franc-maçonnerie? »

— « Le même qu'entre un cardinal romain et la Convention. Laissez-moi vous prier de démentir de toutes vos forces, auprès de ceux qui la manifesteraient, l'idée que je sois affilié à Nergal, à Quéant et au prince des Baux. L'intervention de ces Messieurs s'explique avec facilité autrement. »

— « C'est le moins de vous complaire en si peu; d'autant qu'envers vous la reconnaissance ne sait qu'imaginer... »

— « Qu'imaginerait-elle? J'ai sauvé d'un contact laid une beauté que j'avais sauvé de l'effarement mortel; mon léger coup de poignard est un dernier coup de crayon pour écarter du modèle un escarbot qui l'eût frôlé. »

— « J'aurais donné un mois de la courte vie qui me reste, pour ce spectacle ; et cette petite masque renvoyant ce prélat à l'étude de la théologie morale ! Ce soir-là, elle a été une Riazan. »

— « Et M. Nebo a été Nebo en personne », dit Paule.

— « Je ne comprends pas », fit la douairière.

— « Nebo est le nom Khaldéen de Mercure », dit Paule.

— « Tu es si savante que ça ! A la prochaine vente,
tu bâteras, j'imagine, un pope des inscriptions. Va,
princesse, continue tes diableries, et tu auras la conscience d'avoir déridé ta tante ; oui, Monsieur Nebo, un
haut fait pareil... c'en est un dans la platitude mondaine... me rajeunit et ravive une Vologda que vous
ne pouvez soupçonner et que je n'évoquerai pas devant
ma nièce : cela seul vous la fait apercevoir. »

— « Évoque, tante, évoque, ta nièce va mettre son
chapeau, tu pourras jeter ta cornette », et elle sortit.

— Vous entendez ce langage qui révulserait le parterre de Dumas et de Sardou : il me plaît, il ne sonne
pas faux au moins. Je n'ai que deux haines, la démocratie et l'hypocrisie et j'aime mieux encore un vrai
voyou qu'une fausse vertu. Je ne sais, Monsieur Nebo,
que cette science qui s'amasse en nous avec les ans !
et à ce moment très lucide où la vieille femme n'est
pas encore une vieille bête, je vois que ce qui est beau
uniquement beau, c'est l'expansion de la personnalité
généreuse, au soleil de l'histoire, si la naissance
favorise et pour ses propres yeux, si votre destinée est
obscure. Une nièce niaise et fausse comme vos jeunes
filles françaises, je l'aurais déjà mariée ; elle n'eût été
bonne qu'à tromper correctement un mari. Oh! Paule,
je la dissuaderai du mariage ; je ne vois personne
digne d'elle, puisque vous n'êtes pas le prince Nebo. »

Et la douairière enveloppait dans un compliment la
déclaration de la distance des castes et aussi le décou-
ragement préventif de toute idée de mariage.

Le Platonicien avait remercié de l'éloge par incli-
naison de tête, sans relever le gant jeté à sa roture ; et
la maligne grande dame n'eut pas l'idée, en rapprochant
les actes éclatants de Nebo de sa tenue ordinaire,

d'apercevoir en lui un hypocrite de médiocrité et de
voir à sa main ce roseau de Brutus qui renfermait un
bâton d'or pur.

— « Monsieur Nebo, je vais passer l'après-midi chez
Olga, je voudrais vous prendre avec moi jusqu'à Du-
rand Ruel, pour l'authenticité d'un Corot ; j'ai parié, je
vous rends votre liberté tout de suite après. »

— « Princesse, ma critique d'art est à votre disposition. »

La douairière lui tendit la main.

— « Remercier, ce n'est pas assez ; rendre, impossible. L'insolvabilité admise, je ne peux plus vous dire
que le « vous êtes chez vous, » des provinciaux qui veulent mettre leur hôte à l'aise. »

— « Je ne pourrai pas malheureusement abuser de
cette précieuse assurance, m'absentant beaucoup, je
ne l'oublierai pas pourtant. »

Et le Platonicien descendit avec la jeune fille. Le
coupé attendait.

— « A quoi ce Corot sert-il de paravent ? » fit Nebo
en s'asseyant en face d'elle.

La Princesse entr'ouvrit sa pelisse d'un air mali-
cieux :

— « Vous ne voyez pas que j'ai mis une robe simple
de grisette ; vous n'avez pas vu que je vous dérobais
ceci l'autre soir ? » et elle montra la perruque brune.

— « Vous voilà devenue mon Mentor, princesse. »

— « Je deviens une grisette, une demoiselle de magasin, et je veux que le calicot de mon âme, ou l'expédi-
tionnaire de mes pensées me mène à la campagne,
effeuiller des marguerites et manger une matelotte. »

— « Vous avez lu Paul de Kock ou Murger, Paule,
cette semaine ? »

— « Et vous, dessiné des têtes ennuyées, car vous ne diriez pas sans mentir que mon projet vous enthousiasme juste assez pour ne pas m'envoyer toute seule promener. »

— « La prudence... »

— « Oh! mon ami, j'ai prévu toutes les objections; le coupé vous laisse à la place Royale et me met boulevard Haussmann; je me débarrasse de ma pelisse, je fais ma tête et j'entre dans le fiacre qui stationne, et où vous êtes, stores baissés. »

— « Olga est dans la confidence? »

— « Elle croira que je vais voir mes pauvres. Résignez-vous, cher, descendez ici, et soyez dans un moment au 43 du boulevard Haussmann. »

Pour passer outre la mauvaise volonté qu'il avait laissé voir, la princesse devait désirer éperdûment cette escapade, et le Platonicien se demandait si la curiosité d'une partie de grisette ne couvrait pas l'intention d'une jeune fille éprise et qui compte sur l'influence du paysage, l'amolissement qui descend avec le crépuscule et la complicité d'une journée de printemps, pour forcer un cœur à se fondre brusquement en tendre aveu. Cette méfiance s'évanouit à la réflexion; il pensa que chez la jeune fille, ces idées-là inavouées et confuses, n'avaient pas le caractère d'un dessein, qu'elle les portait en elle, dormantes et presque à son insu. Il se promit d'être, ce jour-là, aussi professeur que possible et de déjouer ce piège inconsciemment dressé. La rougeur de la princesse, à l'invite de l'embrasser faite par la douairière, symptôme alarmant, l'affermissait dans la résolution de froideur impersonnelle dont il se relâchait au début. Maintenant il sentait nécessaire entre eux, une précaution contre

ces surprises de la sensibilité qui, en troublant l'âme
de la jeune fille, lui gâterait à jamais l'incomparable
androgyne qu'elle devait réaliser, sous la fécondation
du verbe insexuel.

— « Bonjour, Rodolphe, je suis Musette! » fit la
princesse en se jetant dans le fiacre où Nebo l'atten-
pait.

Sa robe de mérinos au simple col blanc en ôtant le
rang social, haussait sa beauté et, devenue ouvrière
toilettée, elle étonnait l'admiration.

— « Soyez fille de Paul de Kock, s'il vous plaît; je
demeure Nebo, pédagogue jeune, mais ennuyeux.
Pour répondre à votre air, il me faudrait coiffer un
béret basque, mordre une pipe et me préparer au
cavalier seul de quelque chaumière. Non, princesse,
nous ne jouons pas la comédie sentimentale, nous la
regardons ; je vous ai promis un spectacle, non de
monter avec vous sur la scène. Nous verrons, puisque
telle est votre envie, des griseries et des fornications;
mais impassiblement, tempérés et chastes. A suivre
votre élan, la princesse Paule serait femme d'ici ce
soir. »

— « Si les marivaudages de Shakespeare ne m'avaient
pas préparée aux vôtres, je vous déclarerais grossier,
et bien prêcheur et renfrogné, parce que vous n'avez
pu machiner vos magnifiques nausées, et que la réalité
que je vous force à me montrer d'improviste va dé-
tonner en beau sur le fond horrible de ce que vous
me montriez. »

Nebo secoua la tête.

— « Je sens en vous des sentiments inconnus à vous-
même, et je pare des coups que vous porteriez inconsciemment; coups mortels à notre lien. Laissez-moi

être obscur en mes termes et soyez satisfaite. Cette
voiture nous mène à la gare de Vincennes, et cette
ligne à la friture du souper en plein air et au clair de
lune au bord de l'eau. Toutefois, ne perdez pas la
lucidité par innervation imaginative : je prêche pour
avoir une écolière calme et susceptible de critiquer
le tableau, non pas une emballée, avant la course,
et qui prendrait les bords de la Marne pour ceux du
Lignon. »

Sa vivacité littéralement douchée s'abattit ; elle
soupira.

— « Il y a des êtres qu'on devrait appeler des abat-
joies. »

—« Des jours aussi », commença Nebo avec sérénité.
« Il y a une tristesse qu'on spécifierait bien la tristesse du dimanche ; l'âme générale, désengourdie de
l'œuvre servile, s'étonne et hésite à cet arrêt d'activité ; le courant du flot social ne soutenant plus l'être
ordinaire, ce repos lui pèse parce qu'inhabituel, il le
laisse face à face avec lui-même, confrontation plus
terrible que celle de la Nécessité. Le Dimanche catholique, avec sa grand'messe et ses vêpres, est le jour
idéal de la semaine, le jour poétique et ptérien ; mais
le dimanche républicain qui égrène, de la Bastille à
l'Arc-de-Triomphe, la bourgeoisie en habits neufs,
navre comme l'automatisme d'hommes sans âme
sortant par ordre et se promenant à jour fixe toute
l'année.

Aux jeunes gens, il apporte plus de joie sentimentale. Combien de femmes se privent de presque tout
pour vêtir, ce jour-là, une loque de mode : le petit
monde n'a que l'après-midi où nous sommes pour
s'exhiber, se pavaner, se jalouser et médire. Depuis

la messe jusqu'à la promenade obligatoire aux Champs-
Elysées, ce sont les heures, seules propices de la
semaine, aux flirtations par œillades et suivages. Pour
cette catégorie rare en province, à Paris légion, dont
l'indépendance n'a pas à compter avec la considération, c'est liesse et soulas. Tout ce que les grands
magasins ont d'employés et de commises, la bureau-
cratie et la lingerie, les calicots et les modistes s'épan-
dent dans la banlieue de Paris, à cette heure. »

— « Eh bien ! je vais donc voir des gens naturels,
francs de tout collier, l'amour sans entraves et parlant
sans aigreur ni craintes. »

— « D'après ce que vous connaissez déjà, vous pourriez mieux conclure ; ces gens francs de collier sont
un peu des sauvages, et cet amour sans aigreur, san-
guinaire et plus méchant que la haine. »

— « Voilà de vos discours sans cesse noyant d'im-
précations choses et gens de l'amour. »

— « Au retour, je vous redemanderai votre avis.
Pour l'heure, considérez que rien n'éclaire aussi bien
que l'intérêt ; et la Société, en excommuniant ceux
qui lui refusent les garanties de la sociabilité com-
prises toutes dans le mot considération, obéit à l'instinct défensif, à l'esprit de corps et désigne les femmes
libres et les hommes dissolus, par un *difidatevi*
comme il y en a aux murs de Monte-Carlo : « Prenez
garde à ceux-là qui n'ont pas de mœurs et n'obéissez
qu'aux lois. »

La gare de Vincennes était pleine de retardataires
du dimanche, de ceux qu'une nécessité avait retenus
et qui allaient rejoindre les bandes amies. Une gaieté
bruyante, les coudes joyeusement bousculeurs, des
cris d'animaux jetés comme la détente d'un long mu-

tisme et d'une contrainte de gamin, les rubans clairs
des chapeaux de paille, les vestons de coutil blanc,
le vert des filets à papillons, les lignes démesurées
frappant sur les boîtes d'herborisation, tout l'attirail
des plaisirs rustiques ; et presque en toutes les mains
une bouteille pliée dans un journal ou des paniers de
victuailles ; dégagées et plus fines d'allures dans le
frelonnement masculin, les femmes cherchant des
attitudes, appuyées sur des cannes ombrelles ou se
penchant les unes vers les autres, avec des confi-
dences coupées de petits rires. A peine le train formé,
il était pris d'assaut en un grand brouhaha ; on eût
dit l'embarquement pour Cythère, tel que le peindrait
un impressionniste, admirateur de Manet, et qui aurait
fait son esthétique à Médan.

— « C'est d'un vivant, ce train ! » fit Paule, en se
mettant à la portière.

— « Si vous disiez, c'est d'un bruyant ; un train de
bestiaux est vivant aussi, et le bétail, à quoi pense-t-il
quand on le charrie ? à se vautrer dans l'herbe, paître,
boire frais et s'accoupler ; ce train d'immortels ren-
ferme-t-il d'autres préoccupations ? »

— « Ah ça ! monsieur mon professeur, vous m'avez
dit : « Après les mœurs, les passions ; après l'instinct,
le sentiment ». Or, nous continuons ce que vous appelez l'éthologie et ne faisons point de l'initiation sentimentale. »

— « Vous vous figurez donc, Paule, que les passions
sont autre chose que des instincts entraînant l'âme
dans leur tourbillon ? L'amour, considéré dans ses
Archétypes de la réalité comme Antoine et Cléopâtre
ou de l'art comme Roméo et Juliette, n'est que l'exal-
tation sexuelle. Je définirais la passion, la sentimenta-

6

lisation d'un instinct ; c'est-à-dire, l'exaspération d'un besoin spécialisée dans son objet. Aimer, c'est avoir le besoin impérieux de voir, d'entendre, de toucher un être et d'être vu, entendu et touché par cet être, en réciprocité de sentiment. L'amant qui arrive à se persuader qu'il a besoin pour vivre d'être aimé de telle, s'il ne l'est pas, se suicidera par conviction que cet amour était indispensable à sa vie. Entendez une jalousie se parler à elle-même : « D'autres posséderaient cet être ! d'autres lèvres...! d'autres bras...! non, non, je ne le peux pas ». En se répétant ce « je ne le peux pas », la jalousie devient la rage et peut mordre. Toute l'animalité remonte au cœur et l'on est en présence d'une brute plus ou moins dangereuse.

Le phénomène de l'exaspération sentimentale dans sa croissance dépend de l'imagination, mais son apogée c'est la paralysie du cerveau. Voyez la colère d'un lion encagé au Jardin des Plantes et celle que vous pourrez exciter chez un prisonnier : au paroxysme tous deux voyant rouge, l'homme se trouve momentanément au même degré de l'échelle zoologique que le lion. Voici un régiment de turcos qui charge à la baïonnette : au point de vue psychique, il n'ont plus d'âme et ne sont qu'un troupeau de buffles. La possession amoureuse, plus elle est violente et emportée, plus elle s'aligne au verbe saillir, parce que dans le spasme violent, il n'y a plus d'activité cérébrale perceptible, l'entendement disparait sous les vibrations nerveuses. Aussi l'erreur est-elle énorme d'admirer comme des culminances de l'individualité le moment même où l'homme perd son humanité. Si j'avais frappé Chester de mon poignard, en dehors des conceptions légales de cet acte, j'aurai agi animalement, j'aurais défendu la femelle que j'aime contre un autre animal ; je l'ai marqué seulement au front et l'ai puni, sans cruauté. Les gens qui s'étonnent en lisant : « Les cuirassiers se sont élancés comme des héros » sont des imbéciles ; outre qu'il ne pouvaient pas reculer de peur des conseils de guerre, une fois l'élan pris, ils passaient au rang des fauves et mourraient à l'état de mammifères, non pas à celui humain.

Le héros véritable, c'est celui dont la mort couronne une idée, non pas le butor à qui un pays a dit : « La consigne est de mourir pour favoriser la vente des bonnets de coton, chez un peuple lointain. » Ecoutez une magnifique histoire d'amour : Une femme jeune et belle, mais pauvre, adorait son amant, et en était adorée. Un mariage magnifique se présente pour le jeune homme, prémices d'un grand avenir ; que fait cette femme adorante et adorée ? Elle feint d'être détachée, le détache d'elle doucement, pour qu'il n'en souffre, et disparait. Voilà du sublime : aimer c'est préférer quelqu'un à soi-même, et lui sacrifier même son amour : le reste, des blagues et, en réalité, le duel de deux égoïsmes. »

Le train s'arrêtait à Joinville-le-Pont ; les deux jeunes gens descendirent :

— « Allons d'abord à la recherche du restaurant », dit Nebo.

— « Voilà une préoccupatiou bien matérielle pour un Platonicien. »

— « Préjugeuse obstinée, n'est-ce pas dans la griserie d'un désert que le naturel s'étale, et si nous choisissons une table, au lieu d'entendre un seul groupe, nous aurons plusieurs spectacles en même temps. »

— « Vous avez raison », fredonna Paule, et, subitement gamine, d'une marche sautillante, elle se jetait
sur les fleurs aperçues, en piquait la boutonnière de
son compagnon, et arrachait des feuilles qu'elle mà-
chonnait en noyant son regard dans le vert d'une
ligne de peupliers. Puis, sa mutinerie rêva, elle prit
le bras du jeune heune homme, s'y appuyant avec un
abandon conseillé par la surprise que la nature faisait
à ses sens.

— « Ces trembles, qui ont dû donner l'idée des clo-
chers au premier architecte chrétien, montant si droit
et si haut vers le ciel et restant enfouis dans la terre,
avec leur ondulation et leur froissement de feuilles, me
semblent les Nebo et les Paule qui s'élèvent, s'élèvent,
dépassent de vingt coudées les autres arbres, mais
restent enchaînés au sol par de profondes racines. »

— « Poétique grisette, quelle impression vous fait
métaphoriser ! »

— « Une impression de détente ; ma personnalité diminue, je raisonne moins et je vis plus, une communion subite me relie à la végétation, je sens de l'air,
du vent, du soleil, de la vie entrer en moi ; quelque
chose comme un Poussin, qui deviendrait un Corot,
je gagne des sensations et je perds des idées : et une
pression de votre bras me remuerait plus qu'un éclair
de votre esprit. »

Et s'arrêtant comme pour s'écouter sentir.

— « Vrai, je me sens toute drôle et changée, à croire
qu'avec l'habit de la grisette, j'en ai pris l'âme. »

Ils débouchaient au bord de la Marne ; un restaurant en plein air avait une physionomie de petite fête
de village ; des balançoires s'envolaient, montrant des
bas de jambes, au milieu de petits cris d'effroi ; les

tessons métalliques sonnaient sur le bois d'un jeu de tonneau ; on entendait claquer les amorces d'un tir Flobert et un orgue de Barbarie égrenait les notes faussées du *Miserere* de Verdi.

Pendant que Nebo choisissait une tonnelle et commandait le diner, Paule, arrêtée devant les chevaux de bois, les regardait tourner, si fixement, qu'un jeune homme s'avança et lui offrit de lui payer un tour. Elle répondit par un éclat de rire, laissant stupide le galant commis.

Un canot clapotait imperceptiblement, émergeant d'une nappe de lentilles d'eau, Paule voulut absolument s'y embarquer.

— Égoïste princesse », dit le Platonicien, en saisissant les rames, « qui ne vous demandez pas si on a assez de biceps pour vous satisfaire ? »

Il ramait avec effort, d'un rhythme lent qui cachait sa faiblesse musculaire, tenant le milieu de la rivière et filant droit. Paule, rêveuse, laissant pendre une main dans l'eau, de l'autre couvrait ses yeux de la réverbération. Soudain, elle fit signe de ralentir, et ses regards s'attachèrent à un grand saule de la rive. Là, deux amants s'embrassaient, s'enlaçaient, couchés sur l'herbe, et dans un oubli si complet de l'alentour, qu'ils n'entendaient pas le bruit des rames. Le visage empourpré, la princesse s'oubliait à cette vue quand, brusquement et d'une seule pesée, Nebo l'arracha à cette contemplation ; elle ne put contenir sous sa paupière, un regard rancunier, n'osant pas exprimer son ennui devant le sourire ironique et un peu méprisant du rameur.

Désormais ses yeux fouillèrent la saulaie des deux rives, battant les buissons, et écartant les algues pour

6.

découvrir les récitants d'amour, les orantes du doux péché. De moment en moment, un couple émergeait du feuillage, lutinant lascivement ; des rires nerveux, des exclamations sensuelles, des remuements insolites avaient lieu dans les herbes hautes ; l'éclair de couleur d'un ruban dénoué et flottant ; un air de romance entre-coupé de silences. Parfois, les aigreurs de voix qui ré-criminent ; des menaces jalouses, de violents démentis, et la princesse, envoûtée par la sexualité qui flottait dans l'air, regardait Nebo à la dérobée, avec, dans l'œil, l'analyse aiguë qui détaille et condamne ; il lui paraissait froid, parleur éternel, être sans poésie ; et, sans s'avouer qu'elle blasphémait cet être presque surnaturel, elle le trouvait, à cette heure, en de lieu, déplacé, inhumain, sans vibration sous le magnétisme d'une fin de journée de printemps.

La barque remontait toujours la Marne quand les derniers rayons du soleil s'éteignirent.

— Retournons », dit Paule.

Docilement, le Platonicien renversa ses avirons et vira de bord.

Paule s'étonna de ne plus reconnaître les sites et de n'y plus retrouver la même impression ; elle ne regarda plus les rives vertes qui bleuissaient ; l'apaisement du soir la dégrisait de son ivresse d'un moment : et Nebo reprit dans sa pensée sa haute stature.

Elle admira cet être adamantin, que la vie ne rayait pas et dont la force maîtrisait le charme comme le danger. Cette barque qui les emportait tous les deux dans la mélancolie du soir, lui apparut une image de sa vie, doucement menée par ce rameur silencieux, qui grandissait dans l'ombre croissante et dont le mouvement grave et harmonieux donnait à ce canotage crépusculaire une poésie berceuse.

Quand ils abordèrent, le restaurant, en plein soir, aux lanternes vénitiennes déjà éclairées, débordait de vacarme. Le restaurateur avait eu grande peine, assura-t-il, pour conserver leur table aux retardataires.

Nebo, à peine assis, en promenant son regard aux tonnelles voisines, eut un sourire satisfait et répondant au regard interrogateur de Paule :

— « Nos entours sont presque tous de nos Daphnis et Chloé ; vous verrez d'ici peu que le becquotement est toujours double : sous les lèvres qui baisent vont apparaitre les dents qui mordent. »

Une grosse gaieté faite avec des cocasseries lourdes à la Commerson, calembours et imitations d'acteurs, circulait d'une tonnelle à l'autre, et des appels à la cantonade rencontraient l'écho d'une réplique goguenarde ; les femmes riaient très haut et écartaient le petit doigt en buvant, avec un ensemble comique.

— « Tu sais, quand on veut chiffonner, il faut être plus généreux ; pingre et tannant, c'est trop à la fois ; zut ! »

Et la grande fille blonde que Paule avait vue enlacée avec son amant commençait une dispute.

— « Tais-toi pour le monde ; tu ne sais pas te tenir, tu fais la fille », répliquait le partenaire, un commis à la mine rougeaude et bon enfant.

La femme répliquait en gros mots, buvant à même la bouteille pour s'exciter, étalant leur intimité dans ses sanies et ses tares, et bientôt un silence se faisait pour écouter l'engueulade du couple ; une assiette volait par-dessus la tête de l'amant, et la maitresse, en manière de bouquet au feu d'artifice de sa querelleuse humeur, tombait en crise de nerfs.

Alors, des tables voisines, on s'empressa en tu-
multe ; deux calicots, leur serviette au cou, tapèrent
dans ses mains ; les femmes la dégrafèrent : et sous le
jet d'un siphon lui jiclant au nez, elle revint à elle,
pour sangloter : comiquement on la poussa dans les
bras de son galant niaisement bénin, puis elle reprit
sa fourchette, disant à une amie qui s'inquiétait encore :

— « Nigaude, je suis très bien ; j'avais seulement besoin de ça. »

— « Eh », fit Paule, « ce dadais la ramènera à Paris,
au lieu de la jeter dans la Marne. »

— « Le code n'est pas psychologique ; et un peuple
galant n'a pas prévu les délits féminins. Tout ce qui ne
touche pas à l'homicide et au vol qualifié est marqué
socialement du signe musical « à volonté »

Quoiqu'il advienne, en amour, l'opinion partage
l'avis de Guignol : c'est bien fait, voilà ce que c'est,
fallait pas qu'il y aille. Soyez dupé, vilipendé par une
femme, et les Gérontes paraphraseront le « qu'allait-il
faire dans cette galère ? » En effet, on s'accole une
femme qui n'est pas même un honnête homme, à
grands cris on s'étonne si elle dupe. La société ne
peut pas mettre des garde-fous au rocher de Leucade,
et un masque de fer aux menacés du vitriol. Seulement, là où l'opinion s'égare, c'est dans l'épithète de
faible femme ; la femme qui n'a rien à perdre au
scandale, la femme avec une arme, n'est plus du tout
une faible femme : elle est de ce sexe unique qui s'appelle l'ennemi. Si ce benêt, saisissant sa canne, avait
bâtonné cette nerveuse perverse, un tollé se serait
élevé contre lui et des chevaliers seraient intervenus.
Lui aurait-elle fendu la tête avec l'assiette et labouré

les joues avec ses ongles, on l'aurait contenu en disant : c'est une femme. Ces simples mots contiennent
mille et une immunités ; et les jurys parisiens ont la
bosse niaise si développée, qu'ils admettent comme
manifestation autorisée du sentiment, l'assassinat.

Ces honorables butors raisonnent ainsi, que donner la mort à un indifférent, cela mérite l'échafaud.
mais tuer son amant, rentre dans les choses absoutes
et reçues.

J'ai entendu une dame concluant d'un semblable fait
divers : « Il fallait qu'elle l'aimât bien pour le tuer ».
Des femmes, après une rupture, ont dit sérieusement :
« Je ne t'aime pas assez pour te scionner ».

Une aigreur de mot leur fit tendre l'oreille ; derrière
eux un orage s'amassait, à un reproche qu'ils n'avaient
pas entendu.

Une grande et forte brune, débitait d'une parole
sifflante.

— « Va, mon petit, donne-t'en ici, la galerie te protège ; mais une fois rentrés, je t'en ferai une jolie vie...
La nuit, quand tu voudras dormir, je pleurerai ou aurai des crises ; le jour, tout le temps ce silence qui te
rend malade, qui te donne la sensation d'un danger,
dis-tu, je te pousserai les plats de façon à t'ôter l'appétit... Je suis corsetière, je te ferai un corset de coups
d'épingles où tu crèveras d'agacement. »

Et à l'évocation de cette intimité tortionnaire,
Paule, qui retournait la tête, vit l'employé pâlir
comme un homme de 1600 à qui on aurait promis la
question.

— « Ah ! mais », s'exclama la princesse, « l'amour est
donc un duel à l'américaine et plus absurde, on s'en-
ferme dans une liaison et on se coupe mutuellement

en petits morceaux, sans se tuer, ce qui vaudrait
mieux. »

— « Quitter ou céder toujours sont les deux seuls
termes du problème. Dans cette guerre de toutes les
minutes, la femme a toujours la victoire, à moins
d'avoir affaire à un voyou qui cogne et ne dispute pas.
Plus l'amant sera nerveux, impressionnable et d'une
éducation raffinée, plus il sera désarmé pour cette
lutte d'envoûtement. On reconnaît à la femme le droit
à l'absurde et aux lubies ; elle en abuse habilement.
Elle lasse la plus forte résistance, par la continuité
des aiguillonnements, et obtient les plus étranges concessions, par une comédie qu'on appelle exactement,
faire des scènes. »

Une dispute à l'extrémité du restaurant l'interrompit.

— « Vous avez pincé Madame sous la table ! » criait
une voix d'homme en colère, et la suite se perdit dans
un brouhaha général. Devant le dessert bousculé, les
coudes s'appuyaient : les cigares et les pipes bre-
soyaient visiblement sous la clarté terne des falots.
On s'embrassait là ; on se chamaillait à côté ; les couples en bonne intelligence, tapant des refrains avec
leur couteau, paraissaient canailles aux yeux de Paule ;
et la tenue des autres suintait de la haine et les calculs
d'adversaires qui se guettent et cherchent d'alleman-
des querelles.

Paule et Nebo descendirent vers la Marne.

— « Quand vous m'avez montré la débauche du premier venu avec la première venue, leur bestialité me
révoltait ; maintenant que je vois l'amour consenti et
choisissant, la méchanceté noire qui en émane me fait
demander lequel vaut plus de la fille à tout venant ou

de la femme à un seul homme quand elle pèse sur
lui de toute sa malice. Oui, vous avez raison, ce qui
fait pardonner la passion, c'est sa douleur ; l'opinion
n'a pas eu le courage de lancer ses pierres à des êtres
si misérablement meurtris ! »

La lune montait dans le ciel, métallisant l'eau devenue noirâtre ; en s'éloignant du restaurant plein de
clameurs, la princesse sentit encore l'emprise de la
nature, toute différente, celle-là ; et des soupirs se
pressaient sur ses lèvres qu'elle n'exhalait pas ! un
besoin de confidence, d'une parole qui carressât, l'appuyait au bras du Platonicien silencieux, et dont la
cigarette brillait dans l'ombre. Elle se sentait le cœur
gros et presque l'envie de pleurer, attendrie délicieu-
sement ; la nécessité d'expansion où elle se trouvait,
lui fit dire d'une voix emue, très douce :

— « Nebo, vous êtes bon ami et je vous aimé bien. »

— « Vous m'aimez en ce moment plus que tout à
l'heure, Paule ? »

— « Oh ! oui ! », fit-elle.

— « Ce sentiment-là, n'est rien que la plus momentanée sensation ; le bord de l'eau au clair de lune senti-
mentalise ; ce que vous aimez, c'est ce paysage à neuf
heures du soir ; le grand Pan n'est mort que pour les
initiés ; pour les femmes, il vit derrière le nuage et se
tapit dans le buisson : l'influence du décor sur la rétine
amoureuse, voilà votre bon ami, Nebo le tant aimé. »

Paule allait se plaindre de la dépoétisation impitoyable d'un moment délicieux, lorsque dans l'étroit
sentier une femme qui marchait d'un pas saccadé la
frôla ; on entendit alors le bruit d'une course essoufflée ; ils s'arrêtèrent, et un homme, tout pantelant,
s'abattit sur eux.

— « Vous n'avez pas vu passer ma maîtresse qui va se noyer ? »

— « Se noyer ! Pourquoi ? » demanda Paule.

— « Parce que je voulais me réserver deux soirées par semaines pour aller dans le monde. »

La princesse éclata de rire.

— « Taisez-vous », dit Nebo, « en vous entendant n'y pas croire, elle est peut-être assez vaniteuse pour le faire, et je ne me mouillerais pas même la botte pour sa repêche. »

La femme revenait ; son amant s'élança ; mais elle sut glisser, tout en se retenant à des branches de saules ; l'énamouré la retira, avec sa robe humide au bord comme une elfe.

— « Allez dans un théâtre, Ophélia ; quel art d'actrice ! vous vous êtes suicidée sans danger et noyée sans mouiller votre jarretière ! »

Elle lança une injure et un mauvais regard au Platonicien qui, continuant la promenade, disait à Paule :

— « La maîtresse d'un jeune lord m'a raconté que, se disputant sur un pic Alpin avec son amant, elle l'avait sommé de rétracter je ne sais plus quoi : sinon elle sautait dans un précipice formidable. « Cependant, lui dis-je, vous n'aimiez pas votre amant et, le mobile de la querelle étant futile, auriez-vous sauté s'il ne vous avait pas retenue ? » — « Oui, me fit-elle, par amour-propre ». Dans beaucoup de femmes, il y a une folle plus ou moins furieuse, mais toujours habile à manier sa folie, au mieux de ses intérêts de reins ou de bourse. Or, à aimer une folle, il faut lui infuser la sagesse ou elle vous communique sa démence. Ce Céladon, en réfléchissant le temps d'une pulsation, aurait allumé son cigare en paix et attendu le retour à la raison de

sa déité ; cependant, par des fils invisibles, elle le
traînait à sa suite.

« Aimer, c'est mêler son atmosphère fluidique à celle
d'une femme ; elles se pénètrent si bien qu'au bout de
peu, deux amants sont devenus jumeaux, au point de
vue sidéral. Cette communauté de la colonne astrale
individuelle explique non seulement les faits de pres-
sentiments, à de grandes distances, mais encore certaines lâchetés du vouloir, inexplicables autrement.
Il arrive dans les passions, une heure de possession ;
l'un devient le diable de l'autre et peut lui faire commettre des actes insensés. On a iniquement brûlé des
hallucinés, pris pour sorciers ; mais quand un prélat
ordonnait l'exorcisme, il ordonnait un traitement de
thérapeutique transcendantale ; la présence, les paroles
et les gestes sacerdotaux opéraient en chassant le
fluide vicié qui désharmonisait un être. Je considère
un passionné comme possédé ; et pour qui sait la force
des coagulations démentes et ce qu'elles produisent de
formes hallucinatoires autour d'un être, cela apparaît
plus terrible que le diable cornu, griffu, barbu, queuté,
du sabbat poétique. Pourquoi est-il si rare que l'amour
qui s'éteint devienne de l'amitié ? Parce que dans le
fait d'un détachement, il y a rupture de la jumeauté
fluidique, et les larves bisexuelles ne retournant pas
à leur pôle d'émission respectif et n'étant plus alimen-
tées, s'aigrissent littéralement : la viciation d'un rayon
d'amour c'est un rayon de haine. Même après un long
espace et beaucoup d'oubli, les amants, à se revoir,
se sentent encore imperceptiblement liés, à moins que
le mâle initié n'ait su exorciser son atmosphère fluidique et en chasser toutes les larves de cet amour. Le
lieu de la passion, ce n'est ni le corps, ni l'esprit, c'est

7

le peresprit qui opprime les deux premiers dès que, le
corps vibrant, l'esprit a cristallisé la vibration, comme
eût dit Stendhal, s'il avait analysé scientifiquement
l'amour. »

Nebo s'aperçut que Paule écoutait mal sa dynamique
du sentiment, préférant rêver seule, puisqu'elle ne pouvait tirer de lui une parole qui s'accordât à sa situation
d'âme.

Près du pont, une femme immobilisée dans l'ombre,
le visage caché par une mantille, semblait attendre,
et sa rigidité d'attitude étonna Nebo.

En voyant les jeunes gens, elle s'avança.

— Vous n'allez pas au restaurant ? »

— Si, vraiment. »

— Pourriez-vous dire à Gaston Fauche, un grand
roux qui a un habit de coutil blanc, qu'une dame l'attend, au pont de Joinville ? »

— C'est facile, cela, nous y allons de ce pas. »

— A travers les mailles de sa mantille j'ai vu briller
une bouteille de verre », dit la princesse.

— Plus de doute alors, une vitrioleuse ! Ce Gaston
Fauche est un peintre de décors d'une imagination
merveilleuse. »

Nebo eut quelque peine à découvrir l'artiste dans un
attablement autour d'un punch ; il l'emmena à l'écart :

— Vous avez rendez-vous ce soir, à neuf heures, au
pont de Créteil, vous l'aviez oublié. »

— C'est, ma foi, vrai ! j'avais oublié, un rendez-
vous avec une inconnue, mais en quoi cela vous inté-
resse-t-il ? »

— Il coule de l'eau sous un pont et dessus du vitriol, ce soir. »

— Allons donc ! il n'y a qu'Hermance, une maîtresse

depuis un an quittée, et qui a voulu vainement renouer.»

— Hermance ou Dorothée, peu importe, vous attend pour une expérience d'acide nitrique, et comme j'ai vu de vous des maquettes remarquables, je m'acquitte de la sensation esthétique que je vous dois, en vous offrant ceci. »

Nebo lui donna son revolver et, sans plus s'arrêter, se dirigea avec Paule vers la gare.

— Eh bien! Musette, vous revenez après deux griseries, l'une de soleil, l'autre de lune. Quant à ces gens naturels, francs de tout collier et d'amour sans aigreur, que vous en semble? L'idylle de cinq heures finissant en prise de becs ou de cheveux, la vulgarité chez les mâles, l'égoïsme méchant chez les femmes; est-ce assez Longus moderne? Et ne croyez-vous pas que des gendarmes auraient lieu de surveiller de pareils amoureux? »

Une détonation interrompit le Platonicien.

— Ah! » fit Paule, « c'est Fauche.

Un second coup de revolver s'entendit.

— Ananké! » dit Nebo gravement.

La princesse, secouée à l'évocation du jet d'acide et de la balle ripostante, s'était appuyée à une palissade, en épouvante d'apercevoir le crime escorter l'Eros Roi de son imagination; une horreur l'emplissait d'appartenir à cette humanité et, pour la première fois, elle perçut à quelle noble volonté elle obéissait. Nebo la défendrait contre l'animalité et la passion : jamais l'orgueilleuse Riazan ne tomberait aux démences : et, saisissant la main de son Virgile, elle lui répéta, mais sur un ton ferme et virilisé :

— Vous êtes bon ami, Nebo, et je vous aime de toute l'idéalité que je vous dois. »

V

LA PHILOSOPHIE DANS LE FUMOIR.

— Nous allons chez les augures, ce soir », avait dit Nebo, et la princesse entrant dans l'atelier, converti en salon, qu'habitait Nergal, promena un regard d'avide curiosité sur les sept personnages d'attitude si différents.

— Nebo et Noroski », dit Nergal, « et sept branches du chandelier littéraire ; la postérité saura leur nom, ils se présenteront à vous par leurs idées », et du geste, il montra aux jeunes gens un canapé turc.

— Les présentations me font peur : cette confrontation, qui force à croiser votre bienveillance feinte avec qui n'en a pas pour vous, me terrorise comme nerveux et, comme écrivain m'humilie. Nous sommes les ornements d'une société ; il n'y a pas plus de raison que je dise à ces Messieurs, ceci est Tanneguy et cet autre Cruas ; que cette potiche est de la famille verte et ce dessin s'appelle Rops'. Nous portons un caractère extérieur d'intellectualité qui nous doit signaler suffisamment. »

— Nergal, le hiérarchiste enragé », dit Cruas, un

gros homme, à la tête volontaire, et célèbre par sa
force de peintre en prose, Courbet qui aurait reçu une
éducation latine, « est égoïste dans son inconséquence,
il a la chance d'être beau ; la femme qui l'aime lui bai-
sera les mains ; tandis que moi, qui ne suis point une
bête, j'ai du ventre et des mains de sous-officier.

« On n'est pas souvent l'anagrame plastique de son
œuvre, et Gavarni apercevant Balzac pour la première
fois, le prit pour un commis de la librairie où il le ren-
contrait. Quand Raphaël fit son carton de l'Ecole
d'Athènes, on n'avait pas les iconiques qu'on a découvert depuis ; eh bien, ceux qu'il a inventés vont mieux
aux philosophes grecs que les vrais. »

— Tais-toi », dit Nergal, « tu as la force et la vi-
gueur de tes livres. »

— Pour tes yeux et quelques autres ; mais nous parlons ici salon et non cénacle. »

— Nergal n'a pas que le casse-tête chinois de son
hermétique », dit Tanneguy, le comte-romancier, le
gentilhomme qui a mis la plus forte pulsation d'artère
aux psychologies d'exception, « il a l'amour du bouton et veut être mandarin ; en dépit des magots, des
crépons, il a un faible pour ce peuple grimacier et
bas. »

— Ce peuple simiesque, si vous voulez », prononça
Nebo, « n'est pas pandour : un lettré refuse de traiter
avec des officiers occidentaux, et cela, du moins, annonce qu'il n'a pas subi la poigne abrutissante d'un
Bonaparte, pourvoyeur de la mort, instaurateur de la
prostitution militaire. »

— Bonaparte », s'exclama Tanneguy, « c'est le colosse de Rhodes planté à l'entrée du siècle ; on écor-
chera le socle, mais on ne rayera pas le bronze.

— Oui, c'est un colosse d'airain, le colosse Molo-
chite ; monomane du massacre, il suggestionna son
goût à tout un peuple : considérez-le comme le boucher
par excellence, le Nimroud moderne ; mais à la double
lumière de charité et de raison, sa colonne apparaît
un charnier en hauteur, et le pli qu'il a donné aux
mœurs, une préparation à la conquête. »

— C'est une brise parfumée pour moi », soupira
Nergal, « que la dépréciation de la force aveugle ;
mille canons tonnant ne font pas un verbe, et la gloire
n'éploye pas ses ailes sur l'infamie d'une guerre
d'Espagne. »

— Les peuples guerriers sont les grands peuples :
entre nations comme entre individus, il y a nécessité
de voler pour garder et de tuer pour vivre ; l'abbé de
Saint-Pierre et l'Arbitrage et la Synarchie européenne
du marquis de Saint-Yves sont des rêves qui s'éva-
nouissent, en face des conditions vitales d'un pays.
Je m'étonne que vous, Nergal, qui ne croyez pas au
progrès, vous donniez dans les bourdes du vieil Hugo,
bonnes pour une chambrée de mécaniciens détraqués. »

Et Chavanay, d'une lèvre ironique, lançait en pon-
tifiant :

— Au xxᵉ siècle, la guerre sera morte, l'échafaud
sera mort, la haine sera morte, la frontière sera morte,
les dogmes seront morts. »

Nergal haussa les épaules :

— Un boniment de Mangin philanthrope pour go-
beurs socialistes ; je ne prétends que deux choses : la
première, c'est que la caserne et le lupanar sont paral-
lèles ; on prête son corps au premier venu, aux deux
endroits ; là, pour une caresse, ici, pour une blessure.
Or, je conteste à la société le droit de recruter des

soldats comme on lui conteste, en principe, celui de recruter des filles. Le service personnel, au lupanar, aurait tout aussi bien sa raison d'être pour toutes les Françaises, que le service personnel à la caserne pour tous les Français. La guerre et la prostitution portent le même titre : « Des maux nécessaires ». Dans la pensée du législateur, la fille est une sauvegarde de l'honneur des familles, comme le soldat, de la liberté et des biens civiques. »

— Mon cher », interrompit Bandol, « tu paradoxes indignement, et pour me placer à ton point de vue, je te dirai simplement que le service horizontal des Françaises serait inutile à l'Etat, tandis que le service des Français, qui finit, ma foi, horizontalement aussi, est une nécessité d'époque : et nous sommes convenus de ne pas rêver et de nous souvenir que nous sommes des docteurs en psychologie. »

— J'ajouterai », fit la Farlède, « que l'Etat, considéré comme hôtelier ou propriétaire, a le droit de dire à l'individu : si vous ne voulez pas des conditions que je fais à mes hôtes ou locataires, allez ailleurs. »

Nergal secoua sa lourde chevelure.

— J'accepte que l'Etat soit scélérat comme vous le formulez ; il a besoin d'autant de soldats qu'il y a d'habitants valides, et les épeurés du sac n'ont qu'à émigrer. Mais qu'importe à l'Etat que je lui envoie mon domestique faire l'exercice et la guerre à ma place ; Nergal représente, pour le recrutement, un homme ; soit, il l'aura cet homme. Mais pourquoi veut-il Nergal en personne ? »

— Parce que l'Etat est devenu un voyou et considère tout le monde comme voyou et propre seulement aux œuvres de voyous », fit Chavanay.

— La seconde chose que je prétends », reprit Nergal, « c'est que le gâchage des individus, au point de
vue économique, est aussi absurde que le gâchage
des objets ; couper du bois avec l'épée de Charlema-
gne et prendre pour cible la cuirasse de Henri II ;
faire d'un Palissy l'écuelle de son chien, allumer le
feu avec des manuscrits à miniature et prendre ses
pots de chambre au Musée Campana, c'est exactement
la même chose que de faire monter la garde à l'un de
nous. La Chine, que vous vitupérez bien à l'aise,
Tanneguy, a compris depuis beau temps, qu'il y a
des êtres de luxe, auxquels on ne fait pas nettoyer les
latrines. »

— Allons », dit Théoule, « revoilà la question mandarine. Songez, mon cher, que la supériorité basée
sur un examen, produit les Normaliens ; et si demain
on nous autorisait à passer ce bachot de la boule de
cristal, nous serions tous indignement collés. Je ne
sais pas un mot de géométrie ; Cruas ignore le nom
des trois grâces ; dénombrez-moi les îles Marquises,
Bandol ; combien l'âme a-t-elle de facultés selon les
manuels, la Farlède ? faites-moi, Chavanay, le tableau politique de la France sous Louis le Gros ! Non,
je vous le dis, nous ne passerions pas au baccalauréat, et de l'avis général cependant, nous sommes
tels, que les grands ne nous sont à cette heure que des
égaux. »

— Vous avez cent fois raison, Théoule ; aussi mon
mandarinat serait-il basé exclusivement sur l'œuvre
écrite, sur le livre ; et la discussion publique devant
les pairs, afin de faire la preuve qu'on est bien l'auteur. Pensez-vous que nous ne pourrions pas orale-
lement commenter nos romans, et prouver par les

questions sociales qu'ils remuent et les problèmes
psychiques qu'ils soulèvent, la réalité de notre aristocratie ? »

— Votre idée paraît lumineuse », fit Bandol, « mais
nous sommes en France, où le romancier n'est pas
considéré comme écrivain sérieux ; les professeurs
qui dégurgitent d'indigestes in-octavos sur l'étude de
l'homme se croiraient-ils pas déshonorés, en citant
Balzac ou d'Aurevilly. Il faut en prendre son parti,
faire sa trouée, puis sa nichée et boire frais. »

— Un écrivain », dit Tanneguy, « dans une société
anarchique comme la nôtre, doit se laver les mains
de tout et baiser celles des femmes. L'infortuné Nergal s'obstine à jeter ses carreaux sur des êtres insen-
sibles excepté à l'endroit de leur intérêt : ça peut être
beau comme moyen littéraire, ça est nul comme effet
sur le public. »

— Ah ça ! » fit Nergal, « est-ce que nous tous en
écrivant nous ne parlons pas à la cantonade ; notre
véritable lecteur ce n'est pas celui qui nous achète,
c'est celui qui nous aime.

— Donc », fit Tanneguy, « le véritable lecteur c'est
la dame de bonne volonté. Le laurier n'est bon qu'à
attirer le myrte et mes vrais droits d'auteur, ce sont
mes bonnes fortunes. »

— Comment », dit Cruas, « vous visez l'imagination
de Cydalise et les reins de Lisette, quand vous ciselez
une page ; l'art poétique de Musette, dans *Namouna* :
    Vive le mélodrame où Margot a pleuré !

— Eh ! non, je ne mets pas mon mérite dans la pal-
pitation des corsages, j'y mets ma joie : Ecartons la
question de boursicot, qu'est-ce que cela me fait
d'avoir cinq cents lecteurs à Lyon et même dix au

7.

Grand Gallargues ou à Port-de-Bouc ? Quelle volupté
me reviendrait-il d'être aussi connu que Bornibus le
moutardier ou Menier le chocolatier ? l'auteur s'en
tirera, comme il pourra, avec les siècles, mais l'homme
en moi ne voit qu'une montée au Capitole dont la couronne du triomphe est faite de beaux bras nus. »

— Toujours la question plastique comme dans mademoiselle de Maupin », fît Cruas, « vous Tanneguy et
Nergal, vous faites œuvre d'idéaliste, œuvre lyrique;
moi, qui suis un analyste, qui ai la vision nette, profonde, mais sans ailes joliment folles, je me trouve
déshérité dans vos solutions. »

— Ecoutez, Paule », dit Nebo ; « au point où ils en
sont, ils vont vous donner un remarquable dialogue
d'initiation sentimentale.

La Farlède, blond et svelte, et dont la grâce avait
séduit jusqu'au rigide journal *Des Débats*, jusqu'à la
podagre *Revue des Deux-Mondes*, le seul jeune admis
chez les vieux, coq parmi les chapons académiciens,
se leva pour rallumer sa cigarette.

— Tanneguy est particulièrement doué; mais pour
moi qui n'ai pas les mêmes restrictions physiques
et esthétiques de Cruas, j'avoue que jouer au boudoir ses héros, c'est le dernier des métiers. La
femme qui veut un écrivain, le veut selon ses livres ;
or, les miens sont pieux d'amour; me voilà donc en
bonne fortune, perplexe, à la manière de l'âne de Buri-
dan, ne sachant si je dois continuer la passion éthérée
de l'œuvre ou aimer carrément, non en esprit, mais en
chair et en lubricité. »

— Vous touchez », dit Bandol, « à la question grosse
de conséquences des rapports sexuels. Que vous
soyez amant de votre femme légitime ou d'une femme

comme il faut, il ne vous est plus possible d'être vous-
même : être soi-même en volupté c'est toujours être
égoïste, un peu brutal et de gestes bas. Or, dès qu'une
question de prestige plane entre vous deux, il faut
feindre, amenuiser ses sensations et être tout pincé, tout sucré, tout en cœur, des pieds à la tête.
Il faut dénouer rêveusement une tresse blonde quand
on voudrait tisonner sous les jupes comme un troupier
au mauvais lieu ; il faut enfin sauver la situation et
que la femme tombe dans un rêve, et que ça soit si
doux, si gradué, qu'elle puisse, la chose faite, feindre
de s'éveiller et dire : « Où suis-je?... N'ai-je pas dormi?... C'est un songe. » A tel point cette hypocrisie
complique l'acte d'amour, que cette idée seule m'épouvante. Tenez, de Tanneguy, vous m'avez rencontré
l'autre jour, en fornication infime ; cependant je pouvais pêcher en haut lieu, avec une gente dame ; mais
dès qu'il faut posséder une femme avec un tel art, la
sueur m'inonde et les bras me tombent. L'adultère
masculin, l'infidélité du mâle n'a pas d'autre cause
dans la plupart des cas. »

— Mais », hasarda Paule, et à ce mot tous les regards se tournèrent vers elle sans qu'elle s'émut,
« si on convenait à l'avance qu'il y aura des heures
de bestialité et qu'on reprendra son prestige en sortant.

— Le malheur, monsieur », dit Tanneguy, « c'est
que le prestige est un costume enchanté qui perd sa
vertu à jamais, si une fois on le quitte : et comme en
toute chose l'orgueil nous détermine, nous tenons à
notre piédestal, fût-il le plus bas des tabourets ; et
pour concilier la vanité et la paillardise, on fait comme
Bandol, on flirte en haut lieu et l'on perpètre en bas
étage.

— Autre fait qui n'a pas encore été avoué par le livre ; dans une nuit d'Alcmène, il y a peu de plaisir pour Zeus-Amphitryon : sa valeur tant de fois multipliée l'est par l'amour-propre seul : quel mobile plus éperonnant pour l'homme, qu'il soit de génie ou de rien, que la virilité qui terrasse une femme et lui fait demander grâce? Ce prestige tout physique est la secrète attraction innommée qu'exerce le type de Don Juan. Il est toujours l'homme d'une nuit héraclide et voilà tout l'idéal qu'il renferme : un satyriasis équilibré. »

— Vous m'accorderez », dit Cruas, « sans m'accuser de matérialisme, que, pour nous, hommes de pensée, les adorables niaiseries de l'amour, son parlage de perruche qui se compose du : « Tu m'aimes, dis... Je t'aime, va ! » « mon ange, ma chérie », a moins de charmes que pour l'homme ordinaire. »

— Evidemment », dit Chavanay, « aux passions de notre vie, il faut ajouter les passions de nos livres ; quand j'ai eu écrit mon bouquin, l'*Ile des baisers*, j'étais comme épuisé. Le commun des mortels apporte dans l'amour toute son idéalité ; où la dépenserait-il ailleurs? nous autres, quand nous n'y apportons pas les perversités du blasement, c'est plutôt de la lubricité que nous demandons. La femme, c'est la réaction de notre abus cérébral et la détente du corps au lieu que pour les autres, la femme représente vraiment toute la lyre. »

— Un autre caractère à noter en nos âmes : persuadés de notre supériorité et légitimement unis à la littérature, nous ne considérons le mariage sacramentel lui-même que comme une infidélité aux Lettres, nos Moïres. Aussi ne pouvons-nous aimer que l'être inabsorbant et adoratif qui ne tient pas de place dans notre vie. »

— Je me suis toujours souvenu », raconta Nergal, « d'un sermon, au temps où j'étais élève jésuite : le prédicateur nous peignit, à l'époque de la persécution des chrétiens, un jeune enfant, auquel on avait confié une hostie à porter à une catacombe. Entraîné par la vue d'autres gamins qui jouaient, il s'attarde avec eux ; puis, ce souvenant du précieux dépôt, il croise ses bras sur sa poitrine et veut fuir. Les gamins veulent savoir ce que porte l'enfant et ils le suivent en le pinçant, en le battant ; mais le petit, sous les coups, garde ses faibles bras couverts de sang invinciblement croisés sur sa poitrine où pend, dans un custode, la divine Eucharistie. Quand j'ai senti un verbe s'éveiller en moi, cette histoire touchante m'est revenue, comme l'allégorie de l'écrivain et de l'artiste. Nous nous arrê- tons dans le chemin de la vie aux mauvais jeux de l'Amour ; mais lorsqu'on touche à notre hostie, à l'œu- vre, à cette parole de beauté ou de charité qui nous a été confiée, alors nous croisons nos bras sur notre poi- trine et nous savons souffrir et être lâches pour sauver le divin poème que nous portons. »

— Votre trait m'ouvre une perspective », dit la Far- lède, « sur l'infériorité de l'homme de pensée dans la lutte intime : il concessionne à la Louis XVI, accepte le verre de vin et coiffe le bonnet phrygien.

— En supposant qu'une femme, épouse ou maî- tresse, soit consciente que nous sommes des os- tensoirs, pourra-t-elle, sans trop souffrir, nous lais- ser l'envergure de notre personnalité ? Il y a des heures fréquentes où l'indifférence suinte de notre attitude comme l'humidité d'un mur de cave, et ces heures-là sont dures à passer pour la femme.

— N'importe », dit Nergal. « Le moins doué de nous, a aussi des heures où il irradie un charme, où sort de lui une phosphorescence d'amour ; nous sommes un mauvais ordinaire, mais nous pouvons donner à l'âme et au corps de ces fêtes qui illuminent de leur souvenir toute une vie. »

— Oui », dit Théoule, « nous avons l'étrange faculté de redevenir momentanément vierge et jeune : un Chérubin survit en notre nausée, et combien est touchante sa romance à la comtesse, quand la belle marraine se trouve là, à propos.

— Si nous faisions des grogs, mes pairs », dit Nergal, en poussant un guéridon à roulettes, chargé de flacons et de verres.

Dans le remuement que fit cette invite, Nebo dit à Paule :

— Vous avez lu Tanneguy et Cruas, le romantique et le positiviste de l'étude passionnelle ? »

— Je connais aussi Théoule et La Farlède ; mais Bandol, quel est son genre ? »

— L'ironie à base scientifique, l'ironie lyrique et si hautaine qu'elle ne s'aperçoit pas en ses mordances. »

Nergal se retourna vers eux.

— Tanneguy me demande ce qu'est le beau jeune homme que vous accompagnez ? »

— C'est un écolier qui s'instruit en vous écoutant, mes maîtres », dit Paule avec crânerie.

Tous échangèrent un regard : le travesti était découvert.

— Nous avons passé notre conseil de révision moral », dit Tanneguy.

— Oh ! vous êtes tous exempts : en qualité d'êtres
de luxe.

Bandol s'approcha :

— Comte Noroski, si vraiment vous êtes venu ici
comme en classe, interrogez vos six professeurs sur
les matières de cet enseignement spécial où M. Nebo
est Archi-Recteur. »

— Mon Dieu ! » fit Paule, « si je vous questionne,
nous aurons l'air de jouer aux petits papiers parlés. »

— Qu'importe l'air que nous aurons ? » dit La Farlède, « s'il vous plaît, ce sera le meilleur. »

— Eh bien ! messieurs », dit Paule, « définissez-
moi l'amour, six fois, chacun une. M. Tanneguy,
commencez. »

— L'amour, c'est la plus forte émotion que puisse
donner la vie et la seule qui fasse souhaiter de mourir
en l'éprouvant », dit Tanneguy.

— L'amour, c'est un concordat entre un ange et
une bête aboutissant à une double faillite », dit Bandol.

— L'amour », dit Cruas, « c'est un prétexte que
l'homme s'est donné pour se distinguer des autres
mammifères. »

— L'amour, c'est de l'idéal en gros sous », dit
Théoule.

— Un rêve, qui finit toujours en cauchemar », dit
Chavanay.

— Une vessie ou une lanterne, on n'a jamais bien su
lequel des deux », conclut La Farlède.

— Comme dans M. de Goncourt, me prenez-vous
pour un public ? » s'écria Paule, « vous dites des
phrases d'esprit par à peu près quand je veux des
solutions profondes. »

— Cher monsieur, croyez-vous qu'on a toujours

plein les poches de solutions profondes ; une solution, même superficielle, ce serait bien joli. »

Nebo admira que Paule renonçât à jouer dans ce Banquet, le rôle de Diotima, facile en débitant ce qu'il lui avait appris.

— Tout à l'heure vous disiez des choses vécues et partant instructives ; maintenant que vous avez un écolier à instruire, vous plaisantez. »

— A vous la faute », dit Cruas, « vous tendez un panneau abstrait, nous tirons à poudre ; mais si vous nous demandiez des choses concrètes... »

— Concrètes ? » fit Paule. « Eh bien, est-il vrai que la préface longue soit le meilleur du livre sentimental. »

Il y eut unanimité.

— Croyez-vous que la sensation existe dans sa plénitude, en dehors de la passion, en débauche ? »

— Évidemment », dit Bandol, « d'autant mieux qu'elle y est seule. »

— Entendons-nous sur la plénitude de la sensation », fit La Farlède ; « ce n'est parfois qu'au cinquantième morceau que le Stradivarius donne toute sa note à Paganini lui-même. »

— La sensation dépend toujours de l'état cérébral », dit Tanneguy, « or, l'idée qu'on étreint un être rarement étreint transfigure la possession. »

— Autre chose », interrompit Paule avec un despotisme féminin, « dites-moi chacun, Messieurs, la femme qui vous fixerait. »

— Un ange dont je serais le diable et que je damnerais », dit Tanneguy.

— Une catin prude pour tout autre que moi », dit Bandol.

— Une femme de sérail qui ne saurait pas lire

et dont je ne comprendrais pas la langue », déclara
Cruas.

— La Fée aux miettes », dit Théoule, « une belle de
nuit, matrone de jour. »

— Moi », fit Chavanay, « je demande l'amie avec des
hanches, selon le mot de Baudelaire. »

— Parbleu, Chavanay, tu m'as volé mon programme,
celui de tous les intellectuels. L'idéal, c'est la sécurité
et l'indulgence dans l'amour ; non pas l'âme sœur,
mais l'esprit frère ; le compagnon qui ne retrouve un
sexe que vers minuit ; l'ami qui a la main loyale autant que douce, et qui soutient et qui réconforte et qui
pardonne surtout. Pardonner, en amour, pardonner
les gaucheries, pardonner les indifférences, pardonner
même l'infidélité, voilà ce qui nous fixerait en nous
prosternant. Mais ça, compagnons, c'est le rêve de
l'Androgyne ; il habite au pays des mandragores arbo-
rescentes et du Dahlia bleu ; c'est à la fois l'ange de
Tanneguy, la courtisane de Bandol, la silencieuse de
Cruas, la belle de nuit de Théoule, c'est tout le bon et
tout le beau ; est-ce aussi votre rêve, monsieur Nebo? »

Nebo inclina la tête gravement ; et il y eut un silence
qui gêna la princesse ; un enchantement jaillaissait
d'elle qui énamourait les sept écrivains : ils la voyaient
telle que La Farlède avait dit : et Nebo sentit l'envelopper la rancœur de l'homme, qui a prouvé sa valeur,
dépassé par un être sans œuvres. Paule se défendit
vivement contre leur pensée mauvaise.

— L'Androgyne déchoit en se féminisant à minuit,
monsieur La Farlède ; l'androgynéité n'existe qu'au
prix de la négation du sexe ; s'il s'affirme, on n'a plus
qu'une femme ; les ailes quittées et le lit ouvert, il ne
reste rien que d'ordinaire. »

— Mais l'aube ramène avec elle l'androgynat ? »

— N'avez-vous pas dit, il n'y a qu'un moment, qu'à être naturel, c'est-à-dire bestial, le prestige, une fois envolé, ne revenait plus : il faut opter ; ou la passion sexuelle avec toutes ses conséquences ou l'insexualité avec tous ces renoncements. Dès qu'on veut du rare, on s'expose à de grands efforts, et prétendre enfermer en un même corps l'antinomie de la maîtresse et du camarade, c'est se duper l'entendement. »

— Vous semblez avoir raison, comte Noroski », dit Bandol, « il y a, et dans la circulation et à tous les étages sociaux, des femmes que les superficiels appellent bonnes filles et qui sont la monnaie de Ninon de Lenclos. On les reconnaît à ce qu'elles se donnent tout de suite ou jamais, et vous quittent, sans haine ni chantage ; ce ne sont pas des androgynes éclos entre les pages de Swedenborg ou de Platon, mais bien les seules maîtresses dont le souvenir soit sans amertume. »

La conversation languit ; la parole étouffée sous le poids de la pensée, une rêverie descendit sur eux ; on eût dit un club d'haschichins ; ou plutôt la princesse transformée en un narguillé, et chacun aspirant d'elle la chimère de son cœur. Calme et souriante sous ces regards qui aimaient et ne désiraient pas, l'admirable jeune fille n'avait point d'embarras ni de rougeur ; Pauline Borghèse, elle posait devant l'imagination de ces écrivains, et il y avait un tel respect dans leur contemplation, c'était si bien une communion spirituelle, que le silence se solennisait ; une émotion religieuse laissait éteindre les cigares, immobilisant les poses.

Cruas, à cheval sur une fumeuse, le menton aux mains, la tête enfoncée dans les épaules, percevait peut-être pour la première fois la sentimentalité de l'amour ; La Farlède, rejetant en arrière sa fine tête blonde, clignait des yeux, dans un éblouissement passionnel ; Tannéguy, les mains arquées sur les cuisses, penché en avant, et l'œil fixe et démesurément ouvert, semblait, en abaissant parfois sa lourde paupière, prendre de cérébrales photographies ; Chavanay frisait sa moustache soyeuse, avec son sourire voluptueux de savoureur des plaisirs spirituels ; La Farlède et Bandol se jetaient des regards semblables à ces coups de coude d'admiration qu'ont les artistes balbutiant d'enthousiasme devant un chef-d'œuvre, et Nergal, debout contre la cheminée, les bras croisés, semblait mâchonner des énigmes.

Un soleil d'orgueil s'éleva dans l'âme de Paule ; sa seule présence avait soumis les plus aiguës, les plus indépendantes pensées : dans ce rayonnement d'amour qui lui venait de ces hommes supérieurs, elle vit enfin le génie de Nebo, et d'un regard où la fierté était reconnaissante, elle offrit au Platonicien l'hommage intellectuel de ces génies. Ce regard, tous le saisirent, et détournant un moment leurs yeux de la princesse, ils considérèrent le Platonicien avec l'étonnement de l'artiste forcé de s'incliner devant un être improductif, de l'écrivain étonné par un inédit. Une minute, cette éducation surnaturelle leur apparut plus grande que leur œuvre.

— Qui de nous écrirait, s'il pouvait vivre, un roman pareil ? » s'écria Nergal quand Nebo et Paule furent sortis, en une silencieuse salutation ; car, pour ces docteurs ès-sensations, une parole gauchissante et la banalité des poignées de main eût ôté quelque chose à cette heure rêvée.

— Vous vous êtes tu, Pygmalion ». disait la princesse à Nebo, « la Galathée témoignait de votre fécond
génie : au bas de mon pantalon, ils ont lu : *Nebo fecit;*
je ne savais pas que vous ayez accompli en moi de
si grandes choses. Mais je suis déçue, au point de
vue pédagogique ; ces cliniciens de l'âme, ces prêtres
de la sentimentalité ne m'ont pas dévoilé le moindre
arcane. »

— Enfant », dit Nebo, « en vous adorant tous, ces
Mages de l'art ont salué en vous l'arcane suprême que
Dante a incarné dans la Béatrice de son paradis. Ro-
manesques ou charnels, tous les six vous ont dit mieux
que par des paroles le dernier mot de l'initiation sentimentale. »

— J'y suis », s'écria Paule en qui se levait le souvenir de la dernière conversation du périple, « le bonheur se produit en réduisant la vie végétative, en étei-
gnant la vie passionnelle, et en développant, de toutes
nos forces, la vie intellectuelle, qui est celle des
anges : ce qui se résout en l'androgynéité que je leur
représentais. »

VI

LE SACREMENT DE MARIAGE

— Adonisez-vous : ce soir, comte Noroski, vous *faites* une comtesse. »

— Qu'est-ce à dire ? »

— C'est-à-dire que je vous marie et, à cette fin, vous mène choisir une femme. »

— Une fille, voulez-vous dire. »

— Non pas, une femme destinée à être la mère de vos enfants. »

— Quelle facétie ! et les femmes estimables, les vierges, on les trouve quelque part, au choix, en un bazar matrimonial ? »

Et la princesse haussait les épaules, en boutonnant son gilet.

— Je ne me prêterai pas à pareille comédie. »

— Vous me faites ce soir la même scène que pour l'Érotic-Office ; or, sans être économe, je ne jette pas mille francs pour le plaisir ; j'ai payé pour que vous choisissiez une femme et vous viendrez la choisir. »

— Et combien vous coûte-t-elle, ma femme ? » dit Paule, avec un rire aux lèvres. « autant que le poète Davèze ? Est-elle blonde, brune ou châtaine ? »

— Elle sera selon que vous la choisirez : J'ai payé mille francs une soirée où l'on m'a promis le plus vaste choix, il y a même des fortunes à votre service ; peut-être rencontrerez-vous sur ce terrain des connaissances, des amies de pensions. »

— Me menez-vous au mauvais lieu ou bien chez des gens honorables ? »

— Je vous mène dans le salon de l'Agence. »

— Enfin, est-ce borgne ? » s'écria Paule agacée.

— Ce n'est qu'à peine louche, et pour les avertis seulement. »

— Alors, en ce bien heureux Paris, on peut donner commission de vous trouver une honnête femme comme une malhonnête ; et le mariage a ses agences ainsi que l'adultère ? Quel couple un peu propre a pu se rencontrer là ! Je donnerais quelque chose pour voir des époux ainsi fabriqués. »

— Connaissez-vous le baron Dalgouski et sa femme ?»

— Oui, un charmant ménage. »

— Eh bien, ma chère Paule, le baron Dalgouski avait, il y a cinq ans, le diable dans son portefeuille ; il s'est adressé à l'agence Plot, qui lui a découvert mademoiselle Lingerat, laquelle a échangé son million contre le titre de baronne ; et le hasard les fait heureux tous les deux. »

— Et savent-ils, les Dalgouski, comment on a aidé le hasard ? »

— La femme l'ignore ; parfois le mari l'ignore aussi. »

— C'est donc une œuvre pie et de charité pour l'extinction du célibat ; il doit y avoir des dames patronnesses que je connais ? »

— Vous sautez d'un extrême à l'autre ; vous dites

d'abord lupanar à mon Agence et puis œuvre de
miséricorde ; c'est simplement une maison de commerce. On paye tant pour cent sur la dot qu'on prend. »

— Quelle est donc la dot que je prends puisque vous
avez donné mille francs. »

— Ce sont là des avances; les bougies et le thé au
punch de la présentation. »

— Même en travesti, le jeu d'un mariage d'argent
me répugne ! »

— D'abord je n'ai pas précisément parlé de votre
avidité ; j'ai dit que plus la jeune fille complairait,
moins vous exigeriez de dot, c'est fort élastique. Maintenant, laissez-moi vous lever une idée de fausse
générosité et un point d'honneur né d'une grande
ignorance de la vie. Vous vous soulevez à l'énoncé de
la question d'intérêt, en matière d'amour légitime,
comme si une grâce d'état devait tenir lieu de tout,
en cette occurrence. Le mariage n'est pas l'accouplement sanctifié par l'Église, d'un homme et d'une
femme qui se sont librement choisis selon leur humeur et convenance; on ne se marie pas que pour coucher ensemble ; et même ce point devient vite le moins
important.

« Le mariage est avant tout une association contre la
misère, la maladie et l'ennui; or, avant de dire à une
femme : je vous réponds d'une vie aisée et de tout le
soin nécessaire, si vous souffrez, et de toute la distraction possible, si le tête-à-tête vous endort, il faut assez
d'or pour mettre des tapis sous les pieds de l'épouse,
envoyer chez le pharmacien, et avoir le loisir de s'oc-
cuper d'elle. Si, sans cet or, vous songez à vous marier, il est plus loyal et plus noble de dire à une jeune
fille riche : « Vous jeune, belle, je vous aime ; mais

précisément parce que vous êtes jeune et belle, je ne
vous prendrais pas si vous étiez pauvre, parce que je
suis pauvre aussi, et qu'il faut à la jeunesse du mouvement et de la joie, à la beauté, du luxe ». Enfin, si
nous considérons la fin physiologique et sacramentelle,
quel égoïsme insoucieux et coupable de faire naître
de malheureux êtres qu'on ne pourra pas garantir du
travail, de l'humiliation et des servitudes que la société impose à celui qui ne peut pas se racheter des
réalités abêtissantes ! »

— Si on aime vraiment, au lieu de tant raisonner on
se fie à Dieu », s'exclama la Princesse.

— Se fier à Dieu, cela passe pour de la piété, c'est
plutôt une témérité de la foi ; Dieu ne pactise pas ainsi
avec sa créature. Quant à se mettre en ménage, ayant
pour tout lest de l'amour, il faut ou avoir un bon état
d'ouvrier ou se pourvoir d'un boisseau de charbon.
L'Amour déshabille une femme et lui met des baisers;
mais on ne sort que dans les vers de Théophile Gautier en tunique de baisers ! Est-ce en embrassant sa
concierge qu'on désarme cet ennemi inévitable? Est-ce
qu'on s'aime longtemps assez pour se réchauffer
l'hiver sans autre feu que des caresses? Épouser
une fille de pionnier américain et, muni d'un bon riflé,
s'enfoncer dans les Savanes, à la grâce de Dieu, ce
n'est pas très fort : on a à craindre que les fauves et
les Peau-Rouges. Mais sur le pavé des villes, il faut
avoir de l'argent ou mourir, et mourir de cent façons,
toutes très lentes. »

— Enfin, Nebo, si vous étiez pauvre, vous n'épouse-
riez pas une fille pauvre aussi, si douée qu'elle puisse
être sous tous les autres rapports ? »

— Non, certes, en loyauté. Du jour où je devrais

pourtraiturer des mufles bourgeois, au lieu de crayon-
ner mes rêves, je serais d'une humeur enragée; or,
l'humeur enragée est incompatible avec toutes les
autres. Puis, la perspective de petits Nebos, forcés
d'illustrer des journaux pour vivre ! Cela me lève le
cœur en y pensant. La pauvreté commande à l'être
intellectuel de rester seul. Suivant moi, celui qui doit
faire face, par le travail, aux exigences monétaires de
la vie, et qui répond du bonheur d'une femme, est
menteur ou illuminé. Songez donc, Paule, quelle lucidité d'esprit, quel soin de la tenue, quel art de la
grâce, sont nécessaires pour être aimables à toutes les
heures de la vie commune. »

— Mais vous parlez du rôle du mari comme s'il s'a-
gissait d'une œuvre d'art : le mariage n'exige pas de
génie, sinon quel dépeuplement !... »

— Nous parlons ici du mariage de luxe, du mariage
d'un artiste avec une millionnaire. La jeune fille apporte l'étoffe de ce qu'on appelle le bonheur, cette
ouate qui capitonne une existence et qui dépend d'une
épaisseur de bancknotes ; le mari-artiste va découper,
tailler, ajuster cette étoffe précieuse, et si vraiment
l'étoffe suffisante ne manque pas sous sa main, il doit
paraître et demeurer devant sa femme, préférable à
tous les amants qui paraîtront. »

— Évidemment », dit Paule, « celui qui peut offrir
un pareil rêve en échange d'un tas d'or, donne plus
qu'il ne reçoit, et sa part dans la communauté dépasse
extrêmement l'apport de la femme. »

— En politique, j'estime qu'on doit accorder à un
ministre, à un ambassadeur, à un général, un blanc-
seing, sur tous les points, mais, exiger le succès ; en
mariage mêmement, l'époux peut demander au palais

8

et ses accessoire, mais dans ce palais, il est tenu d'être aimable jusqu'à être aimé. En théologie, la doctrine de saint Liguori sur la pureté d'intention a cours ; non pas en matière sentimentale. »

— Cependant », observa Paule, « on dit parfois : gloire aux vaincus, et honneur au courage malheureux. »

— En matière brutale, comme la guerre, soit ; mais qu'un écrivain décline et qu'un mari prenne du ventre, le public et la femme jugeront, sans appel, que l'un n'a plus de droit à l'admiration, ni l'autre à l'amour. A une époque, j'ai été ambassadeur d'un navré amoureux auprès de la femme qui ne l'aimait plus ; et quand je lui représentais toutes ses qualités, morales et immorales : « Je le vois, comme vous, mieux que vous, je pense plus de bien de lui que vous n'en dites, mais je ne sens plus rien pour lui ». Cet amant transi avait cessé d'être attractif ; or, je puis vous l'avouer, je possède de tels secrets que je pourrais empêcher ma femme de me voir vieillir, et mes cheveux devenus blancs, elle croirait passer sa main dans les boucles les plus blondes. Eh bien ! malgré ces armes de séduction inconnues à presque toute l'humanité, je serais battu par le premier vicomte d'Antioche, si je devais dépenser ma force à la lutte pour la vie. Aussi, si j'avais un conseil à donner aux filles riches, ce serait de rechercher un mari de génie, et d'un génie rayonnant sur elle, encore plus qu'autour d'elle, d'un génie d'incantateur sur le terrain matrimonial. »

— Quel être extraordinaire vous êtes ! » disait Paule en sortant de la maison du Platonicien, « l'art est tellement dans votre sang, que vous envisagez le mariage comme une sorte de chef-d'œuvre à exécuter. »

— Je parle au point de vue indépendant des préoccupations matérielles ; et, à ce point de vue là, il ne reste plus dans la vie que la Prière, la Charité, et l'Esthétique. »

Il héla un fiacre qui passait.

— Boulevard Saint-Germain, 15. »

Là, demeure le baron Plot ; il donne nombre de soirées, et on dit sa femme d'une très grande obligeance et serviabilité.

— Il paraît que c'est mêlé », observa la jeune fille.

— Mêlé, oui, quand nous y serons, car vous êtes, comte Noroski, un des invités de la baronne Plot. »

— Comment? ils tiennent bazar matrimonial et on ne le sait pas? »

— Ma chère Paule, à Paris tout se sait, mais dans un monde très restreint et chacun a trop à faire pour colporter longtemps un commérage et surtout pour le relancer lorsqu'il tombe. En province, les dévotes aiguisent, pendant un trimestre, une médisance et se la renvoyent comme un volant, sans jamais le laisser tomber, jusqu'à vingt années de suite. Quand il y avait une Cour et des castes sociales, les gens en place, c'est-à-dire en lumière, étant groupés, on les suivait tous d'un même coup d'œil, et voilà pourquoi les démocrates ont beau jeu à déterrer les débauchées de la noblesse du dernier siècle; aujourd'hui les places sont des passages et les honneurs des corridors; on salue et on traverse; la chronique scandaleuse n'a pas le temps de saisir ses lorgnettes, et les Jacobins du vingtième siècle auront beau jeu d'écraser les scélérats Richelieu, Mazarin, Fleury et Bernis sous les vertus et les vies patriarcales des quatre-vingts ministres de la troisième république. Rien ne signifie d'un insigni-

fiant ; M. Prudhomme a trente parcs aux cerfs et
des légions de Lebel dans Paris, n'importe ; pour
l'histoire, seul le Parc-aux-Cerfs de Louis XV a eu
lieu ; madame Prudhomme a eu des amants, une bro-
chette, on ne parlera jamais que de Buckingham et
d'Anne d'Autriche ; un pays sans Cour peut avoir de
la morale, non des mœurs ; un gouvernement sans apparat n'est plus qu'une gérance, et par le chemin de
l'Égalité, la France ne sera bientôt plus qu'une Société
anonyme, à la capitation de trente-six millions de
Jacobins inconscients.

« Si le baron Plot ou la baronne Plotte vous questionne sur vos biens et alliances, dites-leur de s'adres-
ser à M. Nebo, votre secrétaire : cela vous évitera des
frais d'imagination qui ne seraient pas peut-être du
même alliage que ceux que j'ai faits, car ces estimables marieurs du genre parisien se prennent très au
sérieux et ne comprendraient pas du tout votre curiosité pure et simple. »

— Profitez », continuait Nebo, en montant l'escalier,
« de ce que le comte Noroski est annoncé comme un
brillant parti à celles des jeunes filles qui sont dans
le secret de la maison ; secret que vous êtes censé
ignorer ; l'occasion est à la Maupin de connaître les
douceurs du rôle masculin, en flirtation. Entrez dans
le personnage du jeune homme à marier, soyez galant,
soyez hardi. »

— Oui », dit Paule, « je crois que je vais m'amuser.

L'antichambre, d'un luxe modéré, était occupée par
deux laquais en livrée et mollets.

— Allons », dit Nebo, « ils nous font le grand jeu,
et n'ont pas lésiné sur la figuration. »

A leur annonce, faite d'une voix trop forte, il y eut

la prise de pose instantanée d'un bataillon à l'instant où le général vient à lui, dans les revues.

Nebo avait surpris un mouvement de chef d'orchestre, dans le maniement d'éventail de la baronne Plotte, le : « Attention, ne bougeons plus », du photographe.

Elle s'avança avec trop d'empressement vers les arrivants. C'était une femme distinguée malgré l'embonpoint et dont la quarantaine évidente se maintenait dans cette rubrique insolente du viveur désignant une maturité point trop avancée : « Encore faisable ».

Le baron affectait l'allure ronde de l'ancien militaire et portait les moustaches roides et effilées propres aux derniers bonapartistes provinciaux.

Au premier coup d'œil, la différence des tenues choquait : à côté d'épaules très nues, une robe montante ; celle-ci n'avait que les bras à l'air et celle-là que le cou. On sentait que chacune s'était mise de la façon la plus avantageuse à son air, cachant l'une, l'absence de sa gorge, l'autre, au contraire, l'exhibant. La coquetterie jouait serré, plutôt une partie de fortune qu'une de plaisir ; on était là pour arranger sa vie, et non pour marivauder sans conséquence. Cette préoccupation, traduite seulement par la fébrilité du regard et un peu de nervosité dans la grâce, donnait à cette soirée une physionomie d'une rare intensité : Une vingtaine de jeunes filles, les unes laides et riches ou jolies et pauvres ; les autres ayant une tare dans leur famille, toutes enfin impuissantes à trouver, dans le rayon familial, le mari émancipateur, considéraient ce Ladislas Noroski, un comte, riche, jeune et admirablement beau. Quand la baronne Plotte amena Paule à un fauteuil près d'elle, et que celui-ci le refusa d'un geste

8.

souriant et s'adossa à la cheminée du salon en balan-
çant son monocle, il y eut un chuchottement admiratif.
Soit que le désir de ces vierges auréolât fluidiquement
le faux comte, soit que sa grâce touchât Nebo jusqu'en
de mystérieuses profondeurs, il restait pris aussi par
le charme et le baron Plot, se penchant à l'oreille du
Platonicien, disait :

— J'en ai vu défiler des jeunes gens ; celui-là c'est
un rêve ; il peut choisir même Miss Milding, deux millions et jolie.

L'habit allait adorablement à la princesse, quoique
le plastron blanc gonflé par les seins comprimés avec
peine eût un gondolement inusité, mais qui pouvait
passer sur le compte de l'empois roidissant la toile ; son
ventre effacé et masculin écartait l'idée d'un travesti,
que ne pouvaient donner suffisamment la cambrure
des reins et les basques de l'habit un peu repoussés.

La baronne Plotte commença tout de suite à présenter ses jeunes filles. A côté d'elle et signalée à l'attention du comte par cette place d'honneur, Miss Milding,
l'orpheline aux deux millions, une rêveuse Anglaise,
ayant ces yeux démesurés et cette bouche trop petite
pour le baiser des keepsakes d'il y a trente ans : elle
était maigre et diaphane. A côté d'elle, et en contraste,
une Viennoise blonde et grasse, étalant de belles
épaules de femme faite, avec une taille d'enfant. De
l'autre côté de la cheminée, deux sœurs à l'allure
parisienne, à la toilette raffinée.

Prenant le bras du comte Noroski, la baronne, pendant un grand quart d'heure, le présenta successivement à toutes les demoiselles présentes ; et Paule s'in-
clinait à chaque station, amusée des mines engagean-
tes qu'on lui faisait.

Plusieurs jeunes filles étaient accompagnées de leur mère, qui surveillait les moindres mouvements avec l'attention soutenue d'un joueur qui risque ses louis aux échecs. Outre les parents, on remarquait des habits noirs bien portés, mais conviés sans ambages et visiblement coryphées habituels des soirées de l'Agence. A mesure que la baronne présentait, le baron expliquait à Nebo, le chiffre de fortune, l'origine et les prétentions de chacune. Il ne lui serait pas venu en idée qu'on pût organiser une semblable exhibition sans ferme désir conjugal ; et il insistait sur ce point que si le comte choisissait une fille peu riche, ce serait à lui de payer l'Agence. Nebo, à toute question d'argent, faisait la moue insouciante d'un secrétaire de Nabab.

— Vaut-il mieux, monsieur Nebo, organiser un petit concert ou une sauterie ? Vous devez savoir les goûts de M. le comte », disait le baron.

— Ni l'un ni l'autre, baron Plot ; il vaudrait mieux que votre salon en eût de petits en enfilade qui permissent le tête à tête ; Monsieur le comte est romanesque, et tant qu'il ne sera pas libre d'un aparté, il restera muet et souriant, comme vous le voyez.

— Compris, c'est prévu », fit l'étrange amphytrion, et il s'esquiva vivement.

La baronne interrogeait Paule sur ses voyages en Perse et l'embarrassait fort, quand un petit tressaut circula. Une porte s'était ouverte, montrant plusieurs pièces qui se suivaient modérément éclairées.

— S'il t'emmène là-bas, ne sois pas bégueule », recommandait, derrière Nebo, une mère à sa fille, une enfant de seize ans, en corsage à la vierge.

Les rafraîchissements commencèrent à circuler, et

Paule pour s'enhardir but deux verres de punch; en voyant ces lieux d'aparté qu'on venait de lui ouvrir, elle se promit d'être aussi Théodore de Cézannes que possible avec toutes ces Rosettes. D'abord elle s'empressa auprès de Miss Milding; cette sylphide avait une grande mémoire et répondit par un centon Shakespearien qui émerveilla la princesse jusqu'au moment où elle aperçut que le Lawrence délicieux avait les bas les plus bleus qu'ait jamais portés une jambe sèche de fille d'Albion. Elle passa alors, avec des transitions polies, à la blonde Viennoise, qui lui représentait bien la maîtresse de D'Albert, moins la grâce capricieuse et, lui ayant offert le bras, elle l'emmena dans le premier des petits salons. Fût-ce un mouvement de perversité, l'effet du punch, ou une curiosité sans barrière, elle s'enhardit, osée comme un page. Assise sur la même causeuse et à l'abri des regards, elle fit en quelques minutes cette conquête.

— La femme que je rêve et que je cherche, je la reconnaîtrais à ce signe », disait Paule, « que ses lèvres ne fuiront pas les miennes, dès la première entrevue, et qu'elle se sentira mienne, presque en m'apercevant. »

L'Autrichienne sensuelle, prise à l'appeau du mariage, et aussi au charme du faux jeune homme, reçut très franchement le baiser que Paule lui donnait un peu à la cantonade. Ainsi encouragée, la princesse attira l'enfant à elle, lui caressant la gorge d'une main ; et, dans une étreinte très amoureuse, Nebo les surprit. La jeune fille confuse s'esquiva, mais Paule, très lancée, répondit par un regard d'insoumission à celui presque sévère de Nebo : elle rentra au salon, but encore un peu au hasard, et débita les galanteries les plus chaleureuses un peu à toutes.

Ayant à ses bras les deux sœurs Molineau, elle retourna dans le petit salon, et d'une verve endiablée les étourdit, les embrassant l'une après l'autre, se fiant à la douceur du baiser pour choisir ; et les deux jeunes filles, rassurées en leur conscience, sur la fin possible, sinon probable de ce jeu brûlant, se défendaient mal et riaient nerveusement.

— M. le comte est très lancé » ; disait le baron Plot au prétendu secrétaire, « qu'il prenne garde à la petite Bonnard ; s'il l'emmène et qu'il la regarde de trop près, la mère essayera de forcer la main, comme dans *Pot-Bouille*.

— Je ne parle pas pour M. le comte », faisait Nebo, « mais, par aventure, un autre que lui pourrait-il pas profiter de ces petits salons ?... »

— Pour embrasser ! Vous voulez rire, monsieur le secrétaire », s'écria le baron, et, d'un air entendu : « A moins d'un louis, il y a bien des divans dans Paris ; les miens sont respectés parce qu'ils sont trop chers pour ce qu'on y trouverait.

Paule, ramenant les deux sœurs, Nebo l'entraîna un moment à l'écart :

— Paule, souvenez-vous de la brasserie où vous fûtes troublée par une caboulotière ; vous jouez avec l'antiphysisme, le péché est énorme, et votre prestige s'y perdra à mes propres yeux. »

— Je vous entends, prêcheur, et vous rassure en ne faisant plus qu'une flirtation. »

— Pas avec la petite Bonnard, la mère crierait au viol pour un abandon de pose et vous sommerait d'épouser. »

— Sommation d'épouser ! Voilà qui serait bouffon », et elle se mit à rire, puis louvoya vers la jeune fille

dont Nebo lui défendait l'approche. Celle-ci, nu bras
et très décolletée sous un fichu de gaze intentionnelle-
ment mal attaché, affectait une grande retenue de
maintien et baissait constamment les yeux. Rougissante et feignant l'émotion aux attentions du faux Noroski, elle accepta le bras de la jeune fille et se laissa
conduire dans le petit salon : sitôt la mère s'embusqua
pour surveiller le moment propice à une esclandre.
Paule, très intéressée par le manège de la fausse Agnès,
la complimenta sur le rose de sa peau. »

— C'est la gaze qui la flatte ; si vous la voyiez nue,
elle est très ordinaire. »

— Je parie que non ! »

— Vous avez perdu, tenez », fit-elle, et, enlevant
une épingle, le fichu de gaze s'écarta.

— Ah ! » fit Paule, « vous avez un signe à l'entre-
deux des seins.

— Il est si bas, comment pouvez-vous le voir ? » et le
comte Noroski se pencha sur le sein découvert ; la jeune
fille lui saisit la tête et renversa la sienne comme pâmée, en poussant le « Ah ! » d'une femme possédée.
Avant que Paule eût pu se dégager, la mère, levant
les bras en une allure bourgeoisement théâtrale, était
là, suivie d'une partie de l'assistance.

— Ma fille, tu es compromise ! Monsieur le comte,
après une pareille liberté, il n'y a plus qu'une chose.. »,
et elle s'arrêta, en une digne émotion.

Et vraiment, l'expression de physionomie de mademoiselle Bonnard, et le caractère dénudé que donnait
à ses seins l'enlèvement de la gaze, figuraient une
scène embarrassante pour un autre épouseur.

La jeune fille, trop loin de sa mère pour cacher sa
confusion dans ses bras, s'abattit d'une manière sup-

pliante sur la poitrine de Paule, restée assise et souriante ; mais soudain se redressant, furieuse et vraie dans son dépit elle cria :

— Maman, ce jeune homme, c'est une femme. »

Elle avait senti pointer sous la chemise la gorge de la princesse. Le coup de théatre fut tel que l'assistance s'immobilisa de stupeur.

— Vous espériez, monsieur le comte, cacher que vous êtes hermaphrodite, hélas ! résignez-vous ; il aurait toujours fallu l'avouer », dit Nebo avec une douleur hypocrite et, fendant les groupes, il ouvrit le chemin à Paule, qui se mordait les lèvres pour ne pas rire.

— Hâtez-vous donc, folle », disait Nebo dans l'antichambre, « le Plot et la Plotte vont se gendarmer. »

En effet, ils arrivaient, tout à fait furieux, au moment où les deux valets refermaient la porte.

— Eh bien ! vous êtes en voie de perfection vicieuse ; à moitié grise, à moitié lesbienne. »

— Grise, un peu : lesbienne, non : ces baisers et ces caresses, autant celles que j'ai données que celles que j'ai reçues, ne m'ont été que des nouveautés en gaminerie ; le fruit de ma soirée est une conviction que tout est indifférent d'un être qu'on n'aime pas, et que c'est la personne qui fait le baiser ; en lui-même il n'est rien, il n'est pas.

VII

LA PHILOSOPHIE DANS LE BOUDOIR

Dans le cabinet de Nebo, la princesse, en corset, finissait d'arranger une fausse chevelure, d'un édifice compliqué ; à côté d'elle, une teinture brune dont elle s'était déjà enduit un côté du visage, laissant l'autre au naturel par plaisanterie.

— Au temps du périple, vous deviniez ma curiosité du moment ; maintenant, vous n'avez plus cette faculté qui m'étonnait.

— Déjà, vous me déclarez en décadence ; voyons, donc si je n'ai pas prévu votre curiosité présente, et si je ne vais pas la satisfaire tout à l'heure.

— Je vous en défie bien ; celle-là est plus difficile que les autres.

— Dites-la, sans souci de la difficulté : vous savez bien que je mets en actes pour vous les paroles de M. de Calonne à la Reine.

— Eh bien ! je voudrais le pendant à la soirée de Nergal, je voudrais entendre le décorsetage moral de femmes, non pas filles, mais ayant beaucoup vécu, dans le sens masculin du mot ; le résultat de leurs

expériences, au pluriel serait un singulier enseignement. »

— Comme c'est possible, c'est prêt. »

— Voilà donc pourquoi vous m'avez fait apporter
une toilette tapageuse qui me déclassât, et dont la
voyance, ajoutée à ma chevelure noire, me permit de
frayer avec des... », elle s'arrêta, interrogeant du
regard.

— Je ne sais pas plus que vous, comment les englo-
ber en un terme ; ce ne sont pas des filles, puisqu'elles
ne se vendent pas ; ce sont cependant des pécheresses
puisqu'elles se donnent. Il est plus court de les égrener
une à une que de les mal qualifier collectivement. D'a-
bord, deux bas bleus : Guy de Lavalduc écrit dans la
gamme érotique et Bonneville édifie les bibliothèques
paroissiales : ensuite, la marquise de Nolay, une déclassée, et madame Mionnay, une parvenue. Enfin, mademoiselle l'Habitarelle, qui a eu longtemps le privilège de ri-
baude dans une cour du Nord. Toutes sont mûres, les
unes descendent de la haute classe, les autres viennent
d'en bas ; se confesseront-elles? Ce serait bien long.
Toutefois, vous présentant en déclassée, résolue à vous
ébattre, j'espère qu'elles se montreront assez cyniques ;
c'est la seule franchise qui leur soit possible. »

— Je voudrais un peu plus de détails sur elles », demanda Paule. « Avertie de leur passé, je comprendrai
mieux leurs propos à la Vireloque.

— Eh bien, ma chère Paule, Guy de Lavalduc est
une honnête femme, en ce sens qu'elle n'a qu'un amant,
et une malhonnête personne, en cet autre, qu'elle
fournit les Quinze-Vingts et les collégiens en vacances
de lubricité écrite : et cela non pour elle, au profit d'un
gaillard qu'elle adore et qui la gruge, et fait retour-

9

ner au vice l'argent produit par la littérature onanique.
Bonneville, qui a pondu cinquante volumes de niaiseries dévotieuse et morales; si, à l'encontre de ce que
croit le clergé, la bêtise n'est pas la pire des immora-
lités, est une vicieuse endiablée et plus experte encore
que Cora. Pour la marquise de Nolay, c'est une victime de madame Sand, elle a lu *Jacques*, quitté son
mari, et se grime en Lélia; intime avec madame Mionnay, qu'elle appelle sa sœur Pulchérie, une lascive,
jadis intendante en un château de vieillard, puis
servante maîtresse, puis dévergondée et riche. Enfin, mademoiselle l'Habitarelle, la doyenne, sinon
d'âge, du moins en vice, de toutes les ribaudes de
Paris, emmenée en Russie comme figurante à seize
ans, et glorieuse d'avoir eu la clientèle de velmojes
pendant près d'un demi siècle; je tiens d'elle l'histoire
de la princesse Dinska; elle avait été la maîtresse de
Dinski, ne m'en demandez pas plus long : ce sont,
sauf Lavalduc, des femmes aux mille et une nuits et à
mille è tre. »

— Chez laquelle de ces dames allons-nous ? »

— Chez madame Mionnay, rue Prosny. »

— Eh bien ! me voilà prête : je me fais peur en
toilette-affiche ; cela me déguise mieux pourtant qu'un
domino.

Ils s'en allèrent à pied, discourant :

— Je m'appelle, ce soir, comtesse Noroska? »

— Oui, il faudra leur raconter deux mots d'histoire,
ce qui vous passera par la tête de moins vertueux. »

— Je ne parle pas pour moi, jeune fille plus libre qu'aucune, désillusionnée et garantie contre les mirages par
votre art de Prospero; mais la femme honnête, privée
de la maternité, délaissée par son mari, doit-elle pas,

à certaines heures, envier le sort de ces irrégulières qui chevauchent le manche à balai de tous les sabbats, montent en croupe toutes les chimères et vivent, dans la portée masculine du mot, sans frein, ni entraves d'aucune sorte ; en un mot, les vierges sages n'ont-elles jamais un mouvement d'envie en songeant aux vierges folles ? »

— Aux époques lasses et déçues de la vie, une rébellion se lève dans l'âme la plus pure contre l'apparente injustice des événements qui récompense les vertus par des douleurs ; mais une fois vieillies, si elles pouvaient comparer ce qu'elles sont restées, elles, les sages, avec ce que sont devenues les folles; alors, malgré la solitude d'âme, les heures lourdes et la rancœur du bonheur insaisi, elles s'estimeraient privilégiées. La vieillesse du vice a une physionomie particulièrement laide. Croyez-vous que la dévergondée, qui ne pourrait pas faire le compte et la chronologie de ses amants, ait le cœur plein de souvenirs ? Tous ont passé sur elle sans laisser de traces, alors que madame de Mortsauf, la femme à un seul amour, satisfait ou non, est une chapelle ardente où vit, pleure et chante un souvenir vivant. Vous serez étonnée du peu que la vie laisse de science, lorsqu'elle n'est pas méditée. A qui devons-nous les livres vraiment psychologiques? à des prêtres qui ont regardé dans les âmes et qui furent de profonds spectateurs du péché; ou bien à des solitaires, qui puisèrent dans la seule étude d'eux-mêmes, la connaissance totale des passions humaines. Voyez Balzac, de tous les romanciers, nul n'a moins que lui vécu passionnellement, si on entend par là, éprouver et agir ; thaumaturge fabuleux, il frappait son front jupitérien et l'intuition jail-

lissait, plus vivante, plus vraie que la notation analy-
tique d'aucun réaliste. La vie qu'on mène est toujours
peu de chose, à moins d'être Salomon ou la reine de
Saba; la vie qu'on rêve, voilà la grande et immortelle
existence, parce qu'on la continuera par delà la mort,
en expiation si l'on rêve malement, en béatitude, si
l'on rêve selon les Normes. Aller voir des vieilles
gardes, tout le monde le peut : ce qui donne de la valeur à notre démarche, c'est son caractère de leçon
dans un enseignement rare et grandiose. Au bas de
l'échelle humaine, croupit l'être instinctif; en haut,
plane l'être intentionnel. Quand saint Benoît fit un
geste sur le vase empoisonné, ce n'était rien qu'un
mouvement de la main ; mais, par sa foi dans le signe
de la Rédemption, par cet appel confiant au bois tout-
puissant du Golgotha, il faisait un acte divin et le vase
se brisa de lui-même. Or, le miracle est le seul acte qui
vaille la peine d'être agi.

— En ce cas, il y a bien peu de gens qui agissent.

— Erreur, le jour où le miracle cessera d'être per-
manent dans l'humanité, une comète désorbitera le
globe. Vous ne croyez au miracle, comme les bonnes
femmes, que lorsque les aveugles-nés voient, que les
boiteux marchent et que les paralytiques dansent.
Enfant ! c'est parmi les phénomènes psychiques que
le miracle resplendit, ostensoir de la présence réelle
de l'étincelle divine dans l'assemblage humain. Préférer l'hypothèse de la foi à l'expérience de la raison, et
le futur au présent ; rester chaste quand l'instinct ai-
guillone ; charitable quand parle l'égoïsme ; équitable
quand bouillonne la colère ; être indulgent à autrui, à
soi-même sévère ; laisser les réalités tangibles pour le
mystère ; prier au lieu de jouir ; faire des œuvres au

lieu d'ordures ; toutes ces victoires du beau sur le laid, toutes ces exaltations vers l'idée au mépris des faits, sont des miracles, c'est-à-dire des témoignages à la lumière.

Nebo sonna à une maison neuve-

— Quelle étrangeté que la vôtre ; une tirade mystique en manière de préface aux pires causeries. »

— A une certaine hauteur d'esprit, Paule, on est une salamandre du mal ; ni sa flamme ne ternit, ni son contact ne brûle ; et la vue d'une orgie romaine ne troublerait pas ma prière. »

Au premier étage, ils furent introduits par une camériste à l'allure friponne dans un boudoir luxueux, tendu de soies japonaises, aux tons exquis, mais d'ensemble bizarre et arlequin. Madame Mionnay tendit la main à Paule :

— Soyez la bienvenue sur l'Avantin de l'indépendance féminine ; M. Nebo m'a dit tout l'intérêt que vous méritez. »

Madame Mionnay avait été jolie ; l'embonpoint affadissait sa beauté blonde ; sa toilette annonçait encore la prétention d'être souhaitable. L'avant-bras sortait d'un sabot de dentelles noires, et la robe, largement fendue sur les seins exorbitants, indiquait une héroïque décision de ne pas enrayer encore.

Presque aussitôt parut mademoiselle l'Habitarelle et sa vue surprit étrangement la princesse. Petite et maigre, elle portait ses cheveux blancs coupés en brosse ; et le monocle à l'œil, semblait un potache vicieux vieilli d'une façon foudroyante par quelque sortilège. D'une vivacité de ouistiti, elle eut en un clin d'œil allumé une cigarette et, le dos à la cheminée, troussa ses jupes pour se chauffer, sans souci que

Nebo aperçut ses jambes maigres; et, dévisageant Paule un instant :

— Si vous étiez blonde, vous ressembleriez à la princesse Riazan. »

Grâce à sa teinture, le changement de couleur ne se vit pas sur le visage de Paule, et d'une voix assez assurée :

— Je ne la connais pas. Quelle femme est-ce ? »

— Demandez-le à M. Nebo, qui s'est fait son chevalier. »

Elle allait parler du baiser de Chester à la vente de charité, quand Bonneville décolletée, Guy de Lavalduc, en simple robe de mérinos, entrèrent.

— Où allez-vous donc, Bonneville? » fit l'Habitarelle, « vous faites toutes voiles dehors. »

— En vous quittant, je vais souper avec... »

—Avec des hommes ou des femmes », continua l'Habitarelle, et se tournant vers Paule, « je vous présente, sous les traits de madame de Bonneville, le comble du cumul : elle élève les âmes des jeunes filles comme il faut dans les récréations des couvents et lève les corps des jeunes filles comme il ne faut pas, dans les entr'actes de bastringue.

— Tu m'ennuies », dit négligemment Bonneville, « tu sais bien que ça m'a passé. »

— La preuve », continua l'Habitarelle, « c'est que tu guignes madame Noroska; ne nie pas. Une femme comme toi, Bonneville, n'a pas d'autres compliments à faire aux dames que d'offrir de les raccompagner.

— Tais-toi donc », fit Bonneville, « tu as si bien collectionné les vices, que l'on ne peut pas te répondre ; tu personnifies...

— L'ordure, vas-y ma fille », dit l'Habitarelle.

La marquise de Nolay entra sur ce mot.

— Ici les vilains mots s'entendent dès le corridor. »

C'était une grande brune, aux traits fatigués, très
pâle, l'œil ou vague ou fébrile et qui gardait encore,
dans le maintien, la marque de sa race.

— Je vous préviens », dit l'Habitarelle à la princesse, « que cette marquise est un avatar de Jérémie ;
comment ce prophète a pu entrer dans ce corps à
trèfle ? pour qu'elle faute énorme ? je l'ignore ; d'ici
quelques minutes vous allez entendre la chanson de
l'âme seule ; j'aime mieux la complainte de Fualdès ;
il n'y a pas de choix, il faut subir. »

— Non », disait madame Mionnay à Paule, « vous
n'imaginez pas ce qu'élucubre cette Bonneville ; ce
serait à la jeter par la fenêtre, si dans l'intimité.....

— Mais, j'ai lu l'*Honnête famille*, c'est anodin, et le
genre admis », dit Paule.

— Vous avez lu l'*Honnête famille* ! » s'écria Bonneville, « vous ! mais au temps où vous étiez pucelle et
bête. Je trouve un femme pas sotte qui a lu un de mes
livres ! vite le jour, le quantième, la minute que je le
note en rentrant, ce jour faste. Lisez plutôt Lavalduc,
c'est d'un sale et d'un amusant son dernier machin :
les *Matines du Prieur Barnabé.* »

— Oh ! » fit Lavalduc, « nous sommes aux anti-
podes ; tu vis sur le thème vertueux et tu es d'un
naturel vicieux ; je suis plutôt un tempéramment
d'honnête femme, et j'écris des saletés ! Ah ! si Guy
était un autre homme. »

— Tous les hommes sont les mêmes », promulgua
l'Habitarelle, « ils vous mènent quand on ne les mène
pas. Puis, tu ne sais pas l'histoire de la femme obstinée : tu crois que je vais raconter une gravelure, non.

En fait de boissons, pas d'absinthe, dit la sagesse des cafés ; et, en fait d'hommes, ne t'obstine pas, dit la sagesse des boudoirs. Croire qu'il n'y a qu'un homme au monde, c'est, parbleu, se mettre à sa merci ; Robinson Crusoë, pas celui des enfants, qui rencontra Vendredi, l'autre qui rencontra une prêtresse du Vendredi, ne fut plus maître dans son île ; madame Vendredi était seule, il n'y avait pas moyen de suppléer. Mais quand je vois dans ce Paris, où il y a plus que de tout puisqu'il y a même de vraies femmes honnêtes, à ce qu'on dit, des niais pleurnichoner pour une Jeanne, quand il y a mille autres Jeanne tout aussi Jeanne et même plus ; et des niaises s'arracher des cheveux, qui ne repoussent pas, pour un Jean, quand il y a mille autres Jean tout aussi Jean : je crève de rire, comme quand je crois voir des fous. »

Et à Paule :

— Une supposition : vous aimez M. Nebo : il est joli gars, très savant. Eh bien ! s'il se fait trop prier, on prend un autre blond, et on va au bout du pont des Arts, ainsi on a le même volume en deux tomes. Notez que les gens sont toujours composés de plusieurs tomes, reliés en un volume : pour avoir l'équivalent, on casse le dos, et on divise les pattes de son araignée. Autre supposition : M. Nebo aime une femme qui platonise bien, qui cause bien et qui couche bien : il est trompé ou remercié ; que fera-t-il ? il cassera le dos à son amour et le lira en trois tomes ; il aura une femme pour faire du sentiment, une autre pour de l'esprit, une troisième pour parfaire. Hein ! marquise, je gaze ; faites-moi passer une cigarette en manière de bon point. Ainsi, j'ai appliqué cette théorie, et je m'en suis bien trouvée ; à Saint-Pétersbourg, j'avais toujours un grand chambellan pour l'enseigne, un jeune comte pour l'infidélité avouable et un moudjick pour le gros ouvrage.

— Mais », dit Paule. « si un seul homme réunit toutes les qualités, comme beaucoup de femmes ?

— Je ne dis rien des hommes ; à leur monter dessus, j'ai l'air de me venger ; mais pour le sexe auquel je dois ma portière, je prétends qu'il n'y a pas de femme passe-partout, et que la bonne à tout faire ne fait rien de bien. La centralisation, ça perdra la France, dit la province, et moi je dis que la centralisation des vices tue le vicieux. On ne met pas tous ses œufs dans le même panier, surtout quand le panier est une femme, et les fantaisies, des choses aussi fragiles que des œufs. La femme à qui vous dites : « Chère cœur ! Ame incomparable », ne pourra jamais vous faire et vous ne pourrez jamais lui faire certaines caresses : une fois qu'on s'est mis des ailes, si on patauge, on rame de la boue et on s'éclabousse indignement. D'un autre côté, dire « cher ange » à une drôlesse comme moi, ça pourrait fendre de rire la cloison. Dans l'amour ordinaire, on ne satisfait ni l'esprit, ni la bête, parce que ces deux côtés de l'organisme se nient l'un l'autre. »

— Tu me produis l'effet, l'Habitarelle, d'un dragon apocalyptique figurant toutes les bassesses, toutes les laideurs humaines ; je t'aime parce que tu entretiens ma haine de l'humanité ; ta vie et tes discours sont de perpétuels rappels à la désespérance, suprême aristocratie des âmes incomprises. Tu es le type de la femme satisfaite : tu as trouvé l'amour à chaque pas, tellement tu lui as peu demandé de mérite. Retrouvant en toi-même l'aptérie des autres, tu ne songes pas à la leur reprocher. Si tu avais le sens du divin,

9.

tu serais furieuse contre Dieu, qui supporte les hommes tels qu'ils sont et qui se manifeste si peu, que je ne puis avoir que des moments de conviction. Volée par la religion, je suis volée par l'amour qui ment, qui se traîne au lieu de voler. Je suis quinauldée par la chair qui m'excite et ne m'apaise pas. Je suis dupée par la vie parce que je n'y ai trouvé ni du ciel, ni de l'enfer. Ah ! ne pouvoir ni s'absorber dans le bien, ni s'engouffrer toute entière dans le mal ; mener la vie commune, prier et blasphémer tour à tour, avoir les fantaisies cruelles de Néron et les effluves charitables de saint François, s'agiter douloureusement de la vertu au crime, sans opter ; ne rencontrer ni Satan, ni Jésus ; sans pouvoir contre l'ennui, sans ressource contre la douleur ! Émietter l'immortalité de son être en des choses tantôt bonnes, tantôt mauvaises et toujours petites. Avoir du remords dans le vice, et du vice dans le repentir. Demander la chasteté à la haire, en recevoir l'aphrodisie ; apporter au pied des autels des obsessions infâmes et sentir des élévations d'âme au milieu des furies sexuelles. Être ballottée, enfin, d'un pôle à l'autre du libre arbitre, animal flottant que les courants de l'instinct et la raison successivement poussent : c'est la vie, cela ? Eh bien, la vie est un mal, vive la mort ! Ne faites plus d'enfants et, comme Manfred, mourez en maudissant, mourez en blasphémant, mourez en niant la vie, le bien, le beau, ces fantômes, qui ne sont que des appareils de torture dans l'inquisition féroce que la matière fait peser sur cet animal manqué qui s'appelle l'homme. »

Et la marquise de Nolay exaltée et le regard fébrile, s'affaissa, écrasée de cet effort de déraison.

— Sachez, comtesse Noroska », dit madame Mion-

nay, « que cette douce personne a usé et abusé de tout.
Rien ne lui a suffi. »

— Écoute, Nolay », interrompit l'Habitarelle, « tu
es pire que moi, en paraissant m'écraser de toute
la hauteur incohérente de tes aspirations. Je concède
que tu as à ta lyre des cordes qui me manquent : mais
ces cordes sonnent faux en toi, et s'il est vrai que la
corruption du meilleur est la pire corruption, tu me
passes. Un homme te déçoit-il ? A-t-il l'âme ou la
jambe moins forte que tu n'espérais : tu le traites de
misérable et ta façon de prier c'est d'accuser Dieu.
Tandis que moi, je ne demande pas la destruction du
monde pour les avanies que j'ai pu subir. Je ne m'in-
surge pas enfantillement devant les effets dont je sais
la cause. Si je me soûle, et que j'en sois malade, la
société ne me paraît pas responsable. Ton orgueil s'il
en avait la puissance, déboulonnerait l'Himalaya à
seule fin d'apaiser tes nerfs, et tu laisses voir que ton
humeur devrait troubler un peu la gravitation du
monde si l'univers était mieux agencé. Nolay, ma mie,
tu es une sainte retournée, c'est-à-dire une diablesse.
Ça te flatte ! Au fond, tu n'es qu'une vaniteuse colos-
sale ; tu voudrais que les truffes fussent plus savou-
reuses pour toi que pour les autres, et qu'après une
coucherie, tu te retrouvasses pure comme une her-
mine. Tu cherches à faire de vice vertu, de vertu vice,
et tu ne pardonnes à personne de ne pouvoir, en même
temps, te canoniser et te vautrer, jouir et t'estimer.
Ton désespoir, c'est de ne pouvoir réaliser la perversité et la sainteté dans le même sentiment, dans le
même acte, comme les héros Byroniens. Va, tu es in-
curable, et M. Nebo, qui ne dit rien, consent à ce que
je dis, n'est-ce pas? »

— Je me récuse », dit le Platonicien, « votre discussion suppose une familiarité qui me siérait mal, étant
à peine une connaissance pour vous deux. »

— L'Habitarelle a raison », déclara Bonneville,
« seulement, elle ne tient pas compte du cas de céré-
bralité passionnelle de la marquise ; l'Habitarelle aux
bras d'un homme ne cherche pas à se figurer qu'elle est
la maîtresse d'un Archange, tandis que Nolay, l'imagination toujours tendue à se fausser la réalité, entre
en fureur dès qu'elle l'aperçoit, malgré ses efforts
d'hypnotisation idéale. »

— La grande démarcation des tempéraments, en
amour, c'est la conception sentimentale », dit de
Lavalduc, « moi j'aime avec le. cœur ; Mionnay, avec
le corps ; Nolay, avec la tête ; je pleure, l'une se débat
contre l'inassouvissement et l'autre divague. »

— Enfin », demanda la princesse à l'Habitarelle, « si
vous pouviez recommencer la vie ? »

— Je prendrais un gérant responsable, un mari,
afin de n'avoir qu'à jouir du vice, et non à en vivre.

— Donc «, fit Paule, « vous estimez meilleure la
débauche en entr'actes à la vie conjugale, que le bonnet sur les ailes des moulins. »

— Evidemment ; on ne jouit bien que de ce qu'on
fait à son heure et à son goût. »

— Je ne demanderais que d'être aimée de celui que
j'aime », déclara Guy de Lavalduc.

— Moi », dit madame Mionnay, « je voudrais... dois
je le dire, l'Habitarelle ?

— Être éreintée tous les jours ! connu. Quant
Nolay, elle ne voudra jamais que l'impossible. Seule
ment, comtesse Noroska, qui commencez seulement
vous déclasser, ne vous figurez pas qu'un peu d

phrase autour d'un lit, ça en fait un autel. Ne soyez
pas de ces madame Jourdain, qui font de la turpitude
sans le savoir. Quand vous détournerez une santé,
une fortune, une intelligence à votre profit, sachez que
vous êtes lascive, avide et égoïste ; quand vous serez
le vice, ne vous annoncez pas comme madame la vertu.
Être dupé par les autres, c'est un malheur ; se duper,
c'est une naïveté ; or, en fait de naïveté, il faut les
voir toutes, la collection complète ou aucune. Ce qui
permet à une femme comme moi de se redresser et de
faire front au monde c'est la carrure de ses fantaisies.
Les voleurs gardent un point d'honneur pour l'argent
qu'on leur prête ; le point d'honneur de la déclassée,
c'est de ne pas dire des bourdes aux partenaires de
ses farces ; c'est d'appeler un spasme, un spasme, et
Maintenon, une femme sans tempérament. Nolay s'appelle l'honneur du sexe, l'idéalité de la terre ; Mionnay,
la femme aimante et compatissante au moindre désir ;
Bonneville, l'écrivain pour vierges, et Lavalduc, l'auteur pour sérails ; ce sont de faux noms. Moi plus,
cynique, mais plus conséquente, et seule sans blague,
je puis dire, avec le bonhomme Lhomond, qui n'a pas
prévu ce nouvel usage de son exemple :

« *Ego*, l'Habitarelle, *nominor meretrix*.

LES JOIES LÉGITIMES

— Oh! voilà plus que de la ponctualité », fit Nebo en voyant Paule entrer dans son cabinet et s'abattre essoufflée sur un fauteuil, vers huit heures et demie.

— J'ai tant de choses à vous demander... le travail de ma tête depuis les tirades de cette damnée l'Habitarelle, vous n'en avez pas idée », et, ôtant son chapeau, rejetant sa pelisse, elle traîna le lourd fauteuil de bois sculpté près du feu.

— Ma chère, j'ai l'idée de tout, et si une idée existe que n'ait pas visitée ma cervelle, c'est une exceptionnelle et bien excentrique personne, l'idéologie complète étant ma seule ambition. »

Paule présentait ses bottines humides qui fumaient, au braisoiement de la cheminée.

— C'est au Nebo consultant que je parle, et non au clinicien : je veux des solutions, et non pas voir des cas, des symptômes discordants entre eux. »

— Quelles solutions, quémanderesse ingénue? »

— La solution sociale, rationnelle des rapports sexuels : pour excuser l'ennui du mariage, on le

déclare une chose de raison, de devoir ; cependant
l'amour illégitime présente, je n'en puis douter après
ce que j'ai vu, autant d'ennui, ce semble. D'un côté,
l'amour qui dure tourne au mariage sans dignité ; de
l'autre, le mariage ressemble à une liaison avouée, à
une raison sociale, sans dignité non plus puisque la
question des sentiments s'élimine. En cette duperie à
à double face, que devient la valeur du sacrement dans
la face licite, et la réalité amoureuse dans l'illicite ? La
débauche, carrément professée, d'une l'Habitarelle
d'un Quéant a l'incontestable supériorité de la netteté.
On passe, femme, d'un homme à l'autre ; homme, de
celle-ci à celle-là ; cela s'appelle la luxure. Mais
l'Amour sans amour, de Rumond, de Ligneuil ; mais le
mariage sans dignité de l'Agence Plot, ne me montrent qu'une variante d'illogisme ? Les maîtresses n'ont
pas plus de fidélité que les épouses qui se disent mal
mariées et contre leur gré ? Les maris du grand monde
laissent sciemment « peloter » leur femme par le
premier danseur venu ? D'où vient cette incohérence
des mœurs ? »

— Tout androgyne que vous soyez, mon adorable
questionneuse, vous ne pouvez exposer une question
sans la brouiller, comme une chatte ferait d'un éche-
veau de fil. L'opinion, unanimement, de la théologie et
de l'expérience vicieuse, donnent le mariage pour solution des rapports sexuels ; et l'ésotérisme qui en sait
plus que la casuistique et que l'expérimentalisme de
don Juan et de dona Juana eux-mêmes, explique le
moyen de solutionner efficacement. L'épithète du mariage en langage des Pères, *remedium concupiscentiæ.*
contient tout le secret ; toutefois les Pères n'ont pas
osé le révéler ; et de fait, il y a des besognes sacrées

que le sacerdoce doit laisser accomplir aux clercs
laïcs surtout dans une époque où les imbéciles sont
à l'affût du moindre scandale à produire, si ceux qui
ont mission de lieurs et de délieurs des âmes touchent
publiquement aux côtés turpides, aussi inévitables
dans la direction des consciences, que la rencontre du
rein dans la dissection d'un cadavre.

Le remède de la concupiscence, signifie agnosti-
quement l'œuvre de chair accomplie selon le mode le
plus usuel. Gnostiquement, le remède de la concupiscence s'étend à toutes les concupiscences, hautes et
basses, nobles et immondes, séraphiques et sales. La
perfection est un idéal, et parmi ses formes, le mariage
chrétien qui reste décent au lit, une des plus belles.
Mais entrons dans le rôle du ministre des âmes et
entrons-y avec cette conviction épouvantablement
bien basée, que nous n'obtiendrons la dignité conjugale qu'en laissant la fantaisie et la salacité se satisfaire extérieurement. En présence de l'adultère per-
manent des femmes sous forme de flirtation et d'attouchement mondains s'affrontant avec la débauche
totale des maris, à quoi se résoudra le manieur des
âmes? Prêcher les fins dernières aux ouailles de la
vente de charité, autant chanter le *Magnificat* aux
huguenots. On a reproché aux jésuites leurs théories;
ils n'ont pas été assez jésuites le jour où ils les ont
laissé publier par quelques-uns de leurs Pères. Autant
le dogme doit rester granitique, quand même le
salut apparent du monde dépendrait d'un changement
de virgule, autant la discipline doit s'assouplir en face
de l'individu. Le Pape promulguant n'est plus un
homme; il est le vivant Memnon qui vibre aux rayon-
nements de l'inspiration Divine, qui l'insuffle; le psy-

chologe catholique, en face de l'impossibilité absolue
de sanctifier l'homme de son temps, s'efforcera de le
modifier, et la seule modification sérieuse de nos
mœurs serait de renfermer la débauche dans le
mariage, et que les époux entre eux fussent des
libertins.

— Oh! y pensez-vous? Initier dans l'ombre à ces
mystères infâmes!

> Pour le fatal plaisir d'assimiler leurs femmes
> Aux femmes sans pudeur dont ils les ont appris,
> Ils ne leur laissent plus de neuf que l'adultère.

— Ma chère indignée, le duc Laertes parle ici de ses
filles qui sont pures, à Silvio qui est pur, vierge comme
elles ; je vous parle, moi, des Silvio impurs, et des
Ninon qui sont initiées à ces mystères infâmes, dès le
pensionnat. Je ne vous dis pas ma solution bonne ;
seule possible. Quant à l'attrait de nouveauté que
garde l'adultère, il faut mettre l'adultère dans le
mariage, c'est-à-dire se varier l'un et l'autre, passer
du langoureux au lascif, du joyeux au passionné. A
la femme d'être La Vallière, Rose Pompon, Juliette,
la Goualeuse ou Cléopâtre ; à l'homme de jouer Abei-
lard, d'Artagnan, Desgenais ou Hercule. Je connais
un couple que je signalerai à Nergal, leur histoire
mérite l'écriture : vivante et victorieuse application de
ma théorie. Laure est à la fois romanesque et lubrique,
doublement douée pour sauter les barrières de la
fidélité, et son mari encore pirement fêlé ; cependant
à leur mort je me porterai garant de leur constance
mutuelle. Imaginez-vous une jeune femme, très bien
élevée, qui se lève de son fauteuil, au cœur de l'hiver :
« Gaston, j'ai des idées drôles qui me passent : Je vais

descendre faire une seconde le trottoir, descends derrière moi, tu me raccrocheras? Vous croyez que Gaston bondit et sonne pour qu'on aille chercher un médecin aliéniste? Du tout. Il descend presque aussitôt,
passe et repasse devant sa femme qui finit par avoir
froid, la réchauffe avec des gros mots et des tapes qui
feignent la colère: puis, ils remontent dans leur
luxueuse chambre à coucher. Le lendemain, ils se
disent très reconnaissants tous deux : « Tu es un ange,
Laure. — Tu en es un autre, Gaston. »

Une autre fois, Gaston prend la parole en ces termes
singuliers : « Laure, j'aurais envie d'une chanteuse des
rues, bien déguenillée : tu sais, la petite mendiante
de Beaudelaire. » Sa femme se précipite vers sa garde-
robe, lacère des jupons, revient habillée de loques;
lui se vêt de même et prend un violon; pendant plus
de deux heures ils chantèrent dans les cours de la
rue Saint-Honoré et rentrèrent s'aimer comme des
fous. Un soir, les gardiens de la paix regardaient d'un
œil étonné un homme et une femme vacillant rue
Vivienne; j'avance, c'était mon couple, qui étais gris
de truffes et de champagne. En voyage, on les prend,
depuis sept ans, pour de jeunes mariés; ils s'embras-
sent dans les gares, dans les omnibus, ils s'embrasse-
raient devant toute l'Europe ; quant aux imaginations
de huis-clos, je crois que Jules Romain reculerait épouvanté. Eh bien! *remedium concupiscentiæ.* A part leur
manie de s'aimer à la barbe du passant, et de prendre
la rue pour une sorte de boudoir, voilà de fidèles
époux, quoique d'esprit détraqué. »

— Le bel exemple à suivre et l'excellent modèle que
vous donnez-là ! »

— Quand on cite au buveur d'absinthe le buveur

de vin, et qu'on montre un magistrat à un bandit, on n'entend pas que ce sont des exemples et des modèles; évidemment, il vaudrait mieux se griser de quatuors de Beethoven que de champagne, et jouer Séraphi-Séraphita, qu'un *Amour dans le désert*; mais je prétends que mieux vaut se griser en compagnie de sa femme et faire changer sa femme de costume ou ne point lui en laisser du tout, que d'aller chez Cora. Je prétends qu'à lever la jambe, il vaut mieux que ce soit à la hauteur de l'œil du mari que de l'œil de l'amant. »

— Et le sacrement, que devient-il dans votre orgie conjugale? »

— Je vous parle, Paule, mariage moderne; cela n'a point de rapport avec le mariage chrétien; toutefois, ne vous imaginez pas que les canons trop inutilement rigides : l'épouse du *Cantique des cantiques...* »

— Eh bien! pour exprimer sa dignité sévère », objecta Paule, « l'époux compare l'épouse à une armée rangée en bataille. »

Nebo se mit à rire.

— Pourquoi riez-vous, Nebo? »

— Parce que le poète-roi Schlomo n'était pas si Ramollot de comparer le corps de sa belle à un corps d'armée : si vous saviez l'hébreu, je vous prouverais sur le texte que cette métaphore, pour être comprise, a besoin d'être ainsi paraphrasée : « Tu es toujours prête (au désir de l'époux) comme une armée en campement de guerre (est toujours prête à se battre). Ce que que vous interprétiez comme une roideur est, au contraire, de la mollesse la plus voluptueuse. D'après la Vulgate, même, on pourrait dire : tu fais toujours front au désir de l'époux, comme une armée en ordre de bataille. Eh bien! pour une femme, être toujours prête, ne signifie pas seulement être toujours propre, cela signifie employer, à toutes les heures du jour et de la nuit, le même soin d'être désirée par son mari, qu'on en met pour se toiletter avant le bal. Voici un couple qui rentre au matin ; la femme enlaidie, éreintée, sommeillante et de mauvaise humeur si on veut encore prolonger sa veille. Le mari songe combien de souffles ont chauffé le cou de sa femme, combien ses genoux ont cogné de genoux, ses mains pressé de mains, ses yeux rencontré d'yeux pervers ; se demande-t-il pas si à côté du cocuage ridicule et complet, il n'y en a pas un autre, général, celui-là, et pas ridicule ; car ce qui est ridicule, c'est ce qui est exceptionnel et la coiffure de tout le monde ne saurait prêter à rire. Vous ne me contesterez pas que tout homme est un cocu partiel volontaire, dès que sa femme danse. Se bien marier, Paule, ce n'est pas seulement garder son rang social et prévoir ce qu'il faut d'or pour se cuirasser contre les traîtrises de la vie, c'est mettre en commun son âme avec ses sens ; c'est partant, unir un esprit avec un esprit et accoupler une brute avec une autre brute. Ah ! vous faites la moue, je ne sucre pas mes mots, je ne mens pas par synonymes, appelant extase le spasme ; cela vous choque et vous trouble, et pour un peu vous diriez avec Bélise :

Mon Dieu ! que votre esprit est d'un étage bas !

Mon esprit, chère élève, ne confond pas la vrille qui finit un marcassin avec la queue d'une comète, et je porte un entendement hardi sur toute chose que je vois ; le mensonge a fait plus de mal que jamais un mot,

fût-il gros, sonnant vrai. La mijaurée dressée à l'hypocrisie arrive au lit nuptial avec la résolution de
s'y croire à l'office et feint à la fois une fausse indifférence et une fausse pudeur ; le mari qui sait bien que
la mère a dit à sa fille il n'y a qu'un moment : « Et
surtout sois froide pour mener ton mari. La première
nuit, mon enfant, est décisive pour toute la vie », le
mari, dis-je, se contient lui aussi ; trop d'enthousiasme
donnerait à la jeune fille, dès le lendemain, l'idée
d'un pouvoir trop grand et celle, corollaire, d'en abuser. Tartufe, au moins, est net et clair, comme le
génie même de Molière dès qu'il touche à l'amour. Il
ne patenôtre plus et déclare qu'il n'est pas un ange et
qu'un homme est de chair. Dans *Lisistrata*, les femmes
qui se sont mises en grève sexuelle, au bout de quelques jours, avouent n'y pouvoir plus tenir : ce n'est
pas séraphique, mais franc. Le mariage actuel commence d'ordinaire par cette hypocrisie nocturne ; sinon, la femme avoue ses notes de couturière, entre
deux caresses, comme une fille, et l'amour conjugal
frappe aussi ouvertement à la caisse que l'autre et
aussi souvent... Mais, habillez-vous en Noroski, je
vous mène ce soir en divers lieux où il y a des femmes
jalouses... Laissez la porte ouverte, je continuerai à
vous parler d'ici. »

Paule, emportant un flambeau, passa se dévêtir dans
la chambre.

— Le fait plus grave des rapports sexuels, n'est-il
pas la galanterie devenue la guerre? vous avez vu
chez le baron Plot, comment une fille qui vise un mari,
tend des pièges de garce ; vous avez vu à Joinville-le-
Pont, l'acide sulfurique aux mains d'une ancienne
maîtresse ; cherchez dans les anecdotes des deux der-

niers siècles des femmes assassinant leur amant, vous
n'en trouverez pas ; aujourd'hui les journaux hebdo-
madaires ne paraissent jamais sans en raconter un ou
deux cas. Ces faits divers rendent les jeunes gens
d'une prudence spéciale qui les pousse exclusivement
vers les filles. Or, l'éducation, non celle du pensionnat, l'éducation maternelle, n'est qu'une excitation
préventive contre le futur gendre ; si la mère a courbé
son mari : « Fais comme moi, mène ton mari comme
j'ai mené ton père... tu vois qu'il s'en est bien trouvé,
puisque, etc. » Si la mère n'a pu dominer son époux :
« Ne fais pas comme moi, mène ton mari. Si j'avais
mené ton père, il s'en serait bien mieux trouvé... »
Voilà les deux versions de la leçon matrimoniale donnée aux jeunes, en y ajoutant l'émulation des bonnes
amies : « Moi, je veux que mon mari me mène au bal
quatre fois par semaine ». « Moi, je veux que mon
mari me laisse toute liberté ». « Moi, je veux tenir l'argent ». Et, une de ces demoiselles, par hasard,
s'éprend-elle de son mari, ces ferments se métamor-
phosent en exigences sentimentales, toutes aussi ou-
trées et aussi égoïstes. Qu'il ait un peu d'amour ou
point, le mariage est la lutte, non l'union, d'un homme
et d'une femme, et comme il n'y a pas de vainqueur
dans le face à face conjugal, le mari disparaît le plus
qu'il peut de chez lui, devenu une arène où il sera toujours roulé au moyen d'une crise de nerfs ou du
mouillage de quelques mouchoirs. »

— Ah ça », vint dire Paule sur le seuil de la porte,
« et le tort masculin, vous n'en parlez guère, Nebo ? »

— Parce que c'est le plus évident des deux. Le mariage comprend deux mouvements en sens inverse ;
là où la femme s'émancipe, l'homme se case. Comme

on fait son lit, n'est-ce pas ? Eh bien, l'homme ne songe
pas même à faire son lit, et il est mal couché ou dé-
couche sa vie durant. En entrant dans un appartement
qu'il doit habiter toujours, l'être le moins soucieux,
étudiera tout de suite ce qu'il peut faire pour y demeurer avec le plus d'agrément. En entrant dans une
femme, qui doit être désormais la seule existante pour
lui, l'intelligent comparera ses angles sortant et les
angles rentrants de sa moitié, et essaiera leur emboî-
tage. Or, puisqu'ils sont arrivés jusqu'au lendemain
du mariage, à l'état diplomatique et armé, il faudrait
obtenir la bonne foi et le désarmement. Aligner chacun ses défauts et ses qualités, et, à quatre mains
loyales, pactiser l'indulgence réciproque ; traiter la
paix, en un mot. Pour cela, il faut se découvrir un lien
moral, fût-ce l'amour des collections ; si le mari n'a
pas de gloire à offrir à sa femme, il doit, ne pouvant
l'intéresser à la destinée, la lier à lui par une manie
quelconque, lui donner un goût ou prendre un des
siens.

— Nebo », interrompit la princesse habillée en
homme, « tout cela est fort bien, et je ne doute pas
que jusqu'à demain matin vous ne discouriez admirablement, mais ma solution... reste. »

— Il n'y a qu'une solution, Paule, en matière morale : c'est la vertu. »

— Autant dire que la question est née pendante et
restera telle », fit la princesse avec une tristesse de
philosophe pyrrhonien ; ils sortirent et marchèrent un
moment sans parler. A l'entrée du faubourg Saint-
Honoré, quelqu'un frappa sur l'épaule de Nebo.

— Ah ? c'est vous, monsieur Vonnas ; je vous présente le comte Noroski.

— Il y a longtemps qu'on ne vous a vu », reprit le venant, un bel homme de quarante ans, très riche et très habile commanditeur des entreprises les plus variées. « Madame Vonnas tient beaucoup à vous avoir à ses soirées, et me reproche de ne pas vous y amener, fût-ce de force. Vous devinez d'où je viens, en ce moment? de chez Arlequine... Le comte Noroski est discret? »

— Comme un confesseur », dit Paule, et crânement: « Du reste, le franc-maçonnisme masculin oblige...

— Ah! » s'écria Vonnas, « nous aurions un fier besoin de nous serrer les coudes pour n'être pas écrasé par les femmes; dire qu'il faut avoir deux ménages pour vivre passablement! c'est affreux. »

— Le comte Noroski ne comprend pas. Expliquez-vous, ça vous soulagera et ça l'instruira, car il est jeunet, tout jeunet, comme vous pouvez voir. »

Vonnas ne se fit pas répéter l'invite:

— Vous vous êtes dit tout de suite, cher monsieur: ce Vonnas est débauché ou il a une femme laide; non j'ai une femme jolie, bien plus jolie qu'Arlequine, et je ne demanderais pas mieux que de m'en tenir à elle. Seulement, figurez-vous une femme qui, au matin, si on discute, vous jette au visage: « Cela est bien d'un être aussi bestial... aussi corrompu que vous », et se disant replie d'idéales ailes d'Éloa tombée dans le Céramique. »

— Mais », fit Paule, « se refuser au devoir conjugal?

— Mon cher monsieur, elle ne se refuse pas du tout, seulement, après, dans ce moment même où la satisfaction a cassé les ailes au désir, elle semble avoir été souillée. Oui, je suis alors la limace de cette rose; l'indigne possesseur d'une reine Blanche. Que diable, on a son amour-propre chacun et son petit prestige à garder ; or, cela me crée vis-à-vis d'elle, une infériorité insupportable. Si elle m'avait dit, avant que nous eussions devant nous la bedaine de M. le maire : « Je vous avertis, monsieur, que je suis un ange », je me serais récusé ! Vrai, les jeunes filles devraient vous dire si elles veulent l'amour sans phrases ou avec phrases. Mon tort, c'est de ne pas savoir faire deux choses à la fois : marivauder et platoniser en même temps. Je peux bien, à mes heures, appeler une femme de noms de légumes et d'animaux domestiques, mais je suis un sanguin, la possession m'absorbe et me rend muet. Ce mutisme, pour elle, est le dernier mot de la grossièreté. Il faudrait lui réciter la *Nouvelle-Héloïse*, lui enguirlander la sensation. Quand on a ce goût de la phrase au lit, on prend un homme de lettres, ils doivent tenir cet article, ça rentre dans leur métier ! Moi ! je suis un financier et j'ai plutôt fait de donner une rivière de diamants que de décrocher une étoile, contoner Saadi et parfaire un selam de mots exquis. Vous comprenez que j'aille chez Arlequine chercher l'amour sans phrases : elle, au moins, n'est pas un ange et je puis la manier, sans qu'elle prenne des airs d'ostensoir aux mains sacrilèges. Nous voilà chez moi, montez donc prendre une tasse de thé. »

— Merci, mon cher monsieur Vonnas, nous sommes attendus. »

— Cette femme n'a pas tort », dit Paule, « je sentirais comme elle », et, après avoir réfléchi : « Cet homme non plus n'a pas tort. Ils n'étaient pas faits l'un pour l'autre, voilà tout ».

— Voilà toute la difficulté, en effet », dit Nebo, « retrouver sa moitié, qui reconstitue en vous l'Androgyne primitif; mais ce n'est pas aussi simple que d'être premier ministre en France. Quelques portes plus bas, nous allons monter chez une femme qui aime son mari.

Madame Béard était une charmante Parisienne, le geste très gracieux, la toilette originale, qui reçut les deux jeunes gens, dans un petit salon japonisé, par une exclamation inquiète.

— Monsieur Nebo, vous n'avez pas vu mon mari? ce Paris est si dangereux ; quand il est dehors, après neuf heures, je tremble : il y a tant d'agressions mentionnées dans les journaux ces jours-ci. — Tenez, l'autre jour, avenue Marigny, ce n'est certes pas un quartier excentrique..... »

Et madame Béard raconta un fait-divers ; Paule crut un instant à une jalousie qui se déguisait sous des airs de sollicitude, mais le souci de la jeune femme se donnait champ sur un autre point.

— Et justement, Edouard est sorti sans vouloir mettre son paletot ; il rentrera enrhumé, bien sûr. Figurez-vous, monsieur Nebo, qu'hier j'aperçois, sur la place du Théâtre-Français, un monsieur au parapluie fermé, tandis qu'il tombait de grosses gouttes depuis un bon moment : c'était mon mari. Oh? cet homme me fera mourir. »

M. Béard entra, corpulent et un peu essoufflé de sa hâte à monter les deux étages ; sa femme s'élance :

— Mon ami, il ne t'est rien arrivé? ces messieurs t'excuseront, viens changer de linge ; je vais te préparer un grog et te faire chauffer une chemise. »

— Ne dirait-on pas », fit Béard à Nebo, « que j'arrive des Grandes-Indes. Si j'écoutais ma femme, je passerais ma vie à me précautionner ; ici, monsieur Noroski, on joue un mari dans du coton ! »

Et à sa femme qui insistait :

— Ma bonne amie, je n'ai besoin que d'être tranquille. »

— Vous êtes indigne des soins que je prends. »

— Pourquoi les prenez-vous ? ils me désobligent et empoisonnent notre ménage. »

— Les hommes sont des monstres; on les choye, voilà comme ils nous le rendent », et pleurant, elle quitta le petit salon en faisant claquer la porte. M. Béard s'assit sans émotion.

— Les artistes ont jeté un sort sur les bourgeois », fit M. Béard, railleur et triste en même temps; « depuis que le crayon de Daumier s'est croisé avec le parapluie de Louis-Philippe, la vie de ménage est gâtée. J'ai voulu une femme qui ne s'occupât que de son mari, et je suis trop bien tombé. Ah! Monsieur Nébo, le lait de poule, la chemise bien repassée, le pot-au-feu de famille, les pantoufles en rentrant, les goûts philistins dévorent plus de monde que jamais la bête du Gévaudan. Oui, j'ai péché par l'amour du chez soi, j'en suis cruellement puni. Madame Béard me considère comme une poupée, et je ne suis pas aussi docile que celles qu'elles a soignées de six à seize ans; elle est donc très malheureuse. Dans son esprit, elle est responsable de ma santé; aussi a-t-elle des colères de médecin en chef, quand je me soustrais à son traitement, un traitement de toutes les heures et de toute la vie, et basé sur un tas de ces idées de bonnes femmes qui, par les nourrices, ont infesté la haute bourgeoisie. A peine éveillée, son premier regard est pour le baromètre; elle combine ce que je dois mettre et sa dernière pensée, le soir, est toujours une infusion. Si elle ne régentait que mon corps! Mais elle prétend penser à ma place. Si je place de l'argent, elle prétend que je vais le perdre ; je suis directeur, vous savez, du *Petit Sud* : un rédacteur blague-t-il le père Grévy, elle craint un procès. Bref, elle se considère comme ma tutrice, et, malgré qu'elle soit jolie, avenante et fidèle, malgré que je sois bon vivant et bon époux, nous sommes très malheureux, parce qu'elle a dans sa tête qu'un mari c'est un joujou à soigner : voyez-vous la colère d'une bambine devant la révolte de son polichinelle : voilà la situation d'esprit de ma femme. »

Les deux jeunes gens prirent congé.

— Le philosophe grec qui commençait l'enseignement de la sagesse par l'étude de la musique », disait Nebo, avenue de l'Opéra, « enseignait, par ce premier point de son programme d'études, que l'harmonie, c'est-à-dire l'équilibre ou la mesure, domine toutes les règles. Il y a un excès du bien, dangereux d'autant plus que l'on ne voit pas communément le point où l'exaspération d'une qualité devient un défaut. La Foi devenue insensée enfante Torquemada et les monstrueux dominicains inquisiteurs ; l'athéisme à la période aiguë, engendre la période de 1880 et le crochetage des cloîtres. Le jeune et le vieil Horace de Corneille sont deux sauvages, aussi dénaturés qu'un Sioux ou un Comanche ; ils représentent cependant une passion assez noble, la solidarité d'un groupe humain. Leczinska n'a pas gardé la mesure des pruderies, en fermant sa porte au jeune roi, une veille de fête. Un accord d'harmonium, trop longtemps soutenu, fatigue et agace. — Mais dans le cas de madame Béard, il n'y a pas que l'excès de zèle, on y découvre cette idée qui pousse sous tous les crânes étroits de la féminité, que l'épouse vertueuse a des droits de drui-

desse : « On paye toujours plus cher la vertu de sa
propre femme que le vice de la femme d'un autre »,
disait Quéant un soir, et le mot a de la profondeur. Le
théâtre et le roman, la rue et le salon, toute la vie
montre la femme si fragile, que celles qui n'ont pas de
fêlure se qualifient vases d'élection. Elles s'infatuent
de leur vertu par comparaison et cette infatuation-là
pèse lourd dans l'intimité.

Ils tournèrent l'angle de la rue de la Paix.

— Vous allez voir, princesse, un autre malheureux :
celui-là a épousé une mondaine, c'est-à-dire une
femme qui se croit perdue et qui se désespère si elle
ne lorgne pas à toutes les premières, ne danse pas à
tous les bals, ne parie pas à toutes les courses et ne
paraît pas partout où il y a des toilettes à montrer et
des monocles pour les apprécier. Vers dix heures,
quand ce couple n'est pas à une soirée de gala, on est
sûr que madame passe son blanc de perle sur ses
épaules et que monsieur en tenue, maugrée, jure et
peste jusqu'au moment de partir.

Au premier étage d'une maison luxueuse, un valet
les introduisit dans le cabinet de M. de Méjannes.

— Ah ! c'est gentil à vous, monsieur Nebo, de venir à
l'heure où je me donnerais au diable, s'il voulait de moi. »

— Le comte Noroski, un très jeune Télémaque, dont
je me suis constitué le Mentor. »

— Eh bien ! veillez à ce que votre Pâris ne donne
pas la pomme à une Vénus à la mode », et, se jetant
dans un pouf : « Oh ! les gens qui n'ont jamais mis de
gants blancs, qui ne savent pas la corvée mondaine
et qui ignoreront toujours les douceurs d'un courant d'air, tandis que la femme qu'on aime danse avec
les hommes qu'on déteste le plus. »

— Il me semble », hasarda Paule, « que je ne lais-
serais pas danser ma femme ; on ne se marie pas pour
fournir une sensation aux ennemis et inconnus.

— Empêcher une Parisienne de danser ! » s'écria
M. de Méjannes, « une parisienne qui était déjà dans
le mouvement quand on l'a épousée, autant vaudrait
faire remonter la Seine à sa source ou forcer l'Acadé-
mie française à ne recevoir que des écrivains ! Savez-
vous qu'une femme citée dans les carnets mondains,
se croit un chef-d'œuvre de grâce; et que la dérober
au public ce serait rejoindre dans son exécration le duc
de Ripalta qui ne laisse pas les artistes en voyage
pénétrer dans la Farnésine. Elle ne s'appartient pas,
comment appartiendrait-elle à quelqu'un? sa destinée,
c'est l'exposition permanente: une grande mondaine
relève de la mode seulement, et le mari de la grande
mondaine n'est qu'un homme d'escorte.

— Oui », fit Paule, « mais quand il a escorté, il... »

— Vous croyez ça, ô Télémaque: mon cher monsieur, songez que j'ai conduit ce matin ma femme au
bois, que j'ai fait des visites et vu de la peinture l'a-
près-midi, que je ne rentrerai qu'à six heures du
matin, rompu. En outre, autant la femme qui part
pour le bal parle au désir, autant la femme qui en
revient lui déparle; quand je ramène la comtesse, je
crois parfois ramener une noceuse. A sept heures du
matin, lui en supposant la force, aurait-elle la constance de faire une toilette spéciale pour le mari? Au
monde la grâce, le teint frais, la robe neuve, la femme
fringante et de belle humeur; à moi le visage où la
sueur a délayé les fards, la danseuse froissée par
Briaré, la femme vannée et qui bâille, la femme à bout
de jambes, à bout de sourires, et qui s'endort sous la

carosse. Les épouses qu'on prend dans le train, on en a la propriété ; mais la jouissance reste au public.

— Cependant », objecta Paule, « il y a des maris du train, plus résignés que vous. »

— Parbleu ! ils n'aiment pas leurs femmes ; ils en jouissent par l'amour-propre ; c'est un être de luxe qui porte leur nom sur ses robes, ils ne demandent qu'un plaisir de vanité, et on le leur donne. Moi, je voudrais m'enterrer avec elle à Méjannes et ne pas savoir s'il y a sur cette planète un double ruban d'asphalte qu'on appelle le boulevard. »

— Vous n'avez pas essayé? »

— J'ai tout essayé ; je l'ai emmenée en Italie, je l'ai claustrée à Méjannes ! J'avais alors un automate rudimentaire, ne disant pas même oui et non comme les phoques des enfants ; une vivante commanderesse entêtée dans son attitude pétrifiée ; de marbre, à la tendresse ; larmoyante, devant la colère ; j'y aurais perdu la raison : mieux vaut encore porter son boulet que de le traîner. »

Le domestique, après avoir gratté, entra.

— Madame la comtesse voudrait consulter M. le comte sur sa toilette.

— J'y vais ! Hein? c'est le comble : je suis consulté pour un menu où je n'aurai que les restes — s'il y en a. »

Et comme Nebo et le faux Noroski s'étaient levés :

— Vous êtes attendu, bien vrai? Merci d'avoir fait galerie à ma rancœur! »

— Maintenant », dit Nebo en sortant, « nous allons voir décliner et roussir une lune de miel, qui a beaucoup duré : trois mois. »

Entrés dans la rue des Capucines, le Platonicien regarda la fenêtre d'un troisième étage :

— Ils y sont; suivez-moi, Paule, et constatez la nécessité d'une manie à défaut de mieux. »

A l'accueil que leur firent les Foucherans, on sentait la gratitude de gens qu'on sauve, en rompant leur tête-à-tête. Madame Foucherans, laissait lire sur son visage brun et expressif une langueur qui ne demandait qu'à être accueillie; mais le mari avait l'attitude lasse de l'homme encagé par le début du mariage et qui rêve de reprendre la vie toute extérieure qu'il menait avant.

— Depuis trois mois », disait Foucherans, « nous roucoulons, aussi nous allons sortir de notre pigeonnier; n'est-ce pas, Lucie, qu'il te tarde ? »

— Non, mon ami, il ne me tarde pas de rentrer dans le tourbillon; et vous êtes trop modeste de croire que vous n'intéressez plus du tout, au bout de trois mois. »

— Je t'intéresse ! je me demande comment, avec quoi ; on ne cause pas avec sa femme, on s'est tout dit dès l'abord ; nous n'avons pas d'affaires ; au moins, rentrés dans le courant, nous parlerons de nos plaisirs. Mon cher monsieur Nebo, n'est-ce pas que je fais sagement en n'attendant pas la lassitude pour nous désenlacer un peu ? »

— Qui vous dit que je serais jamais lasse ? » dit la femme avec une obstination de tendresse vraiment touchante.

— Ma chère, si tu étais bourgeoise et commerçante, tu pourrais te substanter avec les tracas domestiques : pardonne-nous d'être riches et oisifs. Si j'étais un peintre, un savant, tu pourrais, à la rigueur, nettoyer mes pinceaux, corriger mes épreuves et t'amuser au rôle de Muse familière; mais tu n'as épousé qu'un

homme du monde, et cette espèce ne se transplante
pas en nid d'amant perpétuel. »

Une larme perla aux cils de madame Foucherans, et
le reste de la conversation fut banal.

Dehors, ils croisent, au tournant du boulevard, un
personnage sifflottant avec gaieté et qui donnait la
main à deux charmants babys de cinq à six ans.

— Eh ! bonjour monsieur Gerzat », dit Nebo.

— Serviteur, monsieur Nebo, je ne vous donne pas
la main, les petits dorment en marchent. Je les ai
menés à une férie, une machine imbécile, mais je m'a-
musais de les voir s'amuser.

— Vous aimez vos enfants, cela se voit », dit Paule.

— Qu'est-ce qu'il y a donc à aimer, hors de ces petits nous-même. Les femmes ? On en subit une et on
la respecte parce qu'elle est la mère de ces adorables
trésors. L'amour libre ou matrimonial, des bourdes
qui déçoivent, monsieur Nebo. Ce qui fait passer sur
tout, parce que cela vaut tout ce que ça coûte et plus
encore, ce sont ces petits diables », et ramenant d'un
geste ses enfants contre lui :

— Voilà les joies légitimes !

IX

LES DEUX SUPPLICES : N'ÊTRE PAS AIMÉ

— Jusques à quand, Nebo, ferons-nous les cent pas sur ce trottoir ? » disait Paule en habit masculin à son compagnon, arpentant avec lui l'avenue de Friedland, du rond point de l'Étoile à la chapelle espagnole.

— Jusqu'à ce que paraisse le premier sujet de notre clinique » ; et brusquement : « A quelles gémonies voudriez-vous voir traîner un être détesté ?

> — C'est toi, pâle souci d'une amour dédaignée,
> Désespoir misérable et qui meurt ignoré ;
> Oui, c'est toi, ce serait ta lame empoisonnée,
> Que je voudrais briser dans un cœur abhorré.

récita la princesse.

— J'attendais ce répons Mussétique ; il fait épigraphe à notre leçon et, regardez, voici venir un amoureux transi qui cultive depuis longtemps le pâle souci d'une amour méprisée. »

Un personnage, élégamment vêtu, précipitant ses enjambées de retardataire dépité, passa devant les jeunes gens, très affairé, — et subitement arrêté court,

ceux-ci le virent lever un œil interrogateur vers les
fenêtres d'un hôtel. Lorsque sa faction pouvait paraître
insolite aux passants, il risquait quelques pas, puis
revenait à la même place, ou bien feignait d'allumer un
cigare aussitôt jeté. Au bout d'un quart d'heure de ce
manège incohérent, il vint s'abattre avec accablement
sur un banc de l'avenue.

— Cet homme est fou », dit Paule. « A quoi lui sert
de cribler le ciel d'œillades et de lancer des soupirs au
mur de la bien-aimée ? »

— Cela lui sert à tromper sa douleur ; ils se sent
moins éloigné d'elle, piétinant ou affalé devant sa
porte, que chez lui, au Marais. Il se nomme Georges
d'Epanvilliers, et la beauté d'en face, la comtessina
Maléotti, une très jeune veuve, fort jolie, mais fort
éprise d'un capitaine de hussards quelconque. »

— Qu'espère donc d'Epanvilliers en ces stations douloureuses ?

— Il mâche son amour, et s'y entête, s'y enfonce au
lieu de sauter dans un train, de se dépayser vers l'a-
mour d'une manola ou d'une Suissesse. »

— Vous croyez qu'un voyage et la première étrangère venue ?...

— Je crois que les païens, quand ils voyaient un
désespéré, faisaient autour de lui un bruit d'enfer,
frappaient des gongs, soufflaient dans des cornes,
heurtaient des cymbales et crevaient des tambours ;
puis ils mettaient l'obsédé, l'envoûté sur un cheval et
le faisaient caracoler sous bonne escorte jusqu'à un
lieu tout nouveau pour lui, où un festin et une tentation nouvelle l'attendaient. »

— On guérit de l'amour par le bruit et l'équitation ! »
et Paule se mit à rire. Nebo resta grave.

— Ne vous ai-je pas dit qu'entre le corps, domaine de l'instinct, et l'esprit, générateur de la pensée, il y avait un intermédiaire plastique plus subtil qu'une forme, le peresprit, à la fois foyer irradiant et réceptacle des passions, leur lieu véritable dans l'économie humaine, le peresprit enfin. Eh bien ! le jour où Georges d'Epanvilliers a vu la comtessina Maléotti, il a dévié du Nord, pour suivre la femme aimantée. Au désir de l'instinct, l'imagination a ajouté ses arabesques, et le peresprit, obéissant à la double pression du corps et de l'intelligence, a pris fluidiquement la forme de la comtessina ; de ce jour, le peresprit, agissant à son tour sur l'âme et le corps, a accru ce fantôme, qui suit partout le jeune homme, peut le mener à tout, et même le tuer comme un vampire de légende ; chacune de ces larmes et de ces pensées d'amour, tout le désir qu'il irradie vers la Maléotti, tout cela revient aviver le fantôme sidéral. Aussi, envelopper d'ondes sonores, de vibrations violentes, d'Epanvilliers, ce serait désagréger le fantôme, et la violence d'une chevauchée jusqu'en une atmosphère très différente, empêcherait les larves fluidiques de se rejoindre. Que de gais compagnons frappent sur son imagination, qu'il oublie une heure, qu'il rie, le fantôme fluidique est dispersé, et l'amoureux guéri. »

— Ce que vous dites est un exorcisme, et les passions jugées des possessions, vous frustrez le Diable d'une spécialité ! »

— Qu'est-ce que le Diable pourrait donc ajouter à la passion d'Harpagon, ce possédé de l'or ; à la passion de Bonaparte, ce possédé du meurtre ? Dès l'heure où il jette son vouloir en bataille contre l'hydre passionnelle, l'homme se livre aux courants aveugles, aux incohérences du peresprit et la folie et le crime deviennent ses perpétuels tenants.

— Je ne vois pas clair ce que vous faites du Diable.

— Rien, c'est la dénomination du laid et du mal, c'est le nom du criminel et du fou : Qu'est-ce que l'ombre ? rien que l'absence de lumière ; qu'est-ce que le Diable ? rien que l'absence de Dieu. Tout homme, vide de divinité, est plein de diabolisme ; tout verbe qui s'élève contre le verbe de Jésus est une parole de l'enfer, et tout acte de charité, une inspiration angélique.

Un sanglot, parti du banc, interrompit Nebo, et l'éclat de cette douleur brisant le masque mondain chez un homme élevé selon les plus rigides lois de tenue sociale, apitoya la princesse.

— Pauvre garçon ! » fit-elle.

Nebo lui prit le bras et ils descendirent l'avenue.

— Cette pitié, vous ne l'auriez pas si vous étiez la comtessina du pauvre garçon ; blessée de son entêtement, vous le regarderiez de cet œil sec de la femme qui n'aime pas ; il faut avoir connu la naïve cruauté de l'indifférence et la sérénité égoïste de la femme qui s'est reprise pour concevoir combien entièrement un cœur se déblaye de l'amour pour l'envahissement d'un nouveau ; il faut avoir entendu la maîtresse dire de l'amant d'hier, et sans mentir : « Ai-je bien connu cet homme-là ? » Telle, à la première minute de la rupture, a marché résolument vers la berge, qui demandera deux ans plus tard, au passage de l'amant : « Quel est donc ce monsieur ? » Nergal, dernièrement, essuyait sa plume à une lettre, je la ramasse : « Vous ne pourrez pas la déchiffrer, mes larmes l'ont effacée presque, le jour où je l'ai reçue », il l'avait reçue un

11

mois auparavant ! D'Epanvilliers guérira et ne se souviendra de son amour que sous l'image d'une horrible maladie ; et la comtessina, vieillie, dans trente ans d'ici, se parera devant le souvenir de cette passion ; ce sera une flatterie pour ses vieux ans, une vanité de coquette qui se remémore. L'Amour, quand il ne tue pas, se conclut par le titre Shahespearien : Beaucoup de bruit pour rien.

— Constatations détestables ! » s'écria Paule, « toute l'humanité communie donc sous des espèces vaines et vides, puisque même dans la plus grande ardeur et dans le plus libre choix, le même néant d'amour apparaît.

— L'ardeur même et le choix purement sentimental, voilà les artisans de ruine qui mènent inconsciemment une sape profonde sous l'édifice construit à l'invocation de leur reins. Pour durer, le sentiment doit devenir rationnel, et la passion ne persiste qu'en mariage. La communauté complète non pas seulement des sensations, mais des intérêts et de l'avenir, apaise la flamme et, en la modérant, l'éternise. Toutefois, la main savante qui peut faire de la vie conjugale une pavane gracieuse et toujours agréable n'est pas celle qui met d'ordinaire la bague au doigt des fiancées ; la vie à deux est un art, et l'art ne s'enseigne pas ; on naît artiste en matière conjugale comme au point de vue esthétique ; ceux-là, plus rares infiniment, restent ignorés, et s'ils disaient leurs secrets, on les excommunierait. Il y a une cuisine du bonheur, une technique sexuelle ; heureux qui la devine ; celui-là ne la révélera pas. Vous allez étudier le supplice d'une femme qui adore son mari et qui en est délaissée. Ce mariage rentre dans la détestable catégorie des coups

de désir ; un homme s'amourache d'une jeune fille
dont il ne peut faire sa maîtresse ; il l'épouse parce
qu'il n'y a pas d'autre moyen de l'avoir. Un mois de
possession le lasse, et il ne voit plus que la faute d'intérêt commise ; tandis que la jolie petite bestiole, par
une métamorphose fréquente chez les jeunes filles
brusquement mariées à un homme épris, devient intelligente juste à l'instant de souffrir. Celle dont la
morale se borne à ne pas se vendre, pour qui Eros est
un maire, marieur et démarieur, peut, si elle est quittée, se refaire une vie avec d'autres amours, comme
elle a fait avant. Mais l'honnête femme, gardée par la
religiosité et les principes d'éducation, gardée aussi
par un tempéramment sans violence, liée dès vingt
ans à un homme qui ne l'aimera jamais plus, se trouve
dans la pire situation ; en sortir c'est se déclasser, y
rester c'est crever de douleur comme madame de Porquerolles.

Ce disant, Nebo avait sonné, et ils s'étaient assis
dans l'ascenseur. A l'instant où ils mettaient le pied
sur le palier, le comte de Porquerolles sortait.

— Monsieur Nebo, qu'elle coïncidence ! Je suis attendu ; vous m'excuserez, je vais vous amener à ma
femme qui s'ennuie, et votre visite m'obligera fort.

— Ma chère », lança le comte, en ouvrant la porte
du boudoir, « voici monsieur Nebo et un ami qui
viennent vous tenir compagnie pendant ma courte
absence ». Et il s'éclipsa avec une précipitation inconnue à ceux dont le « chez soi » n'est pas le supplice.

— Mon mari ne me fait pas l'honneur d'être jaloux.

— Je vois », dit Nebo, « à votre tristesse, que vous
lui prodiguez cet honneur-là.

Et le ton apitoyé du Platonicien acheva de jeter bas

le masque mondain mal attaché, et sur le visage de la
triste épouse, émergea la douleur, un moment refou-
lée. Petite, mais extrêmement bien faite, la comtesse
avait une toilette où se lisait l'effort perpétuel d'une
coquetterie navrée, vainement ingénieuse à retenir le
mari. D'un fichu de dentelle se dégageaient des épaules
tombantes, d'un ton ravissant — et le bras, qu'elle
avait beau, se dénudait, au mouvement d'une manche
large et fendue à la saignée. Ses yeux rougis, dont la
signification s'accentuait d'un pli prématuré aux
lèvres, trahissaient visiblement son abandon.

Quand Nebo lui eut expliqué, pour la faire parler
sans réticence, que Paule était un jeune seigneur russe
auquel il apprenait la vie.

— Eh bien ! monsieur Noroski », dit-elle, « ne faites
pas une malheureuse, en épousant la femme que vous
voudriez pour maîtresse. Le mariage demande d'autres qualités que l'amour. Comme maîtresse, je serais
encore longtemps entretenue ; comme femme, je suis
laissée. M. de Porquerolles, riche et comte, croyant à
ses quartiers et vivant dans le monde qui y croit, m'a
pris petite bourgeoise et sans fortune. Son monde me
repousse si bien qu'entre amis, il m'appelle « sa gaffe ».
En échange de son nom et de sa fortune, je ne peux
lui donner que mon amour ; il s'en moque, se considère
comme volé et je me meurs de souffrance. Quand ses
yeux se posent sur moi, j'entends qu'il récite le *Confi-
teor* : « C'est ma faute, ici présente, si je ne suis pas
allié à une famille qui m'ouvrirait les grands emplois,
au jour de la Restauration orléaniste ; c'est ma faute,
si au lieu d'une femme de mon monde qui eût été sans
amour, mais aussi sans ennui, j'ai là devant moi et
pour toujours, un être pleurard, jaloux, et qui me re-

regarde de l'œil d'une brebis égorgée. Me voilà condamné au rôle d'amant malgré lui, ou bien à celui de
bourreau ; aimable alternative ! »

— Il est jeune », dit Paule, « ne croyez-vous pas que
quelques années de plus vous le ramèneront plus juste
envers vous et plus aimant ?

— Je ne résisterai pas à quelques années de ce que
j'endure », fit la comtesse d'une voix sourde, puis :

— Vous jugez mal M. de Porquerolles ; l'amour
pour lui, un cigare très cher, une fantaisie qui coûte
plus ou moins de peine et d'argent ; mais l'avoir payé
de son nom, c'est trop ; il s'en repentira toute sa vie.
Aux gens comme lui, il faut une femme bien appa-
rentée, de bel effet dans un salon et de bonne camara-
derie en tête à tête, qui lui dise : « Mon cher, hier, à
l'Hippodrome, vous vous affichiez trop ; et les bellâ-
tres qui me font la cour m'embarrassent, parce que je
ne sais pas si les convenances veulent que je paraisse
le prendre comme je le prends en réalité. A vous de
décider, je ne suis pas plus légitimiste que le roi... »
Et à laquelle il dirait, en ramassant une déclaration
tombée du mouchoir, sans y regarder : « Pas de pattes
de mouche, ma chère ; il faudrait aller les repêcher
au bout d'une épée, et vous êtes assez mon amie pour
m'éviter cet ennui-là. Qu'on vous écrive, si cela vous
amuse, bien ; mais ne répondez que de vive voix. » Au
lieu de cet idéal d'indifférence, il a en moi une femme
qui voudrait se suspendre à lui comme un lierre, pour
laquelle le lit conjugal est l'autel d'une religion.

Son bonheur, c'est de me fuir. Peut-il prendre un
plaisir qui ne me soit une douleur ? J'étais sotte quand
il m'a prise, la passion m'a déniaisée ; quand il rentre
et passe chez lui, très tard, je vais, au risque d'être

rencontrée par un domestique, regarder au trou de la serrure, et je vois à un rien si ce soir-là il m'a trompée. Quand un désir lui vient et qu'il le tourne vers moi parce qu'il me trouve sous sa main, ce court bonheur est empoisonné par une impression singulière. Apporte-t-il une bizarrerie dans sa caresse, un de ces je ne sais quoi, dont l'adultère masculin se souvient au lit conjugal, alors je m'étouffe pour ne pas lui crier : « A quelle fille as-tu pris cette manière de volupté? » Ah! monsieur Nebo, on a décrit dans les livres l'amour malheureux de l'être éloigné de son idole par la hiérarchie sociale, la caste, l'espace, la fortune ; on a plaint les Ruy Blas épris d'une reine! ceux-là ont des murailles entre eux et l'objet de leur désir. Songez donc à la femme mariée à l'homme qu'elle aime, tous les jours attablée en face de lui, toute la vie habitant le même toit, étant sa femme devant Dieu et devant tout le monde, n'ayant qu'à tendre les lèvres pour rencontrer les siennes, les siennes qui se détournent et qui s'évadent du baiser comme d'un ennui !

— Il vous reste la maternité.

— Le comte, je l'ai compris, ne le veut pas ; il ne caresse pas l'espoir de ma mort, mais il en prévoit la possibilité et, se remariant alors selon son monde, un fils du premier lit le gênerait fort. Je ne peux lui donner qu'une preuve d'amour, celle de mourir : Oh! je suis trop chrétienne pour songer au suicide, mais une maladie croissante sera la libératrice qui le délivrera de moi et me délivrera de la vie.

Tel était l'accent de ce désespoir que les deux jeunes gens ne répondirent que par la compassion de leur attitude et quand ils se levèrent, avec cette divination de la femme qui souffre, elle ne crut pas nécessaire de s'excuser ni de demander le secret de ses plaintes.

— Merci, messieurs », dit-elle, « pour mon pauvre cœur un peu dégonflé ; il y a si peu d'écouteurs pour les plaintes.

— Comment persiste-t-elle à aimer cet homme alors qu'elle le juge ? mieux vaudrait vraiment qu'elle aimât ailleurs, coupablement », disait Paule dans la rue.

— Le propre de l'amour c'est l'hypnotisme sur un seul être, hors duquel rien n'existe. Pour madame de Porquerolles, la terre ne porte qu'un seul homme, et il n'y a qu'une seule femme pour d'Epanvilliers. Ce phénomène me remémore ce mot digne de Gavarni. Une catin contemplant, étendu sur la table de la Morgue, un jeune homme qui s'était noyé par amour : « Il avait dix francs dans son porte-monnaie quand il s'est noyé, je l'aurais joliment bien aimé pour ce prix-là, et il ne serait pas mort. » Tournons ici, la rue de la Boëtie renferme le pendant de la comtesse de Porquerolles, laquelle considère mon gilet comme celui où l'on pleure le mieux.

— Comment connaissez-vous le Bottin des passions de Paris ? » interrogea Paule, tandis que son guide sonnait à un porche.

— Comme un botaniste sait le repli de terrain où croît telle espèce ; psychologue et éthologiste, j'ai fait faune et flore des parisiennes, et, ainsi qu'un naturaliste vous mènerait à l'endroit où pousse tel arbuste, je sais où vous montrer les croissances psychologiques.

On les introduisit dans un fumoir peu éclairé, où un homme s'avachissait à plat ventre sur un divan et la tête dans ses mains ; il sauta à terre au nom de Nebo.

— Ah ! le bon Dieu vous envoie, il n'y a que vous

qui me compreniez. Monsieur est votre ami, je puis
parler devant lui, n'est-ce pas ?

Et sur le signe de tête affirmatif du Platonicien, le
personnage s'accroupit sur une fumeuse.

— Vous ne vous figureriez pas », dit-il, « ce que m'a
fait madame Thruyère ! ma femme me rendra fou, mon
pauvre ami ! Vous savez quelles échappatoires elle
trouvait pour ne pas m'appartenir. Soit pitié, soit remords, soit peur, je l'avais encore quelquefois, cette
détestable adorée. Au retour d'un bal, où j'étais allé
la chercher, car je ne peux rester calme en la voyant
aux bras des danseurs ; je ferais de l'esclandre, ou pis
encore! au retour, je la suis dans sa chambre. Elle se
déshabille en causant, je hasarde une caresse, elle me
menace de sauter par la fenêtre si je la touche ; je la
touche ; je la prends de force, elle me déclare qu'elle
se vengera de ma violence, et que chaque fois que je
l'aurai ainsi, elle se donnera à un soupirant. Elle considère que, n'étant pas venu à elle vierge, je n'ai aucun droit, que l'adultère c'est le plaisir sans amour,
qu'elle est prête à me poser tous les vésicatoires du
monde comme la meilleure des sœurs, mais qu'elle se
reprend, c'est son expression, et n'appartiendra à
personne, puisqu'elle est ma femme et qu'elle ne
m'aime pas. J'en perds la raison, et les saints devien-
draient enragés à cet horrible jeu.

— Mon pauvre Thruyère, vous êtes mal tombé, et un
grand clerc aurait besoin de toute sa clergie pour
mâter cette déraisonnable scélérate ; mais, avant de
perdre ainsi tout prestige, il faut avoir commis des
bévues sans nombres.

— Bévues, bévues », s'écria Thruyère, « l'adorer,
l'idolâtrer, faire le chien couchant et le fanatique

indien devant elle, si ce sont des bévues, je les ai faites.

— Aucune femme n'acquiert la certitude de son pouvoir sur un homme sans en abuser; l'excès est la règle de ce sexe; malheur à qui désarme et ne laisse pas une incertitude qui les épeure dans le sentiment qu'on leur montre. Vous l'avez priée de mettre son pied sur votre nuque, par jeu; elle l'y maintient par perversité. La battre mène au divorce, et vous n'en voulez pas; la tromper officiellement vous punirait, vous, non pas elle; il n'est pas en votre pouvoir de la changer, changez-vous, allez en Caucassie.

— J'aime mieux ma douleur !

— Que voulez-vous donc que je vous conseille? vous souffrez et vous aimez votre souffrance, vous êtes envoûté, mon cher. Goërres raconte l'histoire d'un homme qui fut mordu par une tarentule: toute sa vie il eut plusieurs accès annuels et, pendant ces accès, si on lui présentait un miroir, il y voyait la hideuse araignée et lui faisait mille révérences; il aimait son empoisonneuse, et souffrait de ne plus la voir quand on lui retirait le miroir. Madame Thruyère est votre tarentule; au lieu de vous dérober à son obsession, vous y trouvez des charmes; c'est un cas d'ivresse astrale qui peut vous mener à la tuer, à vous tuer ou à entrer pensionnaire à Charenton.

— Quand la fatalité est sur vous...

— Quand on tombe dans la rivière, on est mouillé, pas encore noyé; on peut essayer de gagner le bord, tandis que vous, pris dans un tourbillon, vous ne voulez pas même faire une brasse pour vous sauver.

— On se sauve de ce qui répugne: le feu, l'eau, le fer; on ne se sauve pas de ce qui attire.

11.

— Votre chère femme est-elle en ses appartements ?

— Elle danse à cette heure, elle valse, elle laisse le
premier venu prendre sa taille, sa main et lui sourit.
Quand elle rentre, que j'essaye les mêmes gestes, les
mêmes, entendez-vous, je suis un monstre, un orang-
outang qui viole une vestale. Ah'! les femmes roma-
nesques, que la peste les étouffe... et pourtant je
donnerais ma vie en prolongation de la sienne, de la
sienne qui ne sera que la détestation de son mari mort
ou vivant.

Bientôt les jeunes gens laissèrent M. Thruyère à son
obsession.

— Il vous reste à voir », disait Nebo en prenant la
rue de la Pépinière, « l'amour dans le vice ; la comtessina, M. de Porquerolles et madame Thruyère sont, à
la lettre, honnêtes personnes ; elles ne relèvent pas de
la prostitution ; tandis que je vais vous montrer un être
tout à fait supérieur épris à la façon de M. Thruyère
et de d'Epanvilliers, d'une drôlesse qui, à cette heure,
fait son trottoir.

— Je crois fermement, je l'avoue, que la première
nécessité pour aimer, c'est d'estimer...

— Bonsieur, monsieur Nebo », dit une voix, et ils
virent un petit monsieur de bonne tenue.

— Oh ! je ne vous reconnaissais pas, M. Bastide ;
je vous présente mon ami Noroski, et si vous voulez
entrer avec nous au café du Havre, nous y avons
rendez-vous avec Maulmont que vous connaissez.

M. Bastide accepta et, quand ils furent installés
au fond, devant des bocks, Nebo, se tournant vers le
petit homme, dont maintenant on voyait les yeux intelligents,

—Je causais avec Noroski des phénomènes amoureux ; il dissertait, c'est de son âge, sur la douleur des
cœurs incompris.

Sitôt, M. Bastide changea d'expression, comme un
joueur devant lequel on sort des cartes. Paule pen-
sait : « Voilà une question qui l'intéresse plus qu'on
n'aurait dit ». Après son silence ému et réfléchisseur,
il s'exclama :

— N'être pas aimé, c'est le malheur qui passe l'espérance d'Oreste, le sceau qui vous marque de solitude
pour la vie ; n'être pas aimé, c'est être laid, c'est être
sot ; et chaque heure de l'existence le souligne, et
chaque événement de la vie devient un miroir qui vous
raille. N'avoir jamais rencontré sur son chemin un
regard de femme qui vous fît d'aveu ; quand passe un
pensionnat de demoiselles, n'avoir jamais fait baisser
d'amour les jeunes paupières ; au théâtre, quand le
duo passionné lance ses notes ardentes ou que le
jeune premier reçoit les bras de l'héroïne autour du
cou, ne pouvoir pas se dire : en tel lieu, tel jour, une
femme m'a dit ces mots, m'a regardé de ces yeux-là,
m'a caressé de cette étreinte. Par celui que la nature
a gâté en le faisant attractif, cela n'est pas apprécié ;
mais le malheureux déshérité, peut croire que sur une
femme on monte au ciel. Oh ! je ne vous parle pas ici
de passions héroïques, dignes d'être écrites, où une
Ophélie effeuille, comme un bouquet sur un autel, les
fleurs blanches de sa virginité et les fleurons de sa
noblesse au pied de l'aimé ! Non, je ne vois que l'a-
mour courant, banal, que peut vous donner votre blan-
chisseuse et la fille elle-même, le jour où elle vous
dit : « Je ne veux pas de ton argent, à toi ». Il y en a
de ces pauvres honteux, à qui jamais femme, fût-ce

Maritorne, n'a donné d'elle même un baiser ; et ceux-
là, monsieur Nebo, ont une plaie qui saigne à l'endroit
du cœur, et la vie qui passe n'y met point de baume.
Vous, monsieur Nebo, vous devez comprendre, quoique vous n'ayez pu éprouver ces angoisses, étant beau ;
et votre ami, plus beau que vous, ne doit pas me comprendre du tout.

— Vraiment oui », dit Nebo, « j'entends douloureusement l'angoisse de ces parias au banquet sexuel ;
d'autant que l'impossibilité de vérifier leurs imaginations par les réalités, les entretient dans un état d'éréthisme sentimental. Ils se disent : si j'étais aimé, je
serais heureux, ce qui est aussi naïf de formule que :
je mangerais avec plaisir n'importe quel aliment.
L'amour est un bige ; à se dire : je traînerais mieux
ma vie, si un être y était attaché : il faut spécifier, que
cet être qui serait attaché prendrait mon pas et tirerait
dans mon sens ; d'ordinaire l'un tire à diah et l'autre
à hue, et les non aimés ne sont pas aussi volés qu'ils
pensent. En outre, n'être pas aimé, ne s'explique pas
complètement par la laideur ; quand on suggestionne
une hystérique d'hôpital, on pourrait la faire éprendre
du chef de clinique qui n'est pas toujours Antinoüs,
Lucius Verus ou Lauzun. Il y a un point de l'horreur
qui touche à l'adoration ; l'analogie des contraires ne
laisse pas tant d'espace qu'on croit, entre la répulsion
et l'attraction, et si l'on ne peut attendrir, tourtereau
roucoulant, il reste encore à fasciner comme un serpent. Inspirer de la crainte, c'est inspirer quelque
chose, et de ce quelque chose à la terreur, de la terreur à l'admiration, de l'admiration à l'amour, il n'y a
que des étapes de patience et des coups d'audace ;
Marat n'a jamais manqué de maîtresses. Pourquoi des

rois sots et affreux frappaient-ils avec sûreté d'être
entendu au cœur des dames de la cour ? parce que le
prestige de puissance et d'apparat fascinait. Nos douleurs les plus lourdes à porter sont celles de l'orgueil ;
or, dans ce fait de n'être pas aimé, il n'y a pas que
l'inclairvoyance des femmes qui se prennent aux uni-
formes et aux moustaches frisées, il y a la conscience
d'un manque d'audace. On n'est pas aimé de qui l'on
veut ; mais on peut être toujours aimé de quelqu'une ;
en cette fausse religion de l'amour, il faut se croire
aimable et s'inventer un charme, se faire bourreau,
clown, avocat ou chourineur. Afficher une passion
bonne ou mauvaise, n'importe, c'est attirer de l'amour,
et l'amour est toujours venu à tire d'aile à l'appel des
virtualités.

Maulmont entra dans le café, ployant sa haute et
maigre stature et penchant sur sa poitrine sa lourde
tête de penseur. Il serra les mains tendues et s'assit
muettement.

— Eh bien ! grand marieur des rimes et des mythes,
maître des adjectifs et des symboles, hindou sémitisé
de science, quels nuages pèsent sur votre aiglonne
pensée ?

— Vous ne voyez pas que ce nuage a presque la
forme d'un chameau », répondit Maulmont, par un
double sens trivial, qui disait toute sa honte. Puis,
éclata ce besoin de confession, si profondément humain
que le confident nécessaire au théâtre pour le jaillis-
sement des pensées, se trouve être dans la vie le premier venu inspirant confiance au moment où l'homme
a besoin de cracher devant témoin les crapauds qui
l'étouffent.

— L'estime de soi, ce beau reconfort qui témoigne

que vous n'avez pas autant de boue aux pieds que la
cohue qui vous entoure ; le respect de soi, cette religiosité de la personnalité humaine, qui vous envoie
aux heures défaillantes, des bouffées d'immortalité ;
le pouvoir sur soi, cette royauté inconnue aux rois, et
dévolue aux Stylites de l'idée, qui vous nimbe à vos
propres yeux, d'un or plus brillant que celui des cou-
ronnes, tout cela je l'ai eu ; et tout cela est mort sous
des caresses sales. Oui, sales ! » et s'exaltant :

— Vous pensez, Nebo, à cet infortuné Maulmont,
qui aime une femme à tout passant ! Eh bien, c'est la
catin qui me tient ; ce qui m'enivre, ce n'est pas la
beauté de son corps, mais qu'il soit pétri tout le jour ;
quand elle m'arrive le soir, tapée comme une poire,
par vingt embrassements ; l'évocation de toute la
luxure qui a passé sur elle lui passe à mes yeux une
robe d'infernale séduction. Tout ce vice qu'elle a ab-
sorbé me rejaillit à l'imagination ; incapable de tomber
à moitié, j'ai roulé non dans le ruisseau, dans l'égout.
Elle me semble gorgée de vitalité et j'ai la sensation
d'étreindre un vampire tout vermeil du sang qu'il a
sucé ; ah ! l'Église a vu plus loin que les rationalités,
oui, la goule, la lémure existe, et nier son affreux
ensorcellement, folie ! Clara est comme un aimant de
péché, chaque homme de plus ajoute à sa force, et
dire que, parti pour l'immortalité et par les voies austères des théogonies mortes, j'en suis à m'enivrer de
la sueur qui s'élevait l'été du Céramique, à m'épuiser
au hoquet de Suburre !

Soulagé par cette récitation, Maulmont avait tourné
feuillet, et comme Clara tardait, Paule et son Virgile
se retirèrent. Sous les arcades de la gare Saint-Lazare,
une femme déambulait avec des tordions solliciteurs.

— Je parierais que c'est Clara », dit Nebo, et les jeunes gens s'approchèrent. La grande fille, maigre avec beaucoup de gorge, qui respirait plus l'avidité que la luxure, s'aperçut de la contemplation ; elle marcha vers eux.

— Gentils messieurs, vous ne voudriez...

Nebo l'interrompit :

— Êtes-vous Clara ; connaissez-vous Maulmont ?

— Je suis Clara et je ne connais personne autant que Maulmont.

— Eh bien ! un conseil, vous savez que c'est un garçon très fort, le gouvernement veut l'employer à des choses que seul il peut faire ; et comme vous êtes l'empêchement, le préfet de police a reçu ordre de vous...

— D'où vient que vous me dites ça ? » fit la fille avec méfiance.

Nebo prit un air de viveur bon enfant.

— Je suis l'ami des femmes, je ne veux pas qu'il vous arrive d'ennui ; changez de quartier, croyez-moi, c'est prudent.

Et tournant les talons, il dit à Paule :

— S'il la perd de vue, peut-être reviendra-t-il à la raison.

Ils marchèrent en silence et montèrent la rue du Rocher. Nebo s'aperçut qu'un individu en blouse les suivait avec les hésitations d'un mauvais coup irrésolu.

Il se retourna et vint au devant du malfaiteur supposé.

L'homme du peuple s'écria :

— Je vais vous expliquer, monsieur. Vous voyez cette fenêtre très éclairée », et il indiquait une croisée

dont les rideaux levés et la lampe contre la vitre disaient clair l'appeau au passant, « je l'aime, cette
femme ; elle est chère, mes journées mal payées.
Voilà : je vous suivais pour vous demander non pas
l'aumône, j'ai soupé ; pour vous demander de quoi
acheter de l'amour.

— Vous l'aimez donc bien, cette fille ? » dit Paule.

— Si je l'aime ! pour en être venu à l'idée de men-
dier, pour en être venu à me faire passer pour voleur
et assassin ; mais je me vendrais comme un esclave,
si je pouvais, à ce prix-là, l'avoir une semaine à moi
tout seul. Battre le pavé toute la nuit, sous l'œil des
sergos et voir les autres monter chez elle ; avoir le
bonheur là, au second, au numéro en face de vous et
n'avoir pas les trois francs !

Nebo regarda longtemps l'énamouré, puis, d'un
geste triste, il prit de la monnaie dans sa poche et la
mit dans la main de l'homme qui, balbutiant et les
larmes aux yeux, s'écria :

— Avec ça, charitable monsieur, tout un jour je vais
être aimé !

X

Dans le fiacre où ils venaient de monter, Paule, travestie, disait à Nebo :

— Non, paradoxe vivant, je ne vous crois pas ; rien ne présente la quantité de souffrance contenue dans ces quatre mots : n'être pas aimé ! citez-moi donc, au lieu de sourire impertinemment, quelque tourment moral aussi terrible.

— Deux mots contiennent la même quantité de souffrance que vos quatre.

— Ces mots-là ?

— Ces mots-là forment la devise de la haute et basse humanité, Balzac les a écrits, et le collégien les mâchonne ; ces mots sont ceux de passe aux expériences dangereuses, aux audaces mauvaises ; ne les devinez-vous pas ? Non, eh bien ! naïve princesse, ces mots fatidiques sont : Être aimé.

Être aimé aussi terrible que n'être pas aimé ; je vous défie...

— Je ramasse votre gantelet, ma Clorinde, et commençons par faire de l'analogie ; c'est faire de la lumière.

Boire, un besoin et un plaisir ; cependant parmi les supplices, il y eut autrefois la question de l'eau. Veiller, le meilleur de la vie contemporaine ; cependant les Chinois sont arrivés à amener la mort par la seule force de l'insomnie. Donc, l'excès du bien devient mal, et j'entends par excès en physiologie, une sensation qui dépasse la force organique et la déséquilibre. Manger n'agrée qu'à l'appétit ; boire, qu'à la soif. Être aimé sans aimer, c'est manger sans faim et boire sans soif. Or, où est le pire d'un jeûne de vingt heures ou d'une indigestion ? Dans le domaine humain, privation et saturation sont polairement aussi éloignés l'un que l'autre de l'équateur de satisfaction. Le trop ou le pas assez déséquilibrent au même degré douloureux.

— On vous croirait matérialiste, aux basses comparaisons que vous faites ; il ne s'agit pas de fonctions organiques mais bien du sentimental.

— L'horreur que vous inspirait le baiser approchant de Chester le Yankee, ne nous montre-t-elle pas que toute la volupté d'un contact dépend du désir qu'on en a ? notre canotage de Joinville, où il vous eût paru naturel que je vous prisse dans mes bras, n'indique-t-il pas aussi que la sentimentalité, pour être la bienvenue, a besoin d'un état d'âme préalable ? Imaginez donc que vous avez à choisir, et sous peine capitale, entre un baiser répulsif et la renonciation au baiser attractif ; entre l'amour sans désir, ou point d'amour : sans hésiter, chère princesse, vous renonceriez plutôt que d'affronter la répulsion et la déshonorante corvée de l'amour non senti.

— Si quelqu'un vous aime d'amour que vous n'aimiez pas, on le rebute et on l'éloigne.

— Fort bien, mais il arrive qu'un soir, on rencontre
une femme, on l'accompagne en se disant : demain
matin ce sera fini et demain on y retourne et ainsi
quelques jours ; ce n'est qu'une fantaisie, une distraction quand on entend : « je t'aime, je ne te quitte plus ».
Alors, si l'on est tendre et imprévoyant, si l'on croit
que la fantaisie se prolonge sans péril pour la liberté
prochaine, on se laisse câliner, on s'endort comme
Samson, et on se réveille lié à une maitresse qui ne
devait être qu'une passade. Évidemment, il y a eu manque de sagesse et de prévoir, mais cette pente est si
glissante que le pied manque devant qu'on se soit mis
en garde. Que faire alors, à moins de cruauté? subir
tant qu'on en aura la force. Heureux encore si Dalila
n'est pas une naufragée sociale qui se noye et vous
fait compagnon de sa noyade. En mariage, il y a aussi
l'amour bête qui exaspère et l'amour égoïste qui massacre, tous deux prenant une des formes de la jalousie :
aimer signifie couramment non pas se sacrifier : égor-
ger un être sur l'autel de son égoïsme, et lui dire, en
le ruinant, en le claustrant, en le questionnant : « Mon
chéri, c'est que je t'aime.

— L'être qui ne se sent pas aimé, ne saurait montrer tant d'exigeance.

— Erreur, plus on doute, plus l'avidité de preuves
est insatiable ; le marquis de Sade et les ensanglan-
teurs de l'amour n'étaient pas aimés ; n'atteignant pas
à l'âme, ils poussaient la possession du corps jusqu'au
supplice, pour se l'affirmer. Ne pouvant pas croire
qu'ils donnaient du plaisir, le sang qui giclait leur
prouvait qu'ils donnaient au moins de la douleur. Et
puisque, nous avons admis l'amour comme le mode le
plus général de l'entité cherchant sa preuve, imaginez

que, pour la femme, ce mode est le seul possible ; elle pense passionnellement ; sa conception intellectuelle même se déforme en un sentiment. Aussi a-t-on toujours vu la femme philosophe radoter, à moins qu'un substratum de foi, comme celui de sainte Thérèse, ne vint baser ses élans qui n'ont jamais d'assise personnelle, hors le cas d'androgynéité. Quand une femme applique la raison d'état individuelle et la souveraineté du but à un sentiment, elle invente une puérilité dans le terrible,

L'épouse qui n'est pas aimée, au lieu de se métamorphoser jusqu'à ce qu'elle ait trouvé l'aspect physique et moral qui peut énamourer son mari, en appellera de l'injustice prétendue au tribunal de sa propre conscience et concluera à ce singulier verdict: « Je souffre par toi, tu souffriras par moi ». Dès lors, son amour, aussi fertile en ruses qu'un cerf dans les libretti de Scribe, s'ingéniera à hérisser la vie de l'insensible de tous les clous du tonneau de Régulus; et, comme l'avantage reste toujours à la lâcheté féminine dans la lutte intime, elle spéculera sur la peur des scènes, des larmes et du vaudeville de la mauvaise humeur en face à face. Muette pendant des jours ou crisiaque imprévue, cette victime aura toujours visiblement écrite dans ses yeux la sommation: « Concession ou des scènes ». L'homme nerveux, constamment appréhensif, achètera la paix aux plus avilissantes conditions.

— Le comte Noroski lutterait jusqu'au bout ! » s'écria Paule.

— Le comte Noroski ! que ferait il contre une femme qui a toujours prêt un sanglot retentissant et qui semble briser la poitrine pour en sortir ? il n'y a que deux fins : la roulée que le souteneur administre à sa marmite et la rupture ; nous écartons la première comme bassement brutale, la seconde, pour sa difficulté plus grande qu'on ne croit, même sans la question des enfants. L'homme, qui ne peut ou ne veut pas se dérober par la fuite, ni descendre aux moyens coercitifs des gens d'assommoirs, arrive, de capitulation en reddition, jusqu'à « aimer par ordre », quant aux formes extérieures, comme un comédien de la Cour qui accepte le rôle indiqué par son monarque ; et cette hypocrisie obtenue panse la plaie d'orgueil de la femme qui n'est pas aimée.

Envisageons un très différent côté de l'amour imposé.

Voilà une très jeune fille, qu'on marie, parce que l'occasion est bonne de s'en débarrasser, à un être qu'elle prend naïvement et dans l'ignorance totale des conséquences physiques du mariage : au lendemain, elle se couperait une main, si de l'autre elle pouvait se démarier : tout lui déplaît en cet homme, de son nez à son esprit, et son contact la convulse. Lui, au contraire, adore, et la possession lui est une extase. Si la malheureuse est chrétienne, elle se résignera, demandant à la dévotion les forces de se résigner, sinon c'est la rébellion et le déclassement ; dans les deux cas, la perspective qui se dessine épouvante,

— Vous invoquez des extrêmes, Nebo ; la moyenne sexuelle ne présente pas, ce semble, un pareil corollaire à l'amour.

— Eh bien ! entrons dans la moyenne psychologique du mariage : pour une femme, être aimée de son mari, c'est de la querelle en allant au bal et des larmes au retour ; le mari épris trouve toujours sa femme trop

dénudée, il interprète douloureusement la coquetterie
qui s'aiguise ou la flirtation qui se prolonge, et rapporte
dans l'intimité l'humeur empoisonnée parce qu'il a
souffert secrètement devant le public ; être aimée de
son mari, c'est le : « où vas-tu ? » de la sortie, le :
« d'où viens-tu », de la rentrée. Au théâtre, la lor-
gnette maritale suit celle de la femme ; celle-ci a-t-elle
un arrêt masculin, observation et échange d'aigreurs.
Être aimée, pour une femme, c'est n'être maîtresse ni
de ses regards, ni de ses paroles, ni de ses allées ;
avoir toujours derrière soi la réclamation d'un propriétaire disant : « tu es mon bien-meuble ; tes yeux
ne doivent rencontrer que les miens ; tu ne trouveras
de l'esprit qu'à moi ; si tu te plais à la conversation de
Rivarol, tu me trompes intellectuellement ; si tu con-
temples une statue de Mars, tu me trompes plastique-
ment ; si tu rêves sur un roman, tu penses au héros
comme amant ; si tu te pâmes pendant que le ténor
chante, tu es cérébralement adultère ; il n'y a qu'un
beau mâle : moi ; qu'une intelligence : la mienne ; car,
de par Dieu et le ventre d'un épicier, tu es ma propriété ».

— Vous seul, Nebo, pourriez me parler ainsi, sans
que je m'esclaffe de rire.

— Pas même moi, princesse, il y a un adultère et
une infidélité inévitables parce qu'il y a en nous deux
ferments que l'éducation et la vertu ne contiennent
pas, l'attirance de l'inconnu, et l'inquiétude spirituelle.
Je pourrais dire à une femme, « je vous engage mon
corps ; il ne subira de contact que le vôtre ». Engager
mon esprit, serait mentir. La plus vertueuse matrone,
quitte à se reprocher cette pensée, la plus grande dé-
vote, quitte à se discipliner ensuite, n'éviteront pas, à

la vue de l'être qui passe sous les traits d'un idéal
rêvé : « c'est celui-là que j'aurais voulu ». Le mari, le
plus scrupuleux de fidélité, entendra avec stupeur en
lui un écho de désir au rire d'une mondaine, au coup
de jupe d'une drôlesse. En cela, la vertu, c'est de tourner le feuillet de l'impression sentimentale et de n'y
pas écrire une délectation, comme dit la théologie. Au-
dessus des tentations de la variété, il y a les troubles
de l'idéalité ; l'être, que l'Art affine, n'est pas toujours
maître de se clouer à la réalité et au devoir ; l'imagination aiglonne, aux ailes toujours battantes, nous
emporte dans l'éther des cogitations. Qui donc, parmi
les esthètes, n'a pas donné de baisers spirituels aux
lèvres des femmes lombardes ? et l'Endymion de Gi-
rodet n'a-t-il jamais reçu au passage des regards de
caresse ? Est-ce que l'écrivain ne vit pas en inceste
transcendental avec les filles de son cerveau ? Balzac,
le chaste génie, qui a poussé la continence jusque dans
l'expression de la bestialité, aurait-il pu dire à madame Hanska : « je n'ai point eu d'amour pour Esther,
Ursule ou madame de Bauséant ? Engager son imagination ! mensonge ou inconscience. L'amour, même
revêtu de la réciprocité et de la vertu sacramentelle,
demeure le pis-aller de l'idéal et sa vulgarisation : un
appétit supérieur et insatisfait darde toujours en nous
sa curiosité.

— Ce phénomène du romanesque se restreint à quelques êtres d'imagination pure, aux Mercutio, aux Be-
nedict, aux...

— Point, les lectrices du *Petit Journal* sont adultères
avec les chaufourniers vierges et désintéressés ; pour
le commis, la femme de Paul de Kock est une reine de
Schebah ; et le commissionnaire héroïque et décoré, à

la recherche de son acte de naissance qui le fait lord
et millionnaire est un Cœlio irrésistible aux âmes de
comptoir. Qu'un romancier dote un héros de beauté et
de génie, et qu'il lui donne une âme vraie, c'est-à-dire
troublée, changeante ; qu'au sortir d'un rendez-vous
avec la femme aimée, il le montre sensible à une tête
de Lippi, il cessera dès lors d'être le personnage
sympathique dont l'unique sentiment à la projection
invariable d'un canon pointé toujours au même
but.

— N'est-ce pas l'être idéal d'une femme, celui
qu'elle hynoptise au point de l'isoler du reste de la
création ?

— Comme idéal d'égoïsme, il est naïvement complet :
et pour un homme, être aimé à ces conditions-là c'est
une annihilation possible momentanément, en la fer-
veur des ivresses premières, mais insoutenable un peu
longtemps. Qu'il s'oublie dans le monde à prendre
visiblement du plaisir à la causerie d'une autre
femme ; qu'il fasse un compliment, fût-il de bienséance, que son regard s'arrête sur des épaules, qu'il
oublie d'afficher devant la galerie son culte conjugal,
et l'épouse s'estime volée de toute la différence qu'il y
a entre les premières nuits d'un mariage, et celles de
l'année suivante. Elle s'efforcera peut-être de remonter au premier diapason ce culte surbaissé et, dans sa
douleur rageuse de n'y pas aboutir, elle se fera la
garde-chiourme de l'époux, lui jetant sans cesse au
visage, ses paroles, ses caresses, sa conduite de lune
de miel ; bientôt, ce mari trop aimé donnerait sa
femme au diable, s'il l'en voulait délivrer ; car, le nid
devenu prison, la tourterelle aigrie, il ne reste plus
qu'un duel à coups d'épingles...

— Où sommes-nous ? » interrompit Paule, en sentant
la voiture s'arrêter.

— A Champerret, à la porte d'un mari trop aimé,
Gandolière, l'auteur dramatique, qui écrit, en aussi
bonne langue que Dancourt, des comédies où le dialogue mord en souriant avec l'aristocratique misan-
thropie d'un Gavarni de la rampe.

Un aboyement sonore fit écho au tintement de la
sonnette et Gandolière lui-même vint ouvrir.

— C'est gentil, mon cher Nebo ; comte Noroski,
soyez le bienvenu ; ma femme qui m'accuse de ne pas
aimer à lui présenter mes amis ; surveillez la conversation, je suis le mari le plus gardé ! J'attends d'être
veuf pour faire représenter mon ménage, ce sera mon
chef-d'œuvre ; malheureusement, je serai vieux quand
je ferai cette pièce-là », et d'un talon rageur il malme-
nait le gravier de l'allée.

C'était un beau garcon de trente-cinq ans, les traits
fins, l'allure très parisienne et un peu cabotine de
laisser-aller et d'une fébrilité d'artiste inquiet et d'ob-
servateur toujours en quête.

Il les présenta à madame Gandolière, une brune au
teint olivâtre, d'une saveur espagnole avec de l'embonpoint, élégante de mise et l'accueil bienveillant.

— J'ai vu, je crois, dans un journal de ce matin,
qu'on répétait ce soir votre féerie orientale, l'*Anneau
de Salomon* ; est-ce retardé ? » dit Paule, croyant être
aimable.

Gandolière mit les mains dans les poches de son
veston.

— Non, monsieur, ce n'est pas retardé ; demandez à
ma femme pourquoi je suis en ma bonne villa de Champerret au lieu de promener l'œil de l'auteur sur l'œuvre.

— Mais, mon ami... », dit la femme embarrassée.

— Messieurs », fit Gandolière, « elle n'a pas le courage de ses despotismes, car l'opinion des femmes c'est d'abuser même de l'amour que vous leur inspirez.

— Je trouve, mon cher, que nos petites affaires n'intéressent pas ces messieurs et que le goût est douteux de donner la comédie de son chez soi.

L'auteur dramatique ne désarma pas.

— Madame Gandolière est, de son nom moral, une demoiselle Othello, moins les coussins : elle prétend qu'un homme qui a l'honneur de lui appartenir ne s'appartient plus, et lui interdit, au nom de la foi conjugale, d'assister aux répétitions de ses pièces, de peur qu'une Bethsabée de la figuration...?

— Aimez donc votre mari pour... » s'exclama-t-elle.

— Confisquer un homme, c'est l'aimer ; je suis un officier conjugal perpétuellement aux arrêts.

— Que signifie ? Est-ce que je vous attache...

— Chérie, tu n'en as pas la force si tu en as l'idée. Mais tu sais ménager de si jolies rentrées que je renonce à mes sorties, par crainte des tiennes.

— Est-ce que je crie jamais, par exemple?

— Tu pleures ou tu boudes, tu prends les expressions des Madeleine de Guide ; oui, madame Gandolière a le mauvais goût de faire des mines bolonaises. On ne peut tenir pied à l'intrigue qu'on noue dans sa tête et à celle de son propre ménage ; si j'ai autour de moi une atmosphère grognonne, j'œuvre mal, et Madame qui sait le clou où pendre son mécontentement, berne Gandolière mieux que lui-même n'a jamais berné un mari, en quatre acte de prose, au Gymnase.

Sa femme avait pris le parti d'affecter l'indifférence
et de paraître absente du discours.

— Chère moitié, vous pensez que je suis un monstre d'ingratitude, je ne veux pas cependant celer vos
mérites et je les énumère. D'abord je suis sûr de
n'être pas cocu, ensuite toutes les sollicitudes, enfin,
elle ferait l'impossible pour me plaire; je lui demanderais de s'habiller d'une peau d'ours, en plein été, ou
de ne pas s'habiller du tout, en plein hiver, elle ris-
querait avec joie la suffocation et le refroidissement :
je suis le Ministre de l'intérieur le plus obéi qui soit.
Tu vois, chère, que je ne te marchande pas la louange
équitable et due. Mais, les affaires extérieures ! voilà
le portefeuille qui divise notre gouvernement. Un
mari, c'est un ara donné par les parents, on le gave
de sucre, on le laisse voleter dans toute la maison,
pourvu qu'il ne sorte pas. Or, sortir c'est pour moi un
besoin de nature, une nécessité de talent, la condition
absolue de ma gloire. Il y a les pélicans de la littérature qui se piquent la veine et écrivent leur propre
histoire; mon individualité n'est pas assez haute pour
que je me substante de moi-même; je ne suis pas l'in-
tuitif, l'homme qui, dans l'ombre de son nombril, perçoit tout son art; la pensée me vient par les yeux;
observer, c'est ma création : je travaille en vivant; mon
théâtre c'est la vie de Paris, ramenée par la réflexion
à son relief essentiel. Vous connaissez les médailles
grecques lithographiées par Delacroix, où le crayon
résume l'esprit d'un profil en resserrant l'expression,
en simplifiant le galbe; eh bien ! mon talent c'est de
faire, sous forme de dialogues liés par une intrigue,
des résumés moraux ou immoraux, de tirer la quin-
tessence de la modernité ambiante. Est-ce dans cette

banlieue que je butinerai ces sucs de décadence qui
ne se trouvent qu'en plein fumier parisien ?

— Quand on a un pareil métier et qu'on aime sa
femme, on en change.

— Hein », s'écria Gandolière, « est-ce assez femme
ce mot métier craché sur votre œuvre, sur ces pauvres pattes de mouches qui coûtent tant de veilles et
de labeur ! Mettez donc toute votre âme, épuisez votre
santé, pour que l'être qui vous aime le plus, vous sou-
flette ainsi !

Et, subitement encoléré :

— Quand tu étais enceinte, quand tu as accouché,
je n'ai pas insulté ton ventre auguste; ne viens pas, à
ton tour, jeter de l'ordure sur mon front qui porte et
qui met bas : des œuvres, ce sont des fils, entends-tu,
femme? Et la parturition cérébrale a une grandeur
singulière, je ne permets pas à ton utérus de mépriser
mon cerveau...

Cet éclat paraissait inaccoutumé, à la stupéfaction
que laissait paraître madame Gandolière.

— Le ménage de l'artiste régulier, savez-vous ce
que c'est? le coudoiement d'un ennemi de l'art, qui
vous dispute à lui ; on perd, à défendre son talent, le
temps et les forces qui le feraient grand. Il y a une mise
au point qui ne peut être faite qu'en répétitions, mais
Madame est jalouse des salopes en costumes d'almées:
il faudrait l'emmener avec soi ; voyez-vous l'auteur
dramatique talonné et surveillé par sa femme, au vu
des coulisses? ce serait un ridicule dont la France entière retentirait. Madame Gandolière se figure que
l'adultère est de la famille des chouettes, il ne s'ébat
que la nuit; tant qu'il fait jour elle n'a point de tran-
ses ; sa jalousie, comme la lune, se lève à l'heure du

café. Dans sa cervelle d'oisonne et dans les romans-
feuilletons qu'elle a lus, l'après-midi est honnête, le
soir seulement, libertin. Oui, ma femme se figure que
l'adultère a un cérémonial très long, que l'on ne s'aime
pas avant d'avoir soupé. Être bizarre, crois-tu donc,
si je veux te tromper, que l'heure m'en gardera? la
précaution inutile, comme disait mon grand confrère
Caron...

—— Vous avez raison dans le fond et tort dans la
forme », dit Nebo, « madame Gandolière est consciente
des privilèges de l'artiste, même en face de l'amour,
et si vous les lui représentiez persuasivement, en douceur, comme on dit...

— Non, c'est plus fort que moi, je ne pourrai jamais
changer », s'écria madame Gandolière avec une sincé-
rité triste. Les jeunes gens se levèrent.

— Je me suis un peu déchargé la rate », disait l'é-
crivain en les accompagnant, « mais je le payerai », et
il s'épeura aux conséquences de sa boutade. Alors
Paule se ressouvint du faux ménage de l'architecte,
mêmement installé en un coin perdu : au battement de
la grille de fer que Gandolière refermait, elle tressauta.
Un semblable malheur lui apparaissait l'aboutissement
certain de l'amour comme de la haine.

— Où le fiacre nous mène-t-il ?

— Chez une femme aimée, la plus misérable créature que je connaisse, dont la misère est d'être aimée.

— Je n'aurais jamais cru que la sentimentalité eût
un envers si sombre.

— Vous avez donc cru, jusqu'ici, que, dans le mariage comme sur les cheminées, le pendant, c'est Jean
qui rit et Jeanne qui pleure ! Las, l'amour c'est ce blé
dont parle le Zohar : on peut l'écraser entre deux

12.

pierres simplement, en faire du bon gros pain ou de
délicieux gâteaux dorés, cela dépend de ce qu'on est :
meunier, boulanger ou pâtissier. Candolière eût été
heureux avec une femme garçonnière, intéressée à son
œuvre, et point si jalouse. Le mariage de nos mœurs,
un pendant de la confection en thèse somptuaire ; il
faudrait pouvoir se marier comme on s'habille, sur
commande ; encore commanderait-on mal la plupart
du temps. Combien peu de gens savent trouver leur
voie, et comprennent la nature de leur talent ! Tout le
monde devenu bon à tout, personne n'excelle en rien ;
de même que l'avocat échange, en un mois, trois fois
son portefeuille de ministre, ainsi on s'improvise
homme marié, sans réflexions préalables. La France
est un peuple de bons à tout faire : citez-moi le por-
tier, le marchand de faience, n'importe quel homme
pourvu de rentes et de loisir qui ne se croie à la fois
politicien, économiste, philosophe, critique de littérature et d'art, habile à la paix comme à la guerre et
lumière oubliée dans un coin. Sur trente-six millions
de Français, pas un qui n'ait fatuité d'être un être
pensant, pas une femme qui ne se croie une Nitagrit :
Cette monstruosité aboutit à l'incohérence des mœurs.
De tous les éléments destructeurs de l'amour véritable,
le plus virtuel apparaît le conflit d'amour-propre conjugal. En dépassant l'ouvrier et l'ouvrière peinants et
résignés, dès qu'on arrive au petit commerce et à la
petite rente, on ne voit plus que geais faisant des roues
de paon ; l'ambition bête masculine et la féminité in-
comprise se collisionnent ; au troisième roman qu'elle
lit, mademoiselle Dandin se nimbe et il n'y a pas de
potache salivant avec aisance qui ne pense : « Et moi
aussi, j'ai l'étoffe d'un cabotin, c'est-à-dire d'un pre-

mier ministre ». Et, ils n'ont pas tort ; les caissières ont des âmes solaires dans les romans du jour, et les dignités sont, de par l'histoire contemporaine, offertes au plus médiocre. Le sens commun, c'est-à-dire le sens des nécessités de communauté, irrémédiablement perdu, à lire Molière, on se demande si nous sommes le même peuple qui a posé devant ce génie de clarté et de droit jugement. L'éducation actuelle fêle les femmes et les rend irrémédiablement déraisonnables ; côté des hommes, autant d'écoliers laïques, autant de futurs voyous qui brûleront les Bibles pour rallumer leurs pipes, et, si un Dante paraissait, lui jetteraient leur mégot démocratique en l'appelant « vieux birbe ».

Au simple point de vue sceptique, le sort des mœurs occidentales dépend du catholicisme : les femmes de demain qui ne prieront pas et les hommes d'aujourd'hui qui blasphèment formeront une civilisation de crapules dont l'histoire n'a pas encore vu le tableau ; mais, nous voici à celui que je vous veux montrer.

La voiture s'arrêtait devant une maison neuve de l'avenue de Villiers.

— Madame Jaillon », expliquait Nebo, en montant l'escalier, » est un être charmant, mais qui aime le mouvement, la causerie ; tandis que son mari voudrait la claustrer loin de tous les yeux. Ce gentil colibri est accouplé avec un hibou ; et nous profitons de l'absence de M. Jaillon pour voir sa victime.

La bonne les introduisit d'un air stupéfait, qui faisait voir le caractère d'événement qu'avait pour elle cette visite vers neuf heures et demie du soir.

— Quelle bonne surprise ! monsieur Nebo, mais

quelle imprudence ! » s'écria la jeune femme, une blonde, petite et frêle, partagée entre le plaisir de leur venue et la crainte de son seigneur.

— Ne dirait-on pas que nous venons en conversation criminelle ! je sais des secrets de M. Jaillon qui me le livrent à discrétion ; puis, rassurez-vous pleinement, il ne sera ici que demain.

— Je veux vous croire », fit-elle et, brusquement confidentielle : « Cet homme me tuera... Est-ce une vie, monsieur Nebo, je vous le demande, que de ne pouvoir ni sortir, ni ouvrir sa fenêtre, ni lever son rideau? avant de l'épouser, j'ai eu une passionnette pour un jeune homme, qui s'est bornée à des échanges de regards et de lettres ; je le lui ai avoué, avant le mariage, en lui demandant de ne m'en parler jamais et il m'en parle toujours. Je me tais : « tu penses à lui ». Si j'ai sommeil : « tu n'aurais pas envie de dormir avec lui ». Si j'ai goût de prendre l'air : « tu ne l'aurais pas s'il était ici à ma place ». Sortons-nous : « ce monsieur t'a regardée, ce monsieur se retourne ; il faut que tu fasses des manèges de fille que je ne vois pas pour attirer ainsi l'attention des passants ; je ne t'ai pas épousée pour essuyer l'œillade boulevardière : rentrons ». J'aime la lecture, et, le soir, au coin du feu, la causerie avec un homme d'affaires tombe vite : « Si tu m'aimais, tu me regarderais au lieu de lire », Franchement, la prétention est énorme : il ressemble à M. Grévy, en plus jeune. Au lit, monsieur Nebo, si je n'ai pas l'enthousiasme qu'il lui appartient de me donner, il s'écrie : « Ah ! si c'était lui, tu ne serais pas aussi froide ». Enfin, je suis crucifiée par l'amour de cet homme au point de le fuir, si j'avais une famille ou me réfugier. A toutes mes représentations, il oppose le répons : « Je t'aime ». Pensez-vous qu'il suffise de dire ces deux mots pour avoir droit de torture sur une femme? Il m'aime ! donc il n'a pas à prendre la peine de se faire aimer ; il m'aime ! et si je meurs de solitude, de crainte, de repliement, il se dira, la conscience bellement nette : « Je l'ai bien aimée ». Ah ! monsieur Nebo, que j'envie les femmes qui ont des des maris coureurs, mais doux et point jaloux ; quand on aime sa femme légitime, on se venge sur elle de ce que les maîtresses vous ont fait souffrir et j'échangerais ma dignité d'épouse chrétienne contre une place au sérail ; je ne serais pas plus claustrée et, n'étant pas favorite, je me ferais si petite que l'ombre me protègerait dans un oubli paradisiaque. Oh ! quel bonheur que de pouvoir échapper à la bestialité de l'homme. Si l'amour poétise la possession, le mariage, en la rendant si facile à tous les instants, livre la femme à la fantaisie brusque du mâle. Je serai là à broder, baissant les yeux, tâchant d'oublier la torture proche du lit commun, quand tout à coup, je suis saisie et possédée brutalement avant que j'aie pu faire : Ah ! Monsieur en me regardant s'est ému, et, comme ses émotions sont très violentes et que je ne puis pas sonner, ni crier à la garde, je suis ainsi prise à l'improviste, sans consentement, sans avertissement, sans préparation à cette horreur. Vous n'imaginez pas ce qu'on éprouve à être ainsi terrassée avec moins de ménagements qu'une fille ! je dois dire qu'après il se fond en idéalités, se met à genoux ; mais se mettre à genoux veut une grâce qu'il n'a pas ; le ridicule vient souligner l'ignoble. Ah ! je suis malheureuse à me tuer !

— Cependant », hasarda Paule, « vous pourriez lui

tenir la dragée haute, et le dominer, puisqu'il vous aime.

— Si j'avais un autre tempéramment, oui, monsieur, mais les scènes m'affolent, mes nerfs ne les supportent pas ; je cède toujours pour acheter la paix. Avoir devant soi un être que la mauvaise humeur enlaidit, qui est brusque et semble se faire violence pour ne pas vous violenter. Oh ! quelle horreur que l'amour dans le mariage, ce sylos dont on ne sort que par le déshonneur !

Et Paule fut frappée de retrouver en cette femme cette espèce spéciale de lâcheté qui naît de la vie intime et fait toutes les concessions, pour obtenir un peu de calme. L'entretien s'écarta ensuite de son début confidentiel, et madame Jaillon se montra enjouée, spirituelle.

— Vous m'avez fait, Messieurs, oublier un moment ma chaîne ; visiter les prisonnières, c'est bien ; n'est-ce pas une œuvre de miséricorde ?

Et les deux jeunes gens remontèrent en voiture, dans un silence attristé ; au bout de quelques minutes, elle s'arrêta de nouveau, à l'entrée du boulevard Malesherbes.

— Qu'allons-nous voir, encore, de navrant ? » demanda la princesse.

— Encore une femme trop aimée, mon élève ; et celle-là aimée à quatre mains.

— Je ne vous comprends pas », fit Paule.

— Elle s'expliquera elle-même et l'impression en sera plus intense.

Ils attendirent un moment dans l'antichambre ; puis un élégant sortit d'une porte, tenant son chapeau d'une main et reboutonnant sa redingote de

l'autre. Il s'empressa vers Nebo, froid et presque
agressif.

— Vous savez nos conventions, monsieur de Saint-
Béron », dit le Platonicien.

— Soyez sûr que je les observerai », fit l'interlocuteur avec la contenance rancunière d'un homme hu-
milié.

— Que signifie? » demanda vivement Paule.

— Cela signifie que la comtesse d'Izouard, ayant
sauvé des mains de l'armée un de mes frères en Rose-
Croix, je veille sur elle et la protège.

Une femme de chambre leur fit traverser des pièces
meublées avec un grand goût, et, dans un boudoir
d'un vert tendre, apparut la comtesse, en peignoir de
satin blanc broché d'argent. D'une stature presque
démesurée et les formes opulentes sans empâtement
de contour, madame d'Izouard avait un aspect de par-
faite beauté païenne qui frappa la princesse comme
un exception extraordinaire dans le milieu parisien.
Elle avait par surcroît le geste noble et tout le caractère
d'une Hermione, tempérée par la douceur des yeux,
qui indiquait une mollesse du vouloir et le manque
d'activité cérébrale.

— Bonsoir, ami Nebo, et bonsoir, ami de Nebo »,
dit-elle, « vous avez croisé un membre de mon déplorable duumvirat.....

— Le comte Ladislas Noroski est affilié.

— Fort bien », dit-elle, « mais quelle singulière res-
semblance avec la princesse Riazan !

— On me le dit souvent », fit Paule avec assurance,
« et je me meurs d'envie de voir ma Sosie.

— C'est moi qui achèterais une Sosie, son poids
d'or. Avant, je m'indignais contre moi même, j'avais

de généreuses bouffées de honte ; maintenant, Nebo, je deviens Grecque d'abrutissement, je subis la fatalité de la situation, et, pour un peu, j'accuserais les dieux, seuls auteurs de mes maux, comme Phèdre.

— J'arriverai à vous débarrasser de Saint-Béron ; il vous aime, mais il aime le panache, et Rudenty, sous-secrétaire d'Etat, m'a promis de le nommer consul dans un pays perdu et malsain.

— Une promesse d'homme en place ! » s'écria-t-elle.

— Il est Rose-Croix », observa Nebo.

— Vous m'avez l'air en ce moment, Monsieur Nebo, d'un Rodin jeune, beau et bienfaisant.

— Mauvaise comparaison : Rodin voulait être pape et je ne veux rien être ; j'ai des amis plus nombreux, plus intelligents et plus fidèles qu'un autre, je m'en sers, comme je les sers, dans le bien, et voilà tout mon mystère.

— Le mien est plus noir ; avoir un mari et un amant, cela se voit, à tout coup ; mais être aimée follement de tous les deux au point qu'ils pactisent et se partagent ma possession, de peur que je leur échappe. Non ! mon cas est unique : j'épouse en M. d'Izouard un gentilhomme chasseur qui jusqu'à moi avait été un Hercule nageur, buveur et écuyer ; Omphale malgré moi, je lui inspire un amour désordonné, et il m'écrase et m'abrutit de toute la force qu'il dépensait jadis à travers monts et vaux : déjà un horrible sort ! Cette horreur s'est doublée : M. de Saint-Béron s'éprend à son tour, prie, supplie et menace de se tuer ; je crus à cette menace, vraie peut-être, et je lui cédai comme je me déshabillerais pour couvrir et sauver du froid un moribond ; dès lors, je n'ai pu m'en garer ; j'ai tout avoué à mon mari, qui s'est battu jusqu'à trois fois avec Saint-Béron, sans se blesser gravement. Ces trois rencontres sans résultat ont frappé leur imagination comme un arrêt fatidique ! Je m'étais enfuie et cachée, ils me cherchèrent de concert, et finalement ont conclu que je serais à tous les deux ; n'étant pas hommes à s'assassiner et n'ayant pu se tuer en un quatrième duel, ils se sont partagés mes jours. Je n'aime ni l'un ni l'autre, je les subis avec le même ennui moral et la même bienveillance phy- sique. A me voir, on me croirait très matérielle ; non pas, mes vrais plaisirs seraient d'imagination, si je les pouvais choisir ; la pression de main d'un intellec- tuel me délecterait plus que leurs spasmes imbéciles. Que faire ? Puis-je divorcer parce que mon mari m'aime trop ? même en me déshonorant, en m'affichant avec M. de Saint-Béron, qui nierait, comme mon mari, ma culpabilité, suis-je pas condamnée à cette prostitution, n'ayant pas le courage de fuir pour être poursuivie et reprise ? S'expatrier, aller aux Indes, ce serait de l'héroïsme : je n'en ai pas. Ce qui me stupéfait en mon aventure, ce n'est pas le partage qu'ils font de moi, c'est leur prétention de m'aimer, en me forçant au mépris de moi-même, en faisant de moi un être de joie, comme on dit. Si j'aimais, j'aurais la délicatesse de ne pas prendre le plus furtif baiser à celui que j'aimerais, sans m'être assuré qu'il lui est aussi agréable. Qui jettera la sonde aux profondeurs de l'égoisme d'amour ? Ces deux hommes n'aiment que ma beauté, et ma beauté comme objet de la luxure. Vous qui êtes subtil, Monsieur Nebo, vous n'aurez pas d'étonnement trop vif à entendre déclarer par la femme la mieux servie charnellement que, dans le véritable

13

amour, la chair tient une place secondaire : ceux qui
à se tenir les mains n'ont pas un plaisir déjà grand,
ne sont que des débauchés, des amants non pas.

Elle voulut les retenir, mais Nebo allégua bientôt
une visite urgente.

— Je vois maintenant », disait Paule, en se remet-
tant en voiture, « que le malheur le plus général,
générateur de presque tous les autres, c'est le mauvais
accouplement ; la sentimentale tombé sur le charnel ;
et le pervers sur la vertueuse ? Vous qui savez ce qui
n'est pas dans le livre : la science des âmes, n'imaginez-vous pas pas un art qui permettrait de s'unir
selon son espèce et de retrouver sa moitié de poire, le
morceau de sa médaille ?

— En admettant, chère princesse, qu'il pût exister
des marieurs consultants, de quel poids serait leur
avis devant les raisons d'intérêt ou les déraisons
d'attraction. La marque infaillible de l'être complé-
taire, c'est qu'il fait abnégation de lui. Quand une
femme d'échelon social pareil aime assez un homme
pour lui pardonner une infidélité et même, si l'infidélité a des suites physiques, pour le soigner, sans
aigreur, qu'il s'associe à elle, il a trouvé le morceau
de sa médaille. Quand un homme se plaît longtemps
et d'une façon camarade après la possession, que la
femme l'épouse, ils sont faits l'un pour l'autre.

— Vos expériences sont absolument impossibles :
ne suis-je pas votre moitié de médaille, sans preuves
d'un ordre aussi bas ?

— Chère moitié de médaille, nous sommes du
troisième sexe, il n'y a donc pas d'intérêt masculin ou
féminin entre nous ; je n'ai pas à m'inquiéter de connaître votre altitude de jalousie, ni vous de savoir mes

qualités ou mes défauts d'alcôve ; cela n'intéresse que les amants et les époux ; et nous ne serons jamais ni l'un ni l'autre.

Et Nebo dit cela du ton le plus naturellement détaché sans voir la pâleur de la princesse pelotonnée dans le fond de sa voiture.

— Descendons au *Grand Cercle* ; il y aura Aubessagne, un spécimen de la série des gens aimés.

Ils trouvèrent le jeune homme dans la salle de lecture, écrivant avec fièvre.

— Je vous le donne en dix millions... devinez..... j'écris à un ami de Sidney pour l'aller rejoindre.

— Comment », fit Nebo, « au moment où un beau mariage vous assure la vie de Paris la plus large, vous vous australisez, vous à qui cette idée ne serait jamais venue, au temps des dettes et des créanciers hurlant après vos chausses ?

— Oui bien, je fuis la fortune après avoir fait front à la misère, parce que, au temps de la dèche, j'étais libre, et que les chaînes dorées sont trop lourdes.

— Vous n'avez ni belle-mère, ni beau-père, votre femme vous adore.

— Si elle ne m'adorait pas, je resterais.

— Je comprends de moins en moins.

— Ah ! comprendre cela, ce n'est pas donné aux honnêtes lecteurs de M. Octave Feuillet ; et l'écrire demanderait le glossaire mœchiologique, mais je vais tâcher de vous phraser la chose proprement, sans avoir fait de physiologie. Vous n'ignorez pas que le *congressus* a parfaitement lieu, avec la femme au négatif, mais que la positivité de l'homme est laïque et obligatoire, même dans les États de l'Église. Eh bien ! madame Aubessagne, qui s'ignorait elle-même étant

jeune fille, est une Messaline vertueuse, c'est-à-dire
qu'elle demande à son mari ce que la femme de Claude
demandait à quarante voyous romains. Elle m'a pris
endetté et pitoyable ; en échange de ses millions, elle
croit avoir droit à être énormément aimée. Or, je n'ai
pas de goût pour elle ; en aurais-je, que douze ans de
vie vicieuse m'ont diminué comme hercule de foire
aux amours. J'ai essayé de lui faire comprendre le second de ces points, elle s'est écriée que je mentais,
que je faisais des réserves pour les filles. Comme je
suis un très honnête garçon, j'estime qu'un contrat où
il y a malentendu doit être déchiré ; je l'épousais pour
enrayer ; elle me prenait pour chevaucher ventre à
terre. Je vais lui fournir un prétexte de divorce et
m'australiser ; ce n'est pas gai, mais mieux vaut encore cela que la corvée conjugale. Croyez que je ne la
blâme pas : j'ai voulu faire le poseur d'alcôve et l'épa-
ter tout d'abord ; elle a pris un gala pour type de son
ordinaire, et n'en démordra point. Je lui souhaite
mieux que moi et me retire sous une tente de trappeur.
Si j'étais moins fantastiquement scrupuleux je la lais-
serais se morfondre, mais elle m'aime et, en retour,
je ne dois pas condamner au jeûne et à l'abstinence
cette dame plus pleine d'appétit qu'appétissante. Et,
regardez, mon cher, comme l'amour tombe toujours
en tuile et en guignon : je flottais sur la belle asphalte,
avec peine, mais j'arrivais à me maintenir, et de la
Madeleine à la Bastille, les filles et les garçons de
café connaissaient le monocle d'Aubessagne. Une
jeune fille à millions se met à m'aimer, et moi, le Parisien désorbité hors de son Paris, j'en suis comme
chassé. Que le diable emporte l'amour ! car c'est bien
lui qui l'a apporté pour déguingander un peu plus ce

monde mal fait ! Voyez donc, ici même, au Grand
Cercle, les gens qui ont été aimés, tous chauves
avant l'âge, ruinés, ayant manqué leur vie par le bar-
rage qu'y a mis une femme. Être aimé est un luxe
de monarque oriental gardé d'une femme par un tas
d'autres et qui a des glaives nus pour éclairer ses
colères ; mais un moderne, forcé de se débattre contre
la vie, contre tous les besoins, contre les lois et contre ses frères les hommes, est fou, insensé, de ne pas
repousser l'amour comme le diamant néfaste qui le
marquera pour la fatalité et le désignera aux coups du
sort.

— Vous avez le malheur éloquent, mais quelle
facilité de le conjurer ; je connais des simples, comme
disent les paysans, qui coupent la lubricité comme la
fièvre.

— Halte-là ! sur mon âme, en ceci, Monsieur, voici
mon sentiment : celui qui se permet de corriger la
nature, assume une responsabilité dont je ne veux
pas.

Nebo se prit à rire.

— L'esbattement des humeurs, même peccantes,
vous est sacré, beau chevalier ; à votre aise et bonne
chance à la rive Océane.

— Tout ce côté turpitude de l'initiation sentimentale
m'écœure ; avons-nous fini la randonnée ? » dit Paule,
quand la voiture roula de nouveau.

— Plus qu'une visite ; il ne faut pas que vous croyez
la liaison libre exempte d'horreurs semblables à celles
du mariage, sinon pires, même, quand il y a amour,
ce qui est rare. » Ils ne parlèrent plus, songeurs l'un
et l'autre jusqu'à la rue de Beaune.

— Renvoyons la voiture », dit Paule, « nous rentrerons à pied », et ils gravirent un quatrième étage. Un homme grisonnant leur ouvrit, après de l'attente ; il avait à l'oreille une plume d'oie.

— Bonjour, Ugines, je sais vos habitudes nocturnes, et qu'il n'est pas d'heure indue à votre pied de biche ». Paule se demandait la signification morale de ce singulier personnage, dont l'âge et l'allure ne rimaient à rien de sentimental.

— Il n'y a qu'une heure indue : l'heure du berger », déclara Ugines en avançant les fauteuils couverts en paille de son pauvre logis.

— Comte Noroski, je vous présente un homme qui a manqué le coche des honneurs et des places ; il a été jeune et beau, spirituel et entreprenant : il serait ambassadeur aujourd'hui, s'il n'avait été aimé. Je vous avise, mon cher Ugines, que je fais l'éducation sentimentale de ce jeune homme, et votre histoire vaut un enseignement.

— Mon histoire ! simple comme un roman réaliste », fit Ugines avec ironie. « Quand j'étais étudiant, je rencontrai une femme qui me fit les yeux doux, mon lit, et enfin me défit socialement : voilà le fait brut. A l'enguirlander de quelque considération, il faut, comte Noroski, vous affirmer que l'orgueil d'être aimé et le besoin d'être soigné : deux conseillers de malheur ; méfiez-vous de la femme qui s'offre à remettre vos boutons, elle vous camisolera bientôt de la chape plombée de son amour et vous coulerez comme me voilà. Je donnai donc dans le pot au feu économique écumé par la main des Grâces. Je mangeais moins de charcuterie alors ; j'en mange beaucoup maintenant. J'avais de hautes protections, mais aller au bal et laisser à la maison une femme qui pleure, cela répugne à une

âme tendre ; je fis, sur l'autel de l'amour, le sacrifice
de mes gants blancs et de mes relations mondaines.
En haut lieu, on m'oublia bientôt ; je perdis mes en-
trées à ce théâtre fait de vingt salons de Paris, où se
donnent les beaux emplois, où se préparent les brillants avenirs. « Moi, je te reste », me dit-elle, et dans
une maladie elle me soigna. Ah ! se laisser soigner
par sa maîtresse, c'est le commencement de notre fin !
Comment quitter cette sacro-sainte sœur de charité ?
et cela a duré longtemps ; elle est morte trop tard pour
que je pusse me remettre en selle. M. le comte d'U-
gines, ambassadeur, avorte en Ugines, traducteur de
choses russes à trois centimes la ligne, et vit en em-
plissant les rez-de-chaussée de journaux français des
feuilletons de Dostoïeski ; si quelqu'un veut faire une
tragédie classique, je ne demande aucune part d'auteur...

Et, quand les deux gens jeunes sortirent, après une
longue causerie, Paule s'écria :

— La nature humaine est-elle donc si infirme
qu'elle ne puisse aimer jusqu'à l'abnégation et l'oubli
de soi?

— Ceci, ma chère Paule, est une autre question ;
vous ne parlez plus d'être aimé, mais d'être bien
aimé.

— Qu'est-ce donc que ce *bien* ?

— Être bien aimé, Paule, c'est être aimé dans son
avenir, si on est jeune ; dans ses manies, si l'on est
vieux ; c'est pouvoir s'appuyer sur un être, au lieu que
cet être s'appuie sur vous, c'est recevoir de lui tout
son rayonnement et le voir s'effacer de lui-même dès
qu'il n'est plus faste ; être bien aimé, c'est être certain
que jamais on ne s'interposera entre l'occasion et

vous ; être bien aimé, c'est obtenir qu'on se sacrifie et qu'on souffre. Quand l'amour humain arrive au renoncement de l'amour divin et qu'on aime jusqu'aux blessures que vous fait l'aimé, alors, vraiment, on a droit au nimbe d'amour. Mais, pour inspirer de l'amour aussi intense, pour fonder, dans une âme, cette religion, il faut avoir de la divinité en soi ; parmi l'humanité passionnelle, ce ne sont pas les dévots prêts aux sacrifices, qui manquent, ce sont les dieux dignes d'un holocauste.

XI

LE MOYEN DE PARVENIR

— Sous le nom de Béroalde de Verville, un livre
existe, curieux assemblage d'obscénités et de scatolo-
gies dont les commentateurs ont vainement cherché
l'idée mère sous les ordures et gaillardises, et qui
signifie tout simplement pour l'homme, qui sait se
servir de la sexualité, de ne pas chercher autre talisman que le phallique. Au cours de dialogues insanes
où Aristophane réplique à Clément Marot, se dégage
la curieuse assertion que le lingam est le pentacle de
toutes les réalisations sociales et le moyen de parve-
nir, le bien user de sa luxure. Aussi grossièrement
formulé, ce commandement répugne ; déguisé, pourtant il explique beaucoup de la vie des héros et de
celle des pieds plats. On appelle la queue d'un parti,
ce qu'on appelait jadis la queue d'une armée, la horde
qui ferme la marche et se gorge après la bataille, la
gent qui braille, selon le temps : vive le roi, vive la
ligue ; et, soldée par l'un et l'autre, spécule sur les
divers intérêts pour ne servir que le sien. L'amour
lui-même a sa queue de traînards qui n'ont pas lu

13.

Béroalde mais qui le pratiquent et s'en font l'atout qu
lève la mise, au jeu de la vie ». Et cela était dit presque à l'oreille de Paule par le Platonicien qui l'avait
amenée en comte Noroski, dans une soirée dansante
de la bourgeoisie.

Le salon de madame Hourquette avait de la notoriété dans le monde commerçant du boulevard de Sé-
bastopol ; il n'était pas de négociant, de juge au tribunal de commerce ou de bonnetier retiré qui ne tinssent
à honneur d'y être admis. Inconsolable de ne pouvoir,
malgré ses quatre-vingt mille francs de rentes, être
du tout Paris et monter dans le train que cite le repor-
tage, elle avait pris le parti de la galante vieillie, qui
masque son passé par de dévôts dehors, prude femme
révoltée à la seule vue d'une *Vie Parisienne* et, montant le collet de son salon aussi haut qu'il pouvait
monter, elle avait produit autour d'elle l'entourage de
Sophie Prud'homme jouant à la Maintenon. Le bourgeois, par sa médiocrité même, protestant de mœurs,
avait applaudi à la tendance luthérienne de madame
Hourquette et l'admission chez elle était devenue la
pierre de touche qui révélait le jeune homme resté ou
devenu sérieux : elle mariait, et nombre de familles
n'eussent pas dit « mon gendre », avant que madame
Hourquette eût donné son avis. Telle était son habileté
que Nebo, en racontant à la princesse qu'elle avait
successivement distingué les commis de son défunt
mari, ne se doutait pas que cette femme boulotte et
encore rose sous ses cheveux qu'elle ne teignait pas et
ses soixante-cinq ans qu'elle avouait, allait encore à
Cythère et ne songeait pas même à oublier les routes
Corinthiennes. La grosse, mais fine mouche, quand
un jeune homme, qui avait eu une conduite un peu

bruyante, venait lui demander appui auprès de la
famille où il voulait entrer, elle répondait invariable-
ment : « Monsieur, votre réputation est mauvaise,
peut-être valez-vous mieux qu'elle ; pour que je m'en
assure, venez pendant un mois me voir quand il vous
plaira, dîner, veiller et, si je vous trouve comme j'espère, toute mon influence sera à votre service ». Et,
au bout de quelques visites, le jeune homme compre-
nait quel droit seigneurial de cuissage la prude femme
entendait prélever sur le marié ; et, comme il s'agis-
sait pour tous de se bien caser et de ne pas manquer
leur vie, ils avalaient la détestable pilule. Quant madame Hourquette disait à la jeune femme, le soir des
noces : « ma chère enfant, vous serez heureuse, je sais
qui je vous donne comme si je l'avais essayé », cette
ironie grandissait la petite boulotte aux yeux du
marié, qui voyait dans l'avenir une usurière au cent
pour cent en nature, préférable, pour des fils de bourgeois, à une protestation de billet.

— L'hypocrisie est la vertu des classes moyennes »,
reprit Nebo. « Plus haute la sphère sociale, plus on
est franc. Entre nobles viveurs, on s'avoue ses turpi-
tudes, et entre voyons on les crie sur les toits ; l'extrême culture produit une franchise paradoxale très
particulière : le lettré, l'esthète a de telles subtilités
d'entendement qu'après avoir montré ses vices, il les
drape de paradoxes qui les ennoblissent. Un homme
d'imagination ne peut ni parler, ni écrire sans tresser
le chanvre de plusieurs potences qui, toutes, le pour-
raient réclamer au nom de la niaiserie ambiante ; mais
l'être positif, l'animal du deux et deux font quatre et
de « l'amour, c'est tant », a la pudeur de ses vices
parce que ses vices sont des égoismes, et qu'au lieu de

se perdre pour des chimères, il ne se peut commettre qu'à de viles contingences, Nergal, Tanneguy, même Gandolière peut dire au Philistin : « oui, j'ai les pieds crottés, des défauts, mon habit a des taches de péché comme le tien, mais j'ai de plus que toi, ces ailes, ces grandes ailes qui me couvrent tout, et dans mon crâne, tabernacle saccagé par les passions, brûle, jamais éteinte, la flamme d'Agni, l'irradiante vision de la supernaturalité. » Ici chez madame Hourquette, vous ne saisirez que difficilement ces dialogues de belle imprudence, entendus à l'hôtel Dinska ; dans la Prud'homie, tout est valeur et ce monde place ses vices comme des capitaux ; ils n'ont jamais des passions qui ne portent un bon revenu.

Madame Hourquette relança les deux jeunes gens ; Nebo, qu'elle savait reçu dans les hauts parages, et un comte russe lui étaient trop agéables à la vanité pour qu'elle les laissât dans l'ombre.

— Venez donc, messieurs, que je vous présente à des dames qui se plaignent de votre extrême réserve ; vous avez ici le prestige du fruit défendu, puisque vous vivez d'ordinaire parmi les affreux tenants d'un branle de damnation.

— C'est à titre de mi-diable que vous allez nous montrer à ces anges du foyer », dit Paule, que l'habitude du travesti poussait à la crânerie.

— En comparaison d'un viveur, toute femme est un ange », dit madame Hourquette, et elle les amena près de la cheminée où ils s'appuyèrent, masquant le feu et acceptant avec malice le caractère de représentation extra-mondaine donnée à leurs personnes.

— Madame Courzieux et ses deux filles », commença la maîtresse de maison, et du sourire elle montrait une

assez jolie femme, d'une joliesse un peu roide de poupée très bien articulée, dont les prétentions se lisaient
à l'écourtement des jupes de ses filles de quinze ans
arrangées en gamines.

— Personne n'épousera les demoiselles de Courzieux,
s'il ne feint d'abord d'aimer leur mère, voyez plutôt.

Un jeune homme venait de parler avec le flutage de
voix et le regard blanc, pour les sots signes extérieurs
du sentimental ; cet inceste par anticipation, restât-il
dans le platonisme, semblait monstrueux à la princesse, qui ignorait jusqu'à quel point une mère parfois
met de délectation trouble et de rêveries détestables
dans le choix d'un gendre.

Puis, ce fut le tour de madame Chapiroux, sorte de
duègne prématurée, déchireuse de réputations, calom-
nieuse du genre humain et qui eût ôté l'honneur de
tout Paris par rage d'avoir dû garder le sien trop in-
tact. Son œil glauque s'envenimait à la vue de ces
riens diseurs d'une intimité ; il y avait, dans sa contenance, du Javert au féminin.

— On dirait », fit Paule, « que madame Chapiroux
est ici le municipal de service.

Madame Hourquette entendit, et, d'un air complexe
et scandalisé, sans être désobligeani :

— Comte, plus bas ou moins méchant.

M. Monistrol, un apoplectique, et ses filles, jolies
comédiennes de tenues, aux paupières baissées et au
regard oblique.

Madame Hourquette continua les présentations, pro-
nonçant avec satisfaction :

— Je vous présente, ma chère, M. Nebo et le comte
Noroski ». Puis : « Voilà qui est fait, vous avez droit
de cité et de circulation ».

— Allons, Paule, à l'étude : ce qui ennuie doit être utile et substantiel le désagréable ; cherchons les disciples de Béroalde de Verville et notons leurs historiettes.

Un économiste a dit qu'on ne s'enrichissait jamais du travail de ses mains ! arriver par son mérite ! proposition naïve : arriver, c'est dépasser les autres à un steeple-chase ; or, si vous n'employez pas le croc en jambe, alors qu'on vous le fait, vous êtes prédestiné à rouler par terre, à moins que le mérite ne soit de ce format colossal qu'on nomme le génie, et qu'on n'ait en soi quelque chose de plus fort que la bêtise humaine, qui est énorme. Cherchez le pourquoi des succès contemporains ; ce pourquoi ne sera jamais le réel mérite. Tel critique a le pouvoir de faire enlever une édition chez le libraire, par une seule chronique ; ce pouvoir lui pourrait-il venir de l'originalité de son jugement, de son indépendance des coteries, de sa hauteur d'idéalité ?. non pas, son avis n'a tant de poids que parce qu'il est aussi lourd, aussi bête que le goût public. Victor Hugo n'a tant de gloire que pour avoir donné aux voyous la bénédiction de son génie et approuvé et littérairement légalisé les signatures des songe-creux de son époque. La même auteur, lu et admiré lorsqu'il traite de la fille et des ruts divers, ne trouvera pas un éditeur pour une œuvre de métaphysique ou de piété. Dans le monde où nous voilà, la vraie valeur ne saurait exister : le triomphe d'un avocat, c'est de suggestionner un envoûtement momentané sur les nobles crânes des jurés et d'innocenter un scélérat ; le triomphe d'un commerçant, c'est de vendre très cher ce qui lui coûte très peu ; le triomphe du boursier, c'est d'acheter à la baisse ; le triomphe du père de famille,

c'est de se débarrasser d'une fille détestable en la donnant comme exquise à un dadais; le triomphe de la
femme honnête, c'est la passibilité de son tempérament; le triomphe du jeune homme, c'est de mener
une vie de polichinelle jusqu'à ce qu'il se sente cassé
et lors trouver, en une femme, jeunesse et confort; le
triomphe, c'est d'être parmi les dupeurs. Au point de
vue sceptique et esthétique, le déploiement de ruse et
et les inventions de cautèle ont un intérêt que je ne
nie pas; chrétiennement, cela s'appelle scélératesse.

La démarcation de passions nobles donnée à la gloire
et l'amour, au préjudice des passions basses, telles que
l'avarice, l'envie et la paresse n'a qu'une valeur de
sorte. Celui qui thésaurise en but élevé, comme Rembrandt, passe pour avare; Michel-Ange était bassement
envieux de Raphaël et la paresse d'un homme de pensée est plus productrice que le branle-bas perpétuel
d'une usine; d'autre côté, la gloire d'être le premier
bonnetier de France et l'amour du décavé pour une
fille sont suspects.

Il n'y a donc pas de passion noble ou basse en essence, il y a des êtres nobles ou bas et qui donnent à
leurs actes des motifs grands ou petits à leur image.
Quelle peut être l'idée d'un premier commis si le
patron meurt? d'épouser la veuve; s'il vit? la fille, et,
tenez, il y a ici des chefs de bureaux de ministère, il
y a donc des adultères d'avancement. Cette petite madame Gerzat, qui s'évente, avec un sourire si languide,
en regardant à la dérobée ce beau brun à côté d'elle,
croyez-vous qu'elle soit aimée? point; elle peut faire
arriver son beau brun à 4,400 au ministère des finances.
Cet homme à l'air ennuyé, qui semble un appariteur
de faculté, a été préfet sous l'ordre moral, grâce à sa

chère femme, une Parisienne au passé touffu, qu'il a
épousée sans argent ; c'était une Mascotte à rebours,
on assure que ce sont là les meilleures ; elle fit beaucoup de toilettes tentantes et tant de visites ébouriffées
au ministre de l'intérieur qu'on coiffa d'une préfecture
le mari. À Paris, il y a l'adultère de raison ; une femme
n'a aucune idée folichonne et ne ment pas en disant à
son mari : « mon bon ami » ; mais, le voyant vieillir
sans avancement, elle va prendre un bain parfumé,
soigne ses dessous, ne met rien d'épinglé, de compliqué, arrange pour la circonstance un costume qui se
quitte et se remette presque seul, et va à la rescousse
de l'avancement ; sa conscience ne lui reproche rien,
elle n'a eu aucun plaisir, elle a simplement donné, en
bonne femme, au char embourbé du ménage, le coup
d'épaule de la mère de famille qui voit la vie sérieusement et la trouve trop difficile pour ne pas saisir la
queue de la poêle, quand se laver après est si facile. Il
y a, dans l'entourage de madame Hourquette, des
jeunes femmes aussi jolies que possible, et si rigides
de sens et si calmes d'esprit que vous leur feriez dix
ans de cour sans les émouvoir ; qu'un lourd billet
tombe à payer le lendemain, vous verriez l'Iphigénie
du commerce, parée et engageante, tomber chez vous
à l'improviste et débiter : « Vous avez toujours semblé
me porter intérêt, vous m'avez même dit que vous
m'aimiez, je viens mettre vos paroles à l'épreuve : mon
mari a mille francs à payer demain, sinon il est pro-
testé, affiché à la Bourse et le crédit est perdu. Ah ! si
vous me rendiez ce service, pour sauver mon mari, je
ne saurais rien refuser ». Vous la prenez : elle prend
le billet de banque ; tout est fini, et si, le lendemain,
vous alliez lui dire un mot léger, elle vous mesurerait

avec sa dignité de femme froide : « Monsieur, je ne vous comprends pas; je n'ai plus de billets en souffrance ».

Il y a aussi l'adultère de vanité; une épouse riche a un souci qui la fait pâlir, elle voudrait voir un point rouge à la boutonnière maritale; pour faire éclore ce coquelicot du pardessus elle s'affrontera avec un député, deux sénateurs et le grand chancelier. Ou bien, par seul amour-propre de paraître influente, une femme se livrera afin d'obtenir un bureau de tabac à la fille de sa fermière. Songez qu'une femme qui n'est pas laide n'a qu'à s'abandonner à des caresses ennuyeuses pour obtenir tout ce qu'elle veut; pourquoi pâtirait-elle? Elle regarde ces possessions comme des corvées qu'il faut savoir s'imposer pour vivre en joie relative. L'adultère ne prouve pas plus l'amour que l'air enjoué qu'on a dans le monde ne prouve la gaieté intérieure : ce n'est pas un but, c'est un moyen, le plus simple d'arriver à toutes sortes de fins. Je ne mentionne pas une variété d'adultère, variété beaucoup plus fréquente autrefois, lorsqu'il y avait une cour, des Lauzun et des ducs de Richelieu; mais la femme qui ne peut pas faire figure dans le monde par son mari se prévaudra d'un illustre amant.

— Passons un peu au côté des hommes », interrompit la Princesse.

— Eh bien, écartant les pervers très noirs d'Eugène Sue, je m'arrête aux personnages sympathiques de Balzac: Rastignac, au tout premier jour de son amour pour Delphine de Nucingen, calcule qu'il a bien placé sa luxure et que sa passion sert ses intérêts les plus immédiats comme les plus lointainement calculés. Lucien de Rubempré, un poète, celui-là, se vend à la

sodomie de Vautrin, le forçat de génie, vit sur les écus
de Coralie et plus tard sacrifie Esther pour épouser
mademoiselle de Grandlieu : de Marsay s'élève jusqu'au premier portefeuille par le coup d'œil qu'il met
dans ses passions. A part Darthez, le seul qui arrive
par le génie, tous enfournent leur pain dans des lits,
tous ont des boudoirs pour cabinets de travail, tous
arrivent par les femmes ; ce sont des Paganini de la
prostitution masculine. Au-dessous, il y a les infimes
et innombrables râcleurs du violon féminin ; la plupart
des gens n'attendent pas la fortune couchés et la vont
chercher dans des alcôves ; si cette femme est fille, ils
sont déshonorés et s'appellent souteneurs ; est-elle
duchesse, ils sont des malins et s'appellent heureux
diables ; est-elle leur épouse, enfin, ils sont d'honnêtes
gens et s'appellent hommes considérés. Ce jeu a été
gâté depuis un siècle : en quittant le beau costume de
jadis, qui donnait à un joli homme le pas d'égalité avec
les femmes les plus parées, le sexe mâle est devenu le
sexe laid, expression qui date du jour où l'Occidental a
mis une livrée qu'un laquais de Louis XV eût refusé
d'endosser. Beaucoup ignorent l'optique et voient très
clair ; ainsi les hommes se servent de la loi d'aiman-
tation sexuelle sans la connaître. A produire ce mouvement de l'âme qui fait qu'un être vous préfère à lui,
et vous donne d'élan ce que, de sang-froid et non
influencé, il refuserait, il faut que vous agissiez ma-
gnétiquement sur lui. Or, ma chère princesse, si vous
aviez besoin absolu de mille francs, vous les auriez
plutôt d'un homme, n'est-ce pas ; j'aurais plus de
chance d'intéresser une femme à mon sort, qu'un
notaire de sens rassis, si j'étais malheureux ! Univer-
sellement, l'intuition indique de se servir de l'attrac-

tion sexuelle pour l'obtention de ce qui dépend d'autrui. Plaire à un homme, pour un homme, ce ne serait
pas garant qu'il se tracassera jusqu'à risquer tout ;
plaire à une femme, c'est la fasciner et, sous l'empire
de cette fascination, elle exécutera les sauts les plus
périlleux au profit de ma fantaisie ou de mon ambition. Or, plus un être manque d'idéal, plus il est porté
à de semblables calculs ; la bourgeoisie forme le plus
épais régiment de la prostitution, en la société actuelle.

Depuis un moment, je vois un jeune blondin,
d'une physionomie point hypocrite, pour qui nous
sommes des êtres extraordinaires. S'il pouvait nous
ciceroner cette chambrée luthérienne... La sauterie
commence, pendant que je vais lier connaissance avec
ce Joanne probable, invitez une demoiselle Monistrol
et conjuguez à l'actif ce verbe qui vous valut l'amitié
de l'ambassadeur chinois. Vous me direz ensuite
jusqu'où vous avez pu aller dans le mouvement d'une
valse.

Au fumoir, comme il l'avait prévu, il fut bientôt
rejoint par le blondin, qui prit un cigare avec un peu
d'embarras ; le Platonicien lui présenta sa cigarette
incandescente.

— Charmante soirée, Monsieur », dit Nebo en repre-
nant sa cigarette, « seulement.....

— Seulement ? » interrogea le blondin.

— Seulement, Monsieur, il me manque les commentaires, j'appelle ainsi la chronique secrète et scandaleuse des invités.

Si se moquer du monde, est tout l'art d'en jouir,
encore faut-il savoir de qui se moquer ; je sais bien
qu'il y a des cornards, chez madame Hourquette, mais
je ne vois pas leur front ; cela vous paraît drôle, cette

manie à moi de lire un bal comme un mauvais livre
ou de le voir d'un œil de spectateur à une pièce hardie.
Je scandalise, peut-être...

— Allons donc, Monsieur », dit le blondin, « au contraire ; j'ai du cant la même haine, et je m'offre à vous
confesser la plupart de ces impénitents.

— J'accepte, et nous voilà des amis pour quelques
heures, laissez-moi m'étonner de votre manque d'hypocrisie.

— Comme la rôtisserie, eût dit Balzac, ça ne s'acquiert pas », dit le jeune homme.

— Grand tant mieux ; reprit Nebo, lors, que faites-
vous dans cette galère ?

— On broute autour de son piquet, je me nomme
Senozans dessinateur industriel.

— Le feston et l'arabesque vous ont sauvé de la
contagion. Touchez-là, je suis dessinateur indus-
trieux, et, cher confrère, allons voir danser ces pres-
bytériens.

La retenue était extrême d'apparence, les dames ne
regardaient pas leur valseur, mais adhéraient à lui de
la plus étroite façon ; la contenance indifférente, et le
contact plus appuyé que dans un bal viveur.

— Eh bien, Ladislas ? » demanda Nebo, quand
Paule eut reconduit sa valseuse.

— Eh bien, je pourrais donner la mesure de ses
mollets, la saillie de ses genoux et le tour de ses
cuisses, *et cætera* ; vous aviez raison, Nebo.

— Je vous présente, M. Senozans, un artiste qui
va nous aider à démasquer ces honnêtes gens ; et,
d'abord, pourquoi ce fadasse personnage à royale
partage-t-il si exactement ses amabilités entre cette
vieille et cette jeune femme ?

— L'une est sa femme et l'autre sa belle-mère ; le contrat a été simple, forcément, mais le mariage est double, afin que la mère ne songe pas à convoler en emportant sa fortune.

— Joli, cela ! » dit Nebo.

— Remarquez », dit Senozans, « cette gentille personne, qui a une étoile en brillants dans les cheveux. Son histoire est curieuse. Ses parents, des parents pauvres, avaient un oncle riche, ancien débauché, devenu impuissant ; pour s'assurer l'héritage, on lui a envoyé souvent la petite Emma, qui avait douze ans quand ce manège commença. L'enfant se plaignit presque des baisers de l'oncle ; on l'assura que c'était du devoir des petites filles de les subir, et, comme le vieillard était dans la physique impossibilité d'un viol, la conscience des parents resta calme, et la petite, toujours chargée de cadeaux, à son départ, vint tous les jours voir l'oncle caressant. A seize ans, Emma comprit enfin que son oncle était un oncle extraordinaire et eut des doutes sur ses devoirs de nièce, alors, père et mère lui exposèrent la situation « la gêne, presque la misère, ou la fortune, une belle fortune, au prix de quelques privautés ». Emma fut convaincue, elle a hérité.

— Vous voyez, Ladislas, que je vous disais juste, tout à l'heure : la bourgeoisie n'aime pas le vice pour le vice, elle est même froide ; toute son attention se concentre sur la difficulté de bien vivre et elle accepte les vilenies comme elle accepte de commencer à balayer un magasin pour y trôner plus tard.

— Ce monsieur à triple menton a eu besoin, à un moment de spéculation hasardeuse », reprit Senozans, « de la signature de sa femme pour vendre un

immeuble. Celle-ci, stylée par la mère, refusa; notre
sire se désespérait de manquer une affaire magnifique par la méfiance de sa belle-mère; il n'était pas
homme à mettre un couteau sous la gorge de sa
moitié; intéressé, non pas méchant homme. Voici ce
qu'il inventa : il installa chez lui, comme secrétaire,
un jeune homme qui avait paru plaire à sa femme et
s'ingénia à les surprendre. A cet effet, il avait toujours
sur lui l'acte et l'encrier de corne d'un copiste du
moyen âge. Sa femme, qui est fine, comprit, mettant
double soin à ne pas se laisser surprendre. Imaginez
la singularité de ce ménage où le mari attend le fla-
grant délit pour faire une bonne spéculation; enfin il les
surprit dans une situation aussi criminelle qu'on peut
imaginer, et dit ces deux mots : « Signez, madame ».
Mais le secrétaire, qui ne savait pas le contenu du
papier se récrie: « Ah! mais non je ne souffrirai pas
qu'à cause de moi... Je veux lire cet acte! » Le mari
s'assied, l'amant lit et dit : « Vous pouvez signer, madame » N'est-ce pas que ce serait gentil cela, en théâtre, des petits appartements à la Grécourt.

— Les bourgeois ne se marient pas aussi herméti-
quement entre eux que les Juifs, et la femme intelligente, romanesque et indépendante qui tombe dans un
pareil milieu...

— Elle devient madame Bovary, moins l'arsenic de
la fin, et les embarras d'argent; car le point d'honneur du bourgeois est tel qu'il s'ingénie toujours à
sauver financièrement son ménage; son coup d'œil sûr
dans le domaine des affaires le tire des plus mauvais
pas; c'est l'être d'une seule passion, le bien-être dans
le paraître, il la satisfait ou sinon une paille de fantaisie fausse le coffre-fort moral.

— Ainsi, Monsieur Senozans », interrogea Paule, « la bourgeoisie emmanche toujours l'agréable d'utile, et ses passions sont ainsi des affaires ?

— Presque toujours, comte Noroski, sauf pour quelques étourneaux qui, alors, tombent dans l'excès contraire, et finissent en faits divers par suicide ou malversation.

— Au point de vue sceptique », dit Nebo, « c'est là une très habile entente de la vie ; au lieu de barrer ses affaires par ses vices, les atteler en tandem ; on arrive au but et la route a été agréable. Catholiquement, tout change, et l'abomination de la désolation sont des expressions pâles, devant le cri de Bilboquet dans la bouche de Prud'homme : « Sauvons le decorum ». La morale de Bridoison est la seule possible aux positivistes ; propreté de trottoir, fermage de fenêtres, dignité extérieure, boutonnage sur les taches intimes, tels sont les commandements, et grâce à eux, tout est bien qui parait bien ; si quelques méchants veulent aérer la vérité, on les traitera de vils imposteurs, et, comme les bourgeois sont l'argent et le nombre, juges aussi bien qu'électeurs, on n'a contre eux que le rire qui ne les fait pas pleurer, et le mépris qui rencontrera le leur et s'y brisera, comme un stylet vénitien sur la carapace d'une tortue.

Autant la bourgeoise se livrera carrément si elle a quelque chose a obtenir de pressant, autant elle doit se marchander quand elle se donne sans aucune matière de retour, et peut-être que cette comédie et le détail qu'elle fait de ses charmes, et les lenteurs qu'elle met à se rendre sont des érotismes par l'importance qu'ils communiquent aux moindres menues faveurs.

— L'horrible manière ! » s'écria Paule, « on se donne toute ou bien l'on se garde. Une femme qui se laisse prendre le sein ce soir et la jambe en huitaine me semble affreusement perverse et sans amour. Est-ce qu'on résiste quand on aime ?

— Quelquefois, Ladislas ! » dit gravement Nebo ; cette déviation de la causerie, où Nebo croyait pressentir un état d'âme nouveau chez son élève, fut rompue par Senozans.

— Vous remarquez l'empressement si recommandé dans la civilité puérile des jeunes auprès des vieilles ; chose remarquable, la bourgeoise, desséchée par son éducation et son milieu, se trouve des sens subits à l'âge critique ; les Américaines s'ébattent très tôt ; celles-ci, âgées, à quarante-cinq ans : alors leur fortune est assise, la famille toute casée ; les premiers cheveux blancs écartent la médisance et elles jouissent enfin de loisirs en même temps que de facilités. Comme les enfants très gourmandes gardent le meilleur du gâteau pour la dernière bouchée, elles s'émeuvent à la passion quand les autres femmes s'en sèvrent, Cet été de la Saint-Martin est un phénomène notable dans le commerce haut et bas ; les affaires liquidées, le fonds remis à un gendre, la femme renaît dans la caissière disparue, et elles aiment alors presque mieux que les jeunes femmes ; quelque chose de maternel perce dans la maîtresse qui, entre deux baisers, s'informe des affaires de l'amant, l'aide, le conseille, le prône et patronne. Leur affection revêt le même caractère utilitaire de leur vie, et si le sentiment dépasse la passade, que le jeune homme ait le bon esprit pratique d'être fidèle à cette femme de cinquante ans, elle devient pour lui une associée, une commanditaire, et lui prépare un avenir.

— Et les jeunes filles ? » interrogea Paule.

— Dignes de leurs mères, dressées à mener une maison et un mari, inculquées, d'une morale spéciale: « Fais ton devoir et tu t'amuseras après ; sois sérieuse jeune pour batifoler avec l'âge ». Dociles à ce catéchisme, elles ne sont pas mauvaises épouses, s'incarnant dans le négoce du mari et l'aidant comme le meilleur associé, à condition que, dans les appartements, il laissera à sa moitié la culotte de commandement. L'adultère, donc, tarde ici, à moins d'entrée en ménage de rentiers ou d'embarras d'affaires ; la vraie commerçante n'a qu'un honneur, celui de sa raison sociale ; tous les amants qu'elle aura dans l'intérêt du ménage ne sont que des clients d'une marchandise qui ne coûte rien. L'adultère en ces conditions paraît à la femme une chose simple et conséquente de l'association conjugale. Cet élégant habit qui cause avec Madame Hourquette en ce moment, a traversé une passe difficile ; alors, il venait fréquemment l'œillader, sous couleur d'achats, une assez jolie femme. Le jour où le magasin fut en péril, il prit son épouse à part, et lui dit : « Tu sais où nous en sommes, et aussi que je t'aime bien ; il n'y a qu'un moyen de nous tirer de là, c'est que je réponde aux avances de notre acheteuse sempiternelle. Qu'en dis-tu ? » la femme dit oui, elle y avait déjà pensé, avoua-t-elle après ; et cependant elle aimait son mari au point de le veiller trente nuits de suite en une maladie, et le soir où le mari se prostituait à la femme blonde, l'épouse a dormi, et à son retour ne lui a dit que : « Tu as l'argent ? »

— On peut crier, comme le Bourniche des Goncourt :

14

L'absence de sens moral remplacé par le sens com-
mercial.

Senozans les quitta un moment.

— Ah ! » dit Paule, l'amour n'est donc que le masque
des autres passions, le domino qu'elles mettent pour
n'être pas reconnues ?

— Las ! oui, chère princesse, en faisant l'analyse de
l'amour pour le séparer des gangues, ils faut écarter
celles qui en font moyen de bien vivre ou de ne pas
mourir ; déchirez les contrats où l'intérêt seul a con-
joint, rompez les liaisons où l'un des deux ne voit que
l'assurance de la pâtée toute trouvée et abondante ;
dispersez tous les mobiles divers qui poussent les
femmes aux bras des hommes et, quand vous aurez
éliminé les alliages et chassé les vendeurs du Temple.
il ne restera plus qu'un grain d'or et un temple vide.
On n'aime pas pour aimer, on aime pour manger, pour
s'habiller, pour se distraire, pour jouir, pour avoir
des enfants, des chevaux. Et tout cela ressemble à
l'amour comme une république à un gouvernement.
Vénus ouranienne, où est donc le pur amour ? Éros !
que reste-t-il pour votre partage ?

CHAGRINS D'AMOUR ET VICTIMES DU CŒUR

— Nous voici de nouveau arrêtés par un mouvement d'opinion, chère princesse ; les cadavres hâtèrent la fin du périple : le double personnage du comte Noroski et de la comtesse Noroska commence à éveiller de dangereuses curiosités. Un mot de Nergal m'avertit que, depuis la vente de charité et le drame que nous y avons jugé, les malveillants, ceux qui m'envient et qui vous désirent, mettent en commun leurs observations et peuvent en faire jaillir une lumière fatale à votre réputation. Le Baron et la Baronne Plotte, furieux de la scène hermaphrodite, ont mis en campagne leurs informateurs, qui sont nombreux ; l'Habitarelle a parlé longuement de la nouvelle déclassée, si étonnamment ressemblante à la princesse Riazan ; Gandollière a dit étourdiment que je chaponnerais un Ganymède hindou ; votre amie Dinska, elle-même, voudrait savoir la vérité. Bref, il y a péril pour votre honneur, dont j'ai répondu devant moi-même ; en qualité d'androgyne, vous comprendrez que le spectacle de quelques mauvaises mœurs de plus ne vaut un tel risque à courir.

Paule quitta ses gants et, jetant son chapeau avec colère :

— Je ne prévoyais pas que le monde, ce que vous appelez l'œcuménisme des imbéciles, viendrait encore nous arrêter ! Quelle malice affreuse aiguise ainsi les clairvoyances ; est-ce que, moi, je songerais à blâmer une demoiselle de Maupin et quel mal y a-t-il, enfin, dans ma conduite ?

Nebo se mit à rire.

— Découcher en compagnie d'un jeune homme et rôder à travers les lieux parisiens les plus divers ! vous trouvez qu'il n'y a point de mal apparent ? il y a pis, aux yeux du monde : un défi porté à son œil de lynx, une bravade de sa colère, et, comme le despotisme collectif est toujours plus vindicatif et féroce que la tyrannie individuelle, voulez-vous échapper au verdict en avouant votre crime. Ce mot vous étonne ? il est juste pourtant : une jeune fille dédaigneuse mortifie mortellement les hommes à prétentions juanesques ; une jeune fille, entourée, blesse toutes les femmes qui n'irradient pas une semblable attraction ; une princesse, enfin, qui force le manant au respect, est exposée à un surcroît de mépris le jour où le manant la peut incriminer. Rien n'est gratuit, et celui qui paye l'impôt l'estime toujours trop lourd. Or, vous prélevez sur votre monde un triple impôt d'admiration, d'estime et de concupiscence ; pour les âmes envieuses et basses, montrer du respect, c'est sortir de leur poche à fiel une monnaie qui y est rare, restreinte et d'une distillation douloureuse. Au premier bruit que la princesse Riazan a failli, un immense soupir de soulagement épanouira les poitrines des dames et les masculins plastrons ; ils seront exonérés de considé-

ration, vis-à-vis de vous et, comme il n'y a pas de
transition en votre cas, qu'une jeune fille passe pour
vierge ou pour femme avant le sacrement, ceux qui
vous estimaient vous mépriseront. Le mépris du
monde casse sa lame puissante de sbire au pied du
savant et de l'artiste absorbés, mais la femme, forcée
de vivre sociablement, devient la cible des venimeuses
amies et de l'impertinence des cavaliers. Qu'on ac-
quière une quasi-certitude de nos pérignations
et, à la plus prochaine soirée, le monsieur qui
vous serra de trop près derrière une portière et
que vous repousserez, vous dira insolemment :
« chère, vous traitez mieux M. Nebo; dites que
je ne vous plaît pas comme lui, mais ne me la
faites pas à la vertu. Oh! non, pas à la vertu, ce
serait drôle, ma petite ».

— Je ne veux concevoir d'aussi gratuites perversi-
sités », disait la princesse, en tapant du bout de son
pied une mesure saccadée.

— Elles sont concevables, pourtant : le jour où la
princesse Riazan perd sa considération, la femme du
même monde qui l'a déjà perdue, ne se trouve plus
seule dans son cas et ce nouveau scandale masque le
sien et le diminue; il y a toujours quelqu'un auquel le
malheur d'autrui profite; et quoique personne ne
retrouve la vertu perdue, comme il arrive pour un
porte-monnaie, elle enrichit les déconsidérées. La
tendance du prosélytisme, invétérée en la nature
humaine, pousse l'isolé du péché, comme celui de la
vertu, à tirer à soi des adeptes, à grouper des semblables, à devenir légion. En France, l'avocat et le
militaires régnants ne veulent plus reconnaître comme
citoyens que les affublés du pantalon rouge ou de

lustrine noire ; en mœurs, la femme tombée se relève
un peu à toute nouvelle chute : le nombre fait la force
devant l'opinion : n'a-t-on pas vu sous l'Empire,
la cocotte devenir un tiers-état féminin entre la fille
de rue et la femme du foyer. Ce qui doit consoler le
moraliste ironique, c'est qu'on ne peut se salir sans
nettoyer quelque peu un voisin inconnu.

Qu'est-il besoin de la mascarade diabolique pour
expliquer le mal et les méchants ? une moitié de l'humanité s'ébat au malheur de l'autre. Les fanfares d'un
pays conquérant s'orchestrent des lamentations du
pays conquis ; la femme pleure quand l'homme la
quitte victorieux. Où est la joie qui fleurit sans rosée
des larmes d'autrui ? où est l'expansion qui ne lèse
pas quelqu'un ? Cherchez à jouir sans faire souffrir, je
vous en défie bien : En conscience de cette réversi-
bilité perpétuelle de Jean qui pleure pour faire rire
l'autre Jean, et de Jean qui rit des pleurs de son
Sosie humain, l'homme, qui ne désarme pas, au
nom de la charité, se comporte comme le prétendu
héros militaire qui tue pour ne pas être tué. La
princesse Riazan en danger de réputation, que feront
les femmes contaminées, soupçonnées ? elles se jette-
ront sur ce qui lui restera d'honneur comme des
Ménades, et chacune, montrant l'insinuation qu'elle
a faite et sa morsure sur votre considération morte,
se présente à l'opinion, les ongles cassés à ce lacère-
ment, et dit : « Vous voyez que je ne suis pas dans son
cas, puisque j'ai vengé la vertu sur elle ». Ah ! pauvre
princesse si vous aviez pu étudier les âmes de province, vous auriez été épouvantée de la scélératesse
de toutes ces honnêtes femmes qui n'ont pas failli,
mais passent leur vie à guetter la défaillante d'entre

elles pour se jeter sur sa blessure, l'irriter et écarter
les lèvres de la plaie avec la rage de leur vertu forcée.
Là-bas, dans cette steppe « où l'on sème des fonc-
tionnaires et où il pousse des impôts », suivant le
mot heureux de Goncourt, la langue darde toujours
son venin ; c'est leur pollution, à ces vertueuses pro-
vinciales, de baver sur autrui ; par un déplacement
de la sensibilité, le siège du plaisir se loge chez elles
au lobe de la malveillance. On assure que Lindor ne
les éveille pas, tandis que le satyriasis de la calomnie
les titille sans relâche ; possédées véritables de la
haine, et sorcières ayant leur chaise dans l'église, elles
osent sacrilègement paraître à la Sainte-Table ; et les
hommes de là-bas écrivent, sur le sofa du lupanar, des
lettres d'anonymes insultes à la malheureuse qui n'a
pu se défendre d'aimer : les pudiques officiers de la
continente garnison, en sortant d'un bal où les demoiselles de la maison étaient trop décolletées à leur gré,
les vilipendent au nom de la sacrée pudeur ! Auprès
de la province, cette marquise de Sade qui ne jouit
qu'au saignement des âmes, Paris est bon, Paris est
chrétien. Soit qu'ici on n'ait pas le temps de suivre
les faux pas, soit que la culture y ait adouci la férocité native de l'espèce, on peut y panser ses plaies
sans que soixante mille prétendus chrétiens viennent
y jeter le poivre et le vinaigre de le cruauté gratuite.
Ces bonnes âmes qui croient recevoir des lumières
de la Vierge et des Saints, par un ressouvenir de la
Bible, se lamentent sur la grande Babylone ; si elles
n'étaient hypnotisées dans la courte vue de leur foi
et qu'elles regardassent autour d'elles, en cette province aimée de Dieu, — si Dieu aime l'hypocrisie
et le verbe de haine au cœur, — elles se rassure-

raient sur le sort de la ville qui a pour emblème la
barque du grande Isis ; il sera beaucoup pardonné à
Paris, parce que Paris est indulgent, Paris a un
esprit de bienveillance, une franchise d'admiration,
qui s'émeut au talent, l'applaudit et le féconde ; Paris
est le seul lieu de France où l'esprit de charité ne soit
pas collectivement absent.

— Vous choisissez, pour me vanter la bienveillance
parisienne, le moment même où j'en éprouve les singuliers effets.

— Ma chère, toute opinion est la constatation d'un
relatif ; je compare l'assassinat du duc d'Enghien et
les cinq millions de morts bonapartistes ; je préfère
Troppmann qui n'a tué qu'une famille. La bonté de
Paris n'est pas d'un ordre très élevé, elle est faite
de gaieté. Porter sa tristesse sans la faire supporter
à autrui, exige une supériorité d'âme. Un peuple gai
sera toujours meilleur garçon qu'un mélancolique, et
devant la psychologie, un Français a plus de charité
qu'un Germain ou un Saxon. Nul ne songera à tabler
sur un ensemble supérieur en matière de mœurs ; que
résoudre donc, en voyant ce que produit l'aigreur d'une
continence ? Qui oserait affirmer, parmi les casuistes,
que telle prude femme ne se damne pas mieux par sa
langue, seulement agitée contre le prochain, qu'en y
employant érotiquement tout son corps. Entre la
vertu qui déshonore autour d'elle et la passion qui
ne préjudicie qu'à elle-même, hésiteriez-vous ? le
monde n'hésite pas, lui ; il jette résolument dans la
balance à côté du grand air de son Basile, la raison
d'état social, qui consiste à exiger le secret passionnel.
Le jour où la société accepterait la passion hypèthre,
elle n'aurait plus de mœurs, et il lui en faut. Donc,

accordons au monde ce qu'il a le droit de nous
demander ; c'est difficile, possible pourtant, de mettre
une ombre épaisse sur les prévarications ou leurs
semblances.

— Enfin, Nebo, la violence est extrême de dépendre,
ainsi, d'un conseil des dix-mille, invisible et partout
à craindre ; le monde est donc mal machiné comme
Angelo ? il y a des yeux dans les portes et des oreilles
dans les murs.

— Vous oubliez, en votre révolte, que cette malheureuse et bizarre aventure du baiser à l'américaine
nous a liés devant l'attention mondaine l'un à l'autre
et qu'avec une audace singulière nous avons affronté
la lumière des lustres et les regards de plusieurs cen-
taines de personnes où il y avait des gens limitrophes
à votre sphère sociale. Au reste, mon élève, vous avez
vu assez pour imaginer le reste ; on pourrait faire
durer mille et une nuits notre revue des passions,
aussi bien, pouvons-nous la terminer : Voyons, que
voudriez-vous contempler encore ?

— L'amour du peuple ; comment un maçon, qui
aime, parle de sa femme ou de sa maîtresse, et les
propos d'un tourlourou à sa payse.

— Soit, ceci est accordé ; là, on ne nous reconnaîtra
pas. Cette curiosité est-elle la dernière, irrévoca-
blement ?

— Attendez », s'exclama la princesse, « que je cherche. Je veux voir... je veux voir... une minute et j'y
suis. Tenez, un titre de Gavarni formule mon désir :
les invalides du sentiment, les blessés au jeu de l'a-
mour ; ceux qui, comme Ugines, y ont perdu leur avenir et d'autres leur gloire, leur beauté.

— Fort bien ! vous voulez voir l'épilogue de l'amour.

après la bataille ; vous avez vu l'amant et la maîtresse ensemble, vous les voulez quand ils se sont séparés, meurtris tous les deux ; eh bien ! comme il faut aller vite afin de ne pas laisser à la médisance le temps de s'étendre assez pour nous faire surprendre, habillez-vous en veston vivement et nous chercherons des survivants de passions ; je ne vous promets pas une gradation scénique, ne pouvant rien machiner à cette heure ; mais nous trouverons bien de quoi vous instruire, par les rues.

— Alors », dit Paule un peu rassérénée, « il y aura encore une leçon après celle-là. Et... après l'autre, qu'allez-vous faire de moi, me renvoyer ?

— Je ne vous renverrai plus, Paule.

Et la jeune fille, dans un élan, jeta les bras au cou de Nebo ; mais elle les laissa retomber toute confuse devant le sourire amicalement calme du Platonicien.

— Je perds la tête ce soir ; j'allais vous embrasser, comme si cela vous était agréable », dit-elle en passant dans la chambre voisine.

— Un baiser coté dix mille louis, chère princesse, ai-je d'assez belles lèvres pour vous le rendre ? laissez-le suspendu au mouvement de votre bouche ; il est impie de cueillir de trop beaux fruits et vous savez que si je ne convoite rien de votre forme admirable, mon esprit veut faire la conquête de tout le vôtre.

De l'embarras se répandit dans l'air de la pièce ; Nebo restait silencieux malgré lui ; le primesaut de la jeune fille l'alarmait ; il songea longuement, comme seul, à parer, sans grossière reculade, de semblables élans dans un avenir prochain.

— Me voilà prête », dit Paule revenant, un feutre posé sur l'oreille et badine à la main.

— Partons donc, princesse, et que les Dieux nous guident auprès de ceux à voix de cigale vieillis au service d'Eros.

Paule avait pris le bras du Platonicien et s'y appuyait d'un laisser-aller plus féminin que d'habitude ; on pouvait l'attribuer à la venue presque subite des chaleurs estivales alourdissant l'atmosphère de cette nuit étoilée.

Au boulevard Pereire, un ivrogne titubait ; il manqua heurter la princesse et jura :

— N. de D...

> De vous faire aucun mal je n'eus jamais dessein,
> Et j'aurais bien plutôt...

Un hoquet dégoûtant fit point d'orgue à la réticence de Tartufe.

— Battre les murs et réciter du Molière, cela n'est pas commun », dit la princesse ; « si on pouvait lui faire raconter son histoire ?

— Encore faut-il le dégriser préalablement », et Nebo s'approchant d'un réverbère, choisit, dans une boîte très plate, un flacon et le déboucha brusquement sous le nez de l'inconnu, qui s'était affalé. L'effet fut instantané et ignoble : le personnage éternua violemment à plusieurs reprises et passa ses mains sur son front comme si il s'éveillait.

— Hein ! Quoi ? qu'est-ce ? Où suis-je ? Qu'avez-vous à me regarder ? Vous ne savez pas mon nom ? Pourquoi restez-vous là ? Tiens je me dégrise tout seul ; ça va être à refaire.

— A refaire », fit Paule.

Et l'individu se répondant à lui-même :

— A refaire ; oui, quand on se souvient, on souffre

trop ; l'oubli, c'est l'alcool : le pharmacien est le mastroquet du corps, le mastroquet est le pharmacien de
l'âme. Ouf ! son eau-de-vie ne valait rien ; voleur, va !
voilà que je retrouve mes yeux ; N. de D... est-ce que
je vais revenir de sang-froid ?

Cette appréhension du retour à la conscience de son
malheur poignit les jeunes gens.

— Monsieur..... », commença Paule, par une intuition du véritable rang social de l'individu.

— Pourquoi dites-vous « Monsieur » à un soûlard
échoué, sauriez-vous qui je suis ? C'est impossible !
Vous m'avez dégrisé, dans quel but ? est-ce que la per-
fide Albion a envoyé des dégriseurs pour représenter
ses sociétés de tempérance ? » et il s'était levé, se tenant assez solide sur ses jambes, maintenant.

— Mon ami Ladislas, en vous entendant citer du Po-
quelin m'a prié de vous demander votre histoire ?

— Vrai, monsieur Ladislas, savez-vous jouer de la
flûte ? Non, et vous voulez jouer de cet instrument
compliqué qui s'appelle mon âme ?

— Fort bien, du Shakespeare maintenant ; vous
n'avez lu que des verres pleins, Monsieur le citateur,
et une curiosité de psychologue, qu'on saura reconnaître en vous donnant de quoi vous replonger dans
l'état où l'on vous a trouvé.

— Tope ! alors », dit l'homme en se redressant,
« il ne faut pas bouder contre son vice. Eh bien,
Messieurs,

On me nomme César, comte de Garofa.

— Du Victor Hugo, maintenant, vous êtes un vieux
comédien.

— Je ne suis pas vieux «, et il redressa sa taille

épaissie, « je n'ai que quarante-cinq ans, et avant d'être comédien, j'étais comte ; dans le dictionnaire des communes vous trouveriez mon nom et à la salle des croisade mes armes ; devant vous est mon fantôme. J'erre encore, en expiation de je ne sais quel méfait d'ancêtre, monteur de bois ou vagabond, pour avoir aimé une femme jusqu'à la démence ; je ne suis pas don César, il me manque la pittoresque rapière soulevant la cape rapiécetée ; Desgrieux d'une Manon de théâtre, je suis allé plus loin que l'Amérique, je l'ai suivie dans l'ordure, elle y est morte et je survis. Voilà la déplorable aventure du passant aviné qui vous intrigue, Messieurs.

— Ceci n'est qu'un sommaire ; venez avec nous jusqu'au plus prochain pharmacien de l'âme, comme vous disiez.

— Votre curiosité est au moins aussi étrange que je puis l'être, moi même. Que vous détaillerai-je ? La vie d'un jeune châtelain dans un chef-lieu, l'arrivée, dans ce chef-lieu, d'une troupe de comédie ; le reste, Théophile Gautier l'a écrit. Comme Sigognac, j'ai suivi, sur le chariot de Thespis, qui l'emportait, une ingénue très coquette qui m'a mangé mes rentes et mes reins ; elle m'aimait, avec des entr'actes qui se passaient à me tromper. Ruiné, et toujours passionné, j'ai pris le pain qu'elle m'offrait et qu'elle gagnait à plumer des naïfs, j'ai été entretenu et souteneur par amour ; une maladie honteuse l'a emportée ; et, stupéfaction indicible, je ne l'ai pas pleurée ; j'avais trop de remords pour garder dans l'âme cet amour qui n'était qu'une fascination ; et, ses yeux fermés, je n'y ai plus pensé ; il était trop profond, l'égout où j'étais tombé, pour que j'en sortisse ; j'y suis resté, j'y mour-

15

rai. Avec des phrases, on peut faire d'un parterre un
veau pleurard, et tandis que les loges déclareront que
j'aime comme il faut, c'est-à-dire comme un fou, les
gens bien mariés rêveront d'elle.

Salope que tu es!
Comme je t'étranglerais bien demain

Si tu revivais...

— Comment, étant donné votre éducation, votre
naissance, vous êtes-vous laissé perdre ainsi ?

— Jeunes gens, quand vous rencontrerez une femme
dont le regard vous illuminera, et que ses baisers
vous monteront au troisième ciel, croyez-en l'ivrogne
néo-Desgrieux, fuyez et jetez-vous à des bras moins
paradisants. Tout le monde ne rencontre pas sa fatalité en jupes : mais tout le monde devrait savoir que la
force des vertueux, c'est leur fuite et celle des viveurs
le peu de plaisir. On lutte contre l'adversité, contre la
faim, contre soi-même, on ne lutte par contre l'extase ;
si magique que soit la cuirasse d'un homme, elle n'est
pas à l'épreuve du bonheur. Je crois, je sais qu'il y a
dans le meli-melo humain, des relations si étranges
d'un individu à un autre que, s'ils se rencontrent une
fois, ils ne se quittent plus, ne raisonnent plus et marchent dans la vie, inconscients somnambules, sous le
charme de l'être fatidique. Quand je pense à cette
Laure d'Orpierre, qu'on me destinait et qui m'adorait
déjà, la pauvrette ! Quand je pense que j'aurais pu l'é-
pouser, cette vierge qui n'avait été à personne, et que
je suis devenu le...... d'une actrice, je ne crois plus à
la responsabilité humaine ; pas plus qu'au libre arbitre
de l'oiseau que fascine le serpent !

A l'angle de la rue de Chazelles, il s'arrêta ; un

débit de vins apparaissait ; Nebo lui donna deux louis, l'ivrogne salua cérémonieusement et alla droit à la porte de la boutique qui se referma sur lui.

Une femme, ayant sur la tête un fichu noir semblable à la baüte bolonaise, les frôla ; sa marche indiquait le guet d'un passant, et Paule s'étonna qu'elle n'eût rien murmuré d'engageant.

— Cette fille m'intrigue par son mutisme, Nebo. Rejoignons-la.

L'ambulante voulut éviter encore les deux jeunes gens.

— Pour quelqu'un qui cherche pratique, vous êtes bien renchérie », dit Paule.

— Je ne suis pas pour vous », répondit-elle.

— Bah ! plus que vous ne pensez, voici d'avance un écu.

La prostituée saisit la pièce avec la peur de se la voir retirer et, lors, montra son visage ridé, accusant soixante-cinq ans au moins.

— Vous regrettez votre argent », fit-elle.

— Non pas », dit la princesse, « si vous voulez me dire votre passé, j'y devine quelque chose d'exceptionnel.

— Qu'y a-t-il d'exceptionnel à être séduite, entretenue un moment et enfin abandonnée avec deux enfants ?

— Votre langage », continua Paule, « accuse une éducation assez soignée.

— Oui, Monsieur, j'ai été destinée à l'honnêteté et ma famille était de bonne bourgeoisie ; hélas ! j'ai eu la faiblesse d'aimer et de croire l'amour d'un homme durable. Celui qui m'a perdue est arrivé aux honneurs ; je ne vous prononcerai cependant pas son nom,

je veux qu'il reste avec tous les torts et ne pas même
montrer de haine ; cependant, enlever de sa famille
une jeune fille à peine formée, la rendre deux fois
mère, et la laisser enceinte sans ressources, n'est-ce
pas, Messieurs, que c'est criminel ? Grâce à Dieu ! un
de mes enfants est mort, l'autre est en Amérique ; et,
comme je ne veux pas qu'il se prive pour m'envoyer
de quoi, je travaille quand je peux et quand je ne
trouve aucun ouvrage, il faut bien que je me vende, à
bien bas prix, allez. Une courtisane grisonnante, en
robe de soie, aurait encore quelques chances ; mais
une pauvresse comme moi ne trouve que des pauvres
assez peu dégoûtés pour la prendre.

Je vous évitais tout à l'heure parce que vous êtes
jeunes gens riches et beaux et que je ne pensais pas
que vous eussiez la curiosité de me questionner au
lieu de...

Nebo donna de l'argent à la femme, qui remercia
avec effusion et, interrogeant le Platonicien du regard
avant de s'en aller :

— N'est-ce pas que ce que je fais est encore moins
criminel devant Dieu que si je me suicidais ?

— N'est-ce pas odieux, Nebo », s'exclama Paule,
« de jeter dans la vie des êtres qui sont nos fils, sans
souci de ce qu'ils deviendront ? Cet abandon, que fait
si facilement l'homme de sa progéniture illégitime,
m'indigne. Qu'on se quitte, en amour, quand on ne
s'aime plus et que chacun recommence à lutter seul
de son côté contre la vie ; mais charger une existence
de femme pauvre de deux enfants et fumer en paix
son cigare, cela dépasse le monstrueux.

— Votre indignation est juste et le ciel l'autorise.
Au-dessus de la sentimentalité qui n'est qu'une ma-

ladie, il y a la paternité qui est un devoir ; et maudit
soit-il, celui qui s'y soustrait. Des théologiens préten-
dent qu'on doit épouser la femme qu'on a rendue
mère, même si la condition sociale est infime: mais
tous s'accordent du moins à ce que le sort de ces
pauvres êtres soit assuré. Parmi les théories néo-pla-
toniciennes, il en est une curieuse. Vous vous sou-
venez de l'explication du péché originel. Eh bien !
l'attraction sexuelle serait produite par l'effort des
âmes encore incorporelles pour descendre dans le
monde des formes, le nôtre, qui n'est qu'une initiation
douloureuse, préparatrice de l'éternité déificatrice.
Certes, les pauvres âmes se donnent grand'peine
pour un résultat restreint; sans parler des unions
volontairement stériles, tout l'amour illégitime se
défend d'engendrer, et qui sait, peut-être pourrait-on
attribuer l'amour moderne, plus insensé que l'ancien,
à la colère des âmes qui se voient refuser des corps.

— Comment! », s'écria Paule, « ces incitations à
aimer, que la routine attribue au malin, seraient l'a-
droite ruse d'âmes noblement ambitieuses de venir
souffrir avec vous, parce qu'elles savent la vie végétative un acheminement à la destinée de lumière!

— Chère, ceci n'est qu'une imagination sans des
commentaires qui ne sont pas dans le cadre de ce soir.

A l'entrée de la rue des Batignolles, Nebo poussa la
porte d'un café et le parcourut d'un regard.

— Notre homme y est, entrez, Ladislas.

Sans physionomie, notable, l'attablement était de
petits bourgeois et de quelques artistes voisins, venus
là en vareuse de chez eux.

Le Platonicien alla frapper sur l'épaule d'un fumeur
perdu dans sa fumée et son rêve.

— Ah ! monsieur Nebo, serviteur ! Qu'il y a de temps que je ne vous ai vu ! vous avez donc trouvé le modèle ?

— Moi, je le lui ai trouvé », dit Paule, un peu au hasard et sans bien savoir ce qu'elle disait.

Le personnage poussa un « Ah ! » d'étonnement et, lâchant une grosse bouffée, rétablit un nouveau nuage autour de sa tête.

— Noroski », dit Nebo, « je vous présente le placeur de modèles, qui s'entend à la plastique et même à la psychique ; ce n'est pas un métier, une vocation, n'est-pas, père Torpes ?

— La chiromancie, la phrénologie, la métoposcopie, tout ça, c'est peu ; je geste la plasto-psychie ; étant donné un conseil de révision, moi j'écrirais le signalement moral du conscrit ; mais ça ne m'amuserait pas, tandis que les femmes, je les lis comme mon *Gil Blas*.

, — Père Torpes, mon ami ne comprend pas ; expliquez-lui comment s'est déterminée votre passion singulière.

— La passion d'un eunuque, parbleu ! », dit Torpes, en posant sa pipe ; « jusqu'à trente ans, j'étais le bonheur monté sur deux pieds ; la première venue, c'était l'idéal ; je n'ai jamais aimé une femme ; j'aimais la féminité. On est puni par où l'on pèche : le comment vous importe peu. Je devins propre à garder une sultane. Alors, ma luxure me monta au cerveau et se logea dans mes yeux. J'ai six mille livres de rente tel que vous me voyez, et je procure aux artistes tout ce qu'on peut demander en fait de modèles occidentaux. Et tenez, monsieur Noroski, vous êtes mademoiselle Noroski, probablement vierge, et certainement très passionnée.

Paule pâlit sous sa grime devant la clairvoyance de ce maniaque qui, après cette preuve de son coup d'œil, continua :

— Je suis arrivé à voir le travail de l'âme dans le repoussé des formes ; un méplat, monsieur Nebo, c'est un vice ou une vertu. Je vous communiquerai mes notes, vous seul pouvez me comprendre à Paris ; je suis allé au salon, une Judith avec de seins piriformes et des hanches à Jeanne d'Arc ! aucun artiste vivant ne sait construire un nu d'après la logique du moral.

Les Italiens, les seuls qui aient vu le corps humain a travers le prisme typique, ont donné le pas à la rhétorique anatomique ; il y a de l'amplification, de la redondance dans Michel-Ange et le Vinci a engraissé à tort son précurseur ; avez-vous vu, dans la vie, des femmes grasses à expression subtile ?

— Père Torpes, vous êtes venu trop tard pour la psychique des formes, je l'accorde, mais moi qui abonde dans vos idées, je viens pour que vous me découvriez des nus de victimes d'amour. Comprenez-vous, des nus de martyrs amoureux.

— J'ai à votre disposition une garce, qui pose étonnamment la femme assassinée de Baudelaire ; et puis, les seins pendants, au mamelon très développé, la première roulure vous donne ça ; mais je vois, vous voudriez mieux : la femme abandonnée de Balzac, blonde, les bras un peu trop longs, les seins mous, mais à leur place ; les femmes au sein très dur ne se désespèrent jamais d'amour ; le serré du tissu correspond au serré du jugement. La petite violée, les Satin pullulantes dans Montmartre, avec leur corps de formation hâtée par le vice, vous donnent cet accent.

Je connais une fille-mère chez qui le sanglot produit un soulèvement des seins d'un poignant !...

— Je veux mieux que cela, homme et femme, des gens écloppés par la passion du cœur : je prendrai les corps en bas lieu, mais les têtes, les rictus spéciaux de la jalousie, du désespoir ?

— J'ai vu très bien une femme qui allait se noyer : une roideur automatique, la tension des narines, la somnambule qui se bute contre la volonté du magnétiseur. Comme tête d'expression, genre noble, je vous citerai madame de Guéméné ; elle va à la messe de huit heures le matin, à Saint-Augustin.

Paule l'interrompit.

— Ah ça ! monsieur Torpes, que pensez-vous de l'amour ? donne-t-il plus de joie qu'il ne cause de mal, fait-il plus d'heureux que de malheureux ?

— L'amour, c'est une voiture sans frein, ça vous berce et ça peut vous mener en casse-cou, suivant la route.

— Autour de vous, qui connaissez comme votre poche », dit Nebo, « tout ce quartier grouillant de Montmartre-Batignolles, ce petit monde d'artistes et de philistins, de bourgeoises et de filles, la pluralité est-elle de fatalité, en amour ?

— Evidemment, monsieur Nebo, parce qu'on n'entre pas dans le même lit du même pied ; là où l'un voit du plaisir, l'autre voit de l'argent ; l'un souffre d'un sentiment qui dure et l'autre d'un sentiment qui cesse ; l'intérêt de l'homme c'est d'être un passant, l'intérêt de la femme, de faire rester le plus souvent : de là tiraillement, souffrance. L'amour, un mal nécessaire ; comme la guerre, ça enivre et ça tue ; cela grise et cela éclampe... Vous partez ? venez me voir, monsieur

Nebo ; je vous lirai mes notes et, en mourant, je vous les lègue.

— Quel étrange coup d'œil », dit Paule en sortant, « il m'a deviné ; mais ses conclusions théoriques sont du Carymary Carymara. L'œil est prodigieux du père Torpes, son cerveau ne vaut pas.

— Tout y est trop confus ; prenons ce fiacre, nous rentrons.

— Et l'amant et la maîtresse séparés, meurtris tous deux ?

— Le comte ivrogne et la bourgeoise faisant le trotoir en cheveux gris ne vous suffisent pas ? Cocher, cinq francs de guide et semez ce monsieur qui regarde, allez vers l'Étoile. Je vous ai bien dit, Paule, que notre sécurité cessait.

— Vraiment oui, je le reconnais, monsieur de Ruffey, un de ceux que que j'ai le plus humiliés ; il a un ménage de main gauche par ici ; et sa présence s'explique, mais sa contemplation rime avec précaution, vous avez raison, cher Nebo, toujours raison. De tous les chagrins qui peuvent frapper sur un amour, lequel se compare au mépris perpétuel et à l'écartement du monde où on a vécu ? Je sens bien maintenant qu'on a la vanité d'y demeurer, malgré tout, et les pires victimes d'amour ne sont-ce pas celles que frappe l'ostracisme d'une société d'égoïstes, qui demande à la femme, sous toutes les formes, de faillir, et qui la rejette ensuite après l'avoir souillée et perdue.

— Voilà la raisonnabilité que je vous veux, mon Androgyne. Amen !

XIII

LA RONDE DU JOUR

— Quelle idée saugrenue de me faire venir à quatre heures de l'après-midi, alors que vous saviez qu'on soupait en gala à l'hôtel Vologda?

— Ne m'avez-vous pas dit, Paule, que votre dernière curiosité sentimentale était l'amour chez le peuple : à quoi nous eût servi d'attendre le soir? vous savez ma prudence et, pour voir, il faut risquer; si je ne crains pas le rôdeur, je crains le municipal; un poste de police me fait reculer, tandis que je consentirais à vous mener dans une caverne de voleurs; il y a dans les actions humaines, une mesure d'audace qu'il ne faut pas dépasser, ou bien on échoue au port.

Les gens réfléchis et intuitifs sentent le moment même où la chance pourrait tourner les talons et ne plus les suivre. Vous avez couru assez de périls pour n'avoir plus la curiosité de ces émotions-là; nous avons tous les deux tué, comme de simples chourineurs. Ce serait enfantin et puéril de hasarder des recommencements en ce genre. Entre l'après-midi pour les lundistes de l'outil et la sortie de l'atelier pour les laborieux, nous aurons les traits essentiels et très simples de la passion chez l'ouvrier.

— Eh! que vais-je revêtir? je ne peux étaler ma robe pompadour au quartier peuple.

— Nous irons en blouse et en casquette, comme de bons zingueurs ou d'honnêtes forgerons. Là, un complet en toile bleue qui vous ira trop bien.

— Vous avez toutes les qualités, Nebo, et peut-être toutes les vertus ; mais il y a en vous un roidissement moral dès qu'il s'agit de féminité que je ne comprends pas chez un artiste qui a le culte de la forme.

— Cette épithète de roidissement demanderait à être commentée ; je suis sourd et aveugle à la femme parce que je n'ai d'yeux et d'oreilles que pour l'androgyne.

— Eh bien! je sais maintenant comment vous plaire ou vous déplaire, me faire bien ou mal venir de vous et reconnaître votre bon ou mauvais vouloir ; dès que j'aurai lieu de plainte contre mon Platonicien, je me démétamorphoserai et redeviendrai femme.

— Si vous tenez à moi, Paule, ne jouez pas ce jeu-là, vous me perdriez, ma Psyché!

— Vous me faites peur avec vos discours de carême ; vous n'étiez pas si pédant, lors du périple.

— Lors du périple, Paule, vous n'étiez pas si agressive.

— Agressive, moi! entendez-vous par agression une plaisanterie calme et aimante? » et, pour dire cela, elle s'était avancée sur le seuil de la seconde pièce, bras nus et en corset.

— « l'aule, mettons que j'ai tort », dit Nebo.

Et celle-ci disparaissant, essuya une larme furtive que le jeune homme ne pouvait voir. Au bout d'un

moment, pour rompre le même pesant silence de
l'entrevue précédente :

— Quelle différence essentielle entre la sentimentalité de ma sphère et celle où nous allons passer ?

— Essentielle ? aucune ; l'ouvrier, comme le dandy,
obéit aux lois générales à l'espèce ; mais, tandis que
le dandy mettra toute une colère, toute une jalousie
dans la prononciation d'un « vraiment » ou d'un
« comment donc », l'ouvrier sacrera et lèvera les
poings. Plus on monte, socialement, plus l'être se
complique, se concentre et s'ellipse ; à mesure qu'on
descend, il se simplifie, plastronne à l'analyse et se
lit couramment. Là où le mari du monde dira à sa
femme : « ma chère âme, vous êtes bien coquette »,
le mari du peuple criera : « Garce ». La détente des
impressions a plusieurs crans chez le cultivé ; le sentiment du rudimentaire excité frappe à mots fermes
et lourdement vrais. On croit, en critique, que les stu-
dieux de mœurs et d'âme des siècles passés n'avaient
pas regardé en bas ; si fait, seulement il n'y avaient
pas vu des personnage de premier plan ; dans Shakespeare, où le réel et le fantastique, le noble et le bas
sont mélangés comme dans la vie même ; où le fos-
soyeur renvoie la paume des concetti spirituels au
prince de Danemark, jamais le vulgaire n'est pivot
d'action ni premier rôle ; et, en cela, l'art Shakespearien est logique comme la vie même. Il a fallu la
diffusion des honteuses inepties révolutionnaires
pour que l'artiste, écho d'une société, donnât droit de
préséance dramatique au faubourien. Un héros aussi
peu intéressant qu'un plombier devenir le centre d'une
action et le sujet d'un livre ! Il a fallu auparavant
que la bêtise de l'opinion accordât voix politique au

susdit plombier. Certes, on objectera que le plombier
a une âme immortelle comme Sombreval ou Rodin ;
mais précisément parce que l'homme d'exception, le
héros, contient le moins, c'est-à-dire les rudiments
individuels, il était logique de choisir, à l'exemple des
grands vieux maîtres, son premier plan dans les âmes
complètes, c'est-à-dire intellectuelles, quitte à remplir
le fond de la toile de tout le grouillis voulu.

Vous entendrez des gens du peuple parler d'a-
mour, ce seront les même sentiments que dans
Roméo et Juliette; l'expression sera déplaisante sans
être plus vraie. Là où mon plombier dira: « Si je
vous aime, mademoiselle ! vous en doutez ! Oh ! si je
vous aime », le Capulet chantera son délicieux canta-
bile, « doutez de tout, du parfum des fleurs, de la
lumière du jour ». Le lecteur contemporain n'a plus les
besoins aristocratiques du lecteur de jadis ; un homme
qui vote n'est bon qu'à lire l'histoire d'un ouvrier...
Je vous avertis, princesse, que votre entrée en ce
moment causerait de la gêne aux bienséances ; je me
costume à votre instar..... si on nous prend pour ce
que nous sommes, il faudra l'œil du père Torpes.
Venez, maintenant, que je vous salisse les mains, on
ne nous ouvrira pas si nous montrons patte trop
blanche... Vous êtes, ma princesse, le plus adorable
petit ouvrier qui ait jamais paru au boulevard extérieur ; si lord Byron vous avait aperçue, il eût retouché
son Kaled d'après vous..... Quoique zingueurs, nous
prenons un fiacre ; ce n'est pas couleur zinc, mais les
Buttes-Chaumont sont si lointaines que vous les
croyiez, n'est-ce pas, un préjugé de la topographie des
faubourgs.

— Je ne m'étonne pas pour si peu ; oubliez-vous,

Nebo, que nous conclûmes le périple au parc de Montsouris ; quel changement en moi depuis cette conférence diplomatico-aventureuse !

— Et vous repentez-vous d'avoir écouté le serpent ?

— M'en repentir ! j'étais une poupée, vous avez fait de moi une pensée, je suis plus fière maintenant de mes idées que de mes charmes.

— Dites-les moi, ces idées que j'ai fait éclore.

— Vous tiendriez beaucoup à les savoir ?

— Beaucoup ; j'ai ensemencé en votre âme : la vue de ce qui a poussé, n'est-ce pas un peu ma récompense !

— Eh bien ! je vous les dirai, mais pas maintenant, au milieu des cahots de ce fiacre. Je viendrai un soir exprès pour cela.

— Vous savez qu'averti la vieille, je vous attendrai toujours.

— Toujours ? » interrogea Paule, en donnant au mot un sens sentimental et la valeur d'un serment.

— Toujours, à moins que vous ne disiez un jour : « Assez ! »

— Ce jour-là, Nebo, n'existe pas encore dans les calendriers de l'avenir.

— Voilà de quoi m'enorgueillir, et je ne sais que vous répondre pour demeurer à votre diapason d'amabilité.

— En ce duo, c'est vous qui devriez me donner le ton. Allons, voilà que j'oublie que je n'ai pas droit envers vous aux prérogatives d'une personne du sexe, comme disent les bons confesseurs qui ont peur de se brûler au mot femme, d'une brûlure d'incitation diabolique.

— Ont-ils bien tort ? les mots sont des forces ; dire

catholique et ajouter *Amen*, c'est engager sa parole
jusqu'au martyre. *Amen*, ce seul répons damne ou
sauve, monte au ciel comme la fumée d'un sacrifice
pieux ou descend aux enfers remuer les ferments
du mal. Dire qu'il en soit ainsi, c'est adhérer à une
puissance et créer une fatalité, se donner un bon ou
mauvais génie ; à quoi la postérité mesure-t-elle les
gloires ? à l'*Amen* d'une vie. L'*Amen* du jouisseur
frappe l'écho éternel qui répond : néant. L'*Amen* de
l'artiste lui promet l'éternelle beauté ; et le saint n'est
qu'un vivant *Amen* au Verbe de Jésus-Christ.

— Vous simplifiez le Credo et mettriez, comme a
dit Barbey d'Aurevilly, la science sur une carte de
visite.

— La science, comme causalité, est télégraphiable ;
phénoménalement, on ne l'écrira jamais : le reflet
de l'infini a une infinité relative devant la créature ;
mais j'ai remarqué que, plus un sentiment est intense,
plus il répète les mêmes mots ; dans les tempêtes
de l'âme, l'esprit n'a point de variété, ni de nuances.
L'enfant qui a peur n'a qu'un cri : « maman », et le
chrétien qui souffre : « Mon Dieu, mon Dieu ». La
comédienne, qui pleurerait au théâtre comme elle
pleure dans la vie, produirait un effet ou ridicule ou
trop douloureux, puisque la jouissance esthétique est
basée sur le pathétique modéré.

— En effet », dit la princesse, j'ai souvent été
frappée que la vue scénique d'un malheur soit une
distraction, alors que la vue réelle serait un épou-
vantail dont on s'écarterait. Cependant, il y a des
moments au théâtre, où on oublie la feinte, que les
poignards ne pointent pas et que les poisons sont
d'eau pure ; on demeure cependant épouvanté, mais

heureux de cet épouvantement. Comment expliquez-
vous?

— Parmi la passivité innumérable, il y a des applau-
dissements prêts à éclater pour le coup de couteau
bien donné comme pour l'acte de charité; l'assassin
et le missionnaire ont des admirateurs, des fervents,
et cela est une conséquence si immédiate du libre
arbitre humain, que le manichéisme apparaît encore
dans la personnalité de Satan que tolère l'enseignement romain, personnalité qui n'a jamais été imposée
aux fidèles dans aucun *credo.* . . . . , ...

Qu'est-ce qu'un plaisir? une sensation dont la
sentimentalisation produit volupté, et la douleur l'inverse, il semble que ce soit clair; non pas, la même
olfaction, qui extasie l'un, donnera des nausées à
l'autre; le même aliment répugne ou plaît; il y a des
femmes lascives qui ne supportent pas le baiser sur
les lèvres; il y a des hommes qui désaiment si on leur
rend trop exactement leurs caresses. Sans citailler les
répulsions étranges et les attractions anormales, une
personnalité développée par l'éducation qui seule la
peut faire consciente d'elle-même, toujours s'éloignera
de la commune façon de sentir, tandis que l'homme
du peuple reste partout une même espèce dont les
exemplaires varient peu. Là, pas de coquette possible,
on est une bonne femme ou une garce, un soiffeur qui
mange et boit toute sa paye ou un rangé et économe.
Le froid, le chaud, la fatigue, ces actions de l'am-
biance, ne sont point les mêmes sur tous; l'homme de
pensée rendrait l'âme avant la fin d'une journée de
maréchal-ferrant; celui-ci deviendrait fou s'il voulait
associer deux idées, par exemple la prescience divine
et l'humaine liberté. Devant l'effort du cerveau, le

peuple s'avoue impuissant, comme le raffiné devant l'effort musculaire. La prédominance d'un des deux systèmes classe tout d'abord les individus en sensitifs et en impressifs ; le sensitif, emporté par une violence de passion soudaine, aura des qualités de tigre, le bond formidable, la force d'une minute, tandis que l'impressif, incapable de ce coup d'imprévu de dynamisme organique, fournira le labeur continu du cheval.

Des femmes, qui crieraient à l'assassin pour bien moins, se laissent mordre jusqu'au sang par leurs amants et s'y pâment ; voilà donc une blessure, cruelle en elle-même, qui devient une ivresse parce que le cruel est un homme aimé. Il y a donc peu de philosophie à classifier les impressions en douloureuses et agréables. Un homme qui ne se croyait pas aimé, courtisait sa voisine pour dépiter la femme qu'il adorait et qui se trouvait présente : celle-ci, hors d'elle-même à cette vue, se lève et, habilement, donne le plus terrible coup de talon sur les orteils du flirteur ; eh bien ! il m'a avoué avoir senti un spasme de bonheur indicible : cette souffrance, qui lui révélait l'amour caché de sa Rosalinde, avait métamorphosé la sensation. L'idée domine le fait, et le sentiment, la sensation, en hiérarchie d'équilibre humain ; Paracelse, le premier parmi les modernes, a donné la clef de l'influence toute-puissante du moral sur le physique, et de l'idée sur l'impression lorsque, rejetant les simagrées du secret hermétique, il a déclaré la vertu talismanique, non pas contingente au talisman, mais seulement virtuelle, la foi qu'on y avait, prétendant qu'une relique inauthentique guérirait le croyant et qu'une religion fausse pouvait faire de vrais miracles ; attribuant l'effet de thaumaturgie au telesme de la foi seulement. Revonant au plaisir du pathétique théâtral, il change d'explication suivant la nature de la pièce; traditionnellement les cocus applaudissent au malheur de Georges Dandin et les vieillards amoureux à Arnolphe; dans la comédie, il y a ce plaisir désigné par un vers célèbre du Lucrèce. « Il est doux de se dire : Je ne suis ni si risible, ni si damnable que Orgon ou Scapin. » Au drame encore, il est doux de se dire : « je n'ai ni sbire dans ma ruelle, ni maîtres chanteurs à mes trousses, ni fille naturelle, ni père dénaturé. » Toutefois, la véritable attraction du théâtre c'est la vie intense et idéale qu'il transmet au spectateur; aller au théâtre c'est sortir de la vie, de Paris, et non seulement quitter le lieu habituel et insipide où l'on vit, mais aussi l'époque, la caste sociale; le rideau se lève et voilà que nous voyons comme par une fenêtre ouverte sur le passé un rêve attachant, puisque les mobiles qui sont en jeu sont les mêmes qui nous poussent à l'ordinaire; exceptionnels cependant par la force de leur expression; lors, pendant quelques heures, on suit comme un chœur antique le panache du mousquetaire à travers ses duels, le pervers Rodin au milieu de ses trames, Ruy-Blas dans sa fortune amoureuse, Lagardère dans son héroïque défense de Blanche de Nevers; on a le plaisir du gamin qui s'approche très près du shah de Perse et peut dire: j'étais près de lui, à vingt pas seulement. Le clergé inférieur, en refondant toujours ce cliché pitoyable que le théâtre est l'antichambre de l'enfer, fait tort à son jugement: le théâtre excite l'imagination et les sens mais il civilise, il adoucit les mœurs: et des mœurs douces sont déjà à moitié pures. Le plus pressé en matière de

sanctification comme de civilisation a toujours été de
détruire l'anthropophage, le scalpeur, l'animal féroce
qui est plus ou moins endormi dans tout individu ; or,
tandis que le café, qui n'est pas goupillonné d'infernal,
abrutit et crétinise, le théâtre fait des courants d'air
dans l'esprit, salutaires, parce qu'ils empêchent les
natures ordinaires de croire complètement que l'horizon est un grand livre. Quand j'étais très jeune, je ne
suis jamais sorti du théâtre sans être électrisé d'ambition, de dévouement, de désir de gloire ou de pensée
d'abnégation, et mon cas n'est pas si isolé. Tout ce qui
enlève l'individu à l'hypnotisme de la vie matérielle
et sociale est un bien : et, prêtre, je pousserais vers le
théâtre mes ouailles plutôt que de leur permettre le
mastroquet, le billard, le loto et autres viles niaiseries. Quand donc, grand Dieu, la voix sacerdotale
criera-t-elle, comme c'est son devoir, devoir bien omis
et peut-être pour longtemps encore : « Mes frères,
l'abêtissement est contre Dieu, et la niaiserie offense
le Saint-Esprit lui-même. » Vous m'objecterez les
gorges, les bras nus ; et les maillots des ballets ?
Ma réponse est simple : celui qui perd la tramontane
de sa continence à cette vue, est à la merci de la première occasion, et comme tombé d'avance. En outre,
la peur qui a sauvé les Saints, et qui est le salut le
plus certain en concupiscence, ne vaut rien pour le
moderne ; il faut renoncer aux jeunes hommes vierges
en mariage : et la forme féminine, même avec son
danger, a une transcendentale portée. Ce sont les
femmes qui, les premières adoucies, ont débarbarisé
leurs sauvages époux des premiers temps historiques ;
ce sont ces seins nus, donneurs de coupables pensées,
qui ont fasciné les mâles féroces, et, en s'endormant

sur eux, ils ont oublié lours instincts fauves. Que la
Sainte oublie sa beauté, mais qu'elle la respecte
comme un don divin et n'ensanglante pas la forme
portée par son Sauveur; pour le laic, pour le profane,
ces pudibonderies sonnent la butorderie; tout est pur à
ceux qui ne sont pas sales, et tout est impur aux sali-
gauds de l'interprétation. Vous n'avez sans doute pas
vu les cris et les grands bras de madame Prud'homme,
quand on parle de ces artistes qui passent tout le jour
en face d'une femme nue; allez lui expliquer que l'artiste en travail n'a pas de concupiscence dans l'œil;
allez lui persuader que cette page si chaude n'a pu
être écrite que dans la plus absolue frigidité; elle ne
vous croira jamais. Essayez d'exposer à une catégorie
d'esprits plus élevés qu'il y a une sensualité spirituelle
qui n'émeut point le corps, qu'il y a une volupté si
subtile que sa délectation n'a point de répercussion
organique! Eh bien, on ne voudra ni comprendre,
ni admettre que la blancheur d'une épaule, sa tombée,
les mouvements des seins et même la culotte du travesti charment certaines natures sans les faire dési-
rantes, et qu'on s'y plaise sans s'y prendre.

Son costume d'ouvrier augmentait l'étrangeté de
sés discours, et la princesse le regardait plus qu'elle
ne l'écoutait, cherchant à percer l'énigme de son
Mentor, en une rêverie impuissante à rien démêler.

— Descendons ici », fit Nebo, à la rue Botzaris.

Un orgue de Barbarie saccadait la valse des Roses
chantée par une fille à la voix cassée, devant un
public de gamins et de femmes en savates, portant
leurs enfants dans les bras. A droite, le contrefort
de la Butte, grillé, verdoyait sous un beau soleil, et
des appels lointains s'entendaient. De l'autre côté de

la rue, rompant la palisssade de planches noircies des
terrains habités, une vieille masure vile et mal rajeunie
d'une couche de chaux, arborait sur une plaque de
tôle en lettres d'un ton saumoné : *Au Verre des amoureux.*

— Entrons là », demanda Paule, « c'est peut-être
un endroit où l'on aime.

La porte aux rideaux rouges poussée, ils entrèrent
dans une vaste salle planchéiée à moitié ; des lam-
pions pendus à des fils de fer transversaux indiquaient
des bals de dimanche. Des hommes en bourgeron
buvaient des litres en mangeant du pain ; une autre
porte vitrée ouvrait sur un jardin aux tonnelles toutes
neuves en bois blanc, attendant d'être verdies.

Tout au fond, un homme et une femme semblaient
s'embrasser devant un saladier de vin chaud refroidi
et presque vide. Les deux jeunes gens s'installèrent
aussi près que possible du groupe, après avoir com-
mandé un litre à l'aubergiste, maigre et long personnage, à l'œil torve, qui devait devenir dangereux compagnon par les vesprées.

— Lalie », disait le galant, tu as tort de ne pas
m'écouter ; je t'apporterais mes semaines recta et, au
lieu d'aller avec les mauvais zigs à l'Assommoir, je
viderais des saladiers avec toi... Ça ne te fait pas
quelque chose quand tu rentres le soir... la chambre
seule... personne à venir dans le lit pour le chauffer...
hein ! l'hiver, un poêle qui ronfle... un poêle plein de
coke et du petit noir qui chauffe dessus... et des mar-
rons, ça ne te dit rien !...

Et Lalie répondait :

— Pardi, ça, ce que tu dis, ça luit comme un sou
neuf, mais tu es amoureux aujourd'hui ; demain ce

sera vert de gris comme un vieux sou, quand ce sera
fait... Tu me joues face... mais je vois pile... A pile,
c'est les enfants... je passerais sur tout... mais les
petits... et plus on est pauvre plus il en pousse ; ça
semble fait exprès et c'est bien injuste que les pauvres qui ne peuvent pas les nourrir, en fassent plus
que les riches. Non, vois-tu, Lobeau, j'ai été trop
malheureuse avec l'autre, je ne veux pas recommencer.

— Alors, comme ça », dit Lobeau, « tu me laisseras
sécher, et je passerai mes jours à m'allumer, à t'embrasser et plus rien. Oh ! zut !

— Eh oui, zut », dit la femme, « ça vaudra mieux
pour tous les deux.

Ils boudèrent, l'homme ralluma sa pipe, et Lalie se
mit à mâcher une tranche de citron par contenance.

— Et les idées toutes choses qui te viennent,
comme à tout le monde, qu'est-ce que tu en fais ? tu
n'as donc pas besoin d'être empoignée...? des besoins
d'une poitrine où te serrer... Tu me feras pas croire
que tu ne penses jamais à l'homme ; toutes les femmes
y pensent, seulement il y a les mijaurées qui posent
et veulent faire croire qu'un homme et une femme ça
ne se fait pas autre chose que des agaceries ; tu n'es
pas une mijaurée ?

— Pour ça, non ; je ne te cache pas que des fois je
sens des chaleurs qui me montent, et bien sûr ça me
chatouille de désir d'avoir quelqu'un qui m'aime ;
mais je pense aux enfants, et alors... ça me passe.

— Si tu étais sûre, mais là, sûre comme ce saladier
est un saladier, que je te ferai pas d'enfants.

— Alors, je ne dis pas non, mais comment en être
sûre ?

Lobeau se pencha vers l'oreille tendue de Lalie, donnant une longue explication à voix très basse et qui faisait rougir la femme ; il parut avoir gagné sa cause et d'un air rasséréné et triomphant, il devint plus sentimental.

— Enfin, je savais bien que tu deviendrais raisonnable ; il y a quinze jours que je te vais prendre à la sortie de ton magasin, quinze jours que je te quitte à ta porte comme on fait aux grandes dames ; tu es aimée comme une princesse, et tu le mérites, foi de bon travailleur. Je n'aime pas les petites femmes où il y a pas de place pour aimer ; toi, tu es une lurònne, tu as un beau balcon, et tes ailes, si elles sont basses, m'ont fait faire bien des rêvasseries quand je suivais de l'œil ta trotille », et il l'embrassa goûlument, les lèvres claquantes sur les joues.

Nebo se leva.

— Savez-vous ce que ce Lobeau a dit très bas à sa Lalie? » demandait Paule silencieuse pendant quelques minutes, en entrant dans le parc.

— Je le sais, mais je n'ai pas plus de raison de vous le dire, que de vous faire un cours d'avortement.

.— Oh! mon Dieu! c'était de la curiosité toute simple, n'en parlons plus », dit la princesse.

— Voilà le tourlourou demandé », et Nebo désigna un soldat de la ligne qui, son képi à la main, dont il s'éventait, et l'autre main sur la poignée de sa baïonnette escortait, en étalant ses grâces, une plantureuse commère poussant une voiture d'enfant. Les deux jeunes gens, suivirent à quelques pas de distance cette promenade galante.

— Pour sûr, qu'il a de la veine, votre mioche d'avoir une nounou qui ferait l'admiration d'un régiment comme cantinière ; seulement que vous avez de trop beaux bastions pour l'uniforme et que toutes les compagnies perdraient le pas à vous regarder.

— Vous êtes un enjôleux, Monsieur le soldat, et si vous n'étiez de Pontanevaux, comme je suis de Romanche, bien vrai, je vous écouterais pas ; mais on a toujours quelque chose dans le cœur pour ceux qui sont nés pas loin de chez vous.

— Ils m'ennuient », dit Paule, et Nebo, bifurquant, la fit descendre dans la grotte. Au-dessus d'eux, une dispute éclatait.

— Et je te dis que, s'il te regarde encore comme ça, je vous cogne tous les deux ; tu es ma maîtresse, je t'ai pas prise pour les autres ; je te ficherai des rubans avec mes sous pour qu'on te reluque mieux, garce !

— Tu es saoûl, vilaine bête », cria la femme.

On entendit des gifles retentissantes et puis des sanglots. Un effiloché de ruban vint tomber dans l'eau ; l'homme avait arraché le tour de cou à sa maîtresse, celle-ci s'exaspéra en nouvelles injures et, cette fois, des coups sourds résonnèrent : la femme devait être à terre et son amant tapait toujours.

Nebo regarda Paule, elle était pâle comme un linge.

Puis ils montèrent au sommet du Belvédère, un couple s'y embrassait ; ils aperçurent, de cette hauteur les combattants du sommet de la grotte ; roide et butée dans sa rage, tenant contre sa bouche son mouchoir sanglant, la femme, sa robe noire déchirée au corsage, était suivie de l'homme malpropre et brutal qui, de minute en minute, lui allongeait, comme par jeu, un coup de pied dans les reins ou dans le dos. Ils la virent se retourner et se baisser, les mains fiévreuses, cherchant une pierre ; son amant s'arrêta aussi, quitta son soulier ferré et le lança à toute volée ; la femme s'abattit ; sans se presser, il la releva férocement par les cheveux, qui se défirent et croulèrent sur les épaules. La suppliciée, rassemblant ses forces, se mit à courir, poursuivie gaiement par l'homme, qui semblait s'amuser fort à lui lancer son soulier à clous. Nebo regarda alors les amoureux enlacés à côté de lui ; ils avaient suivi la scène avec intérêt et on lisait sur leur visage qu'elle leur semblait naturelle.

— Allons, Paule, il est temps de rentrer si vous voulez ne pas être retardataire au diner de la douairière.

Ils remontèrent dans le fiacre, qu'ils avaient dû payer d'avance, le cocher ne se fiant pas à des ouvriers qui le prenaient à l'heure.

— La femme du peuple est une martyre », s'écriait la princesse, « et l'homme rudimentaire une vraie bête féroce : je ne pourrai jamais oublier ce Néron faubourien, lançant jusqu'à dix fois son lourd soulier clouté contre sa maîtresse ! »

Puis elle s'écria :

— Je ne pensais plus que c'est le dernier jour de ma psychologie clinique : quand vous verrai-je donc, Nebo ?

— Quand vous voudrez me dévoiler vos fameuses idées.

— Ne les raillez pas avant de les connaître ; elles seront peut-être assez justes pour vous embarrasser.

16

— Alors, ce seront des sentiments, ces idées-là ;
une idée n'embarrasse pas dans le sens où vous
l'entendez.

— Idées ou sentiments, ne les méjugez ni ne les
décriez ; je veux les dire, les défendre et peut-être
vous les faire partager.

— Soit, ma Creata Lionarda, votre Verrochio aime
trop la lumière pour ne pas la saluer en vous, si elle
y brille.

XIV

LE MIRAGE ÉTERNEL [1]

Accoudé à la fenêtre du cabinet particulier, Nebo
froissait avec humeur un télégramme. Il se retourna
avec un tressaut d'agacement quand deux garçons
entrèrent, achevant d'apporter sur des réchauds d'argent les mets d'un diner galant où l'on ne veut pas
que le service vienne couper le baiser et contraindre
le tête à tête.

— Si Monsieur veut bien regarder si rien ne manque.

— A vous de voir cela », fit-il avec humeur, et, le
rappelant : « Trois Cliquot et l'addition dès maintenant.

Puis il se remit à la fenêtre, aspirant la fumée de
sa cigarette par saccades ; un va et vient, gai et cau-
seur, animait à perte de vue ce point de la vie boulevardière, et aux terrasses des cafés, les haussements
de ton de gens qui ont très bien diné, les claires toilettes des filles en chasse, et la perpétuelle cohue des
voitures vibraient en une étrange symphonie de vie
excitée et amusante. Neuf heures sonnèrent, et au
bout d'un instant, Nebo referma la fenêtre et tira les
rideaux.

— Voilà la note acquittée », dit le garçon. Nebo paya :

— Avez-vous bien indiqué qu'il va venir une dame demander M. Nebo? qu'on ne la laisse pas se morfondre et tatonner aux portes : voici un louis pour du zèle à ce sujet.

Le Platonicien se jeta sur le sofa de velours rouge, large comme un lit, gardant toujours la même face ennuyée et plissée d'une inquiétude étrange. On frappa, et en même temps une femme, la tête et le visage caché jusqu'aux yeux par une dentelle blanche, le corps perdu dans une sorte de domino de soie noire, entra comme un coup de vent, fermant la porte à clé.

— Enfin, me voici, pardonnez-moi mon retard, Nebo, et laissez-moi tout d'abord me débarrasser ; j'étouffe. » Prestement elle ôta sa mantille, déboutonna son domino, et parut en toilette de bal, souriante et heureuse de l'étonnement du jeune homme.

— Ma chère Paule », dit Nebo, dont l'humeur désarma devant cette ravissante beauté, « vous me traitez comme un salon, et, de la part d'une femme, la plus grande flatterie, c'est de prendre pour un seul la peine d'être belle, qu'elle ne ménage jamais quand beaucoup d'yeux en doivent juger.

— Pour être franche, je vais au bal, ce soir, un bal obligatoire au point de vue mondain, mais ayant jugé ma toilette très réussie et ma personne très en beauté, je vous ai apporté mon premier aspect comme au plus digne de l'apprécier, et au seul à qui je veuille plaire.

La princesse Riazan ne se flattait pas en se déclarant très en beauté : une robe de bleu très pâle et semé de points argentins transparaissait sous des dentelles anciennes d'un blanc presque roux ; plus décolletée que d'habitude, des nœuds de ruban, frangés d'argent, à l'épaule, et une étoile en brillant piquée dans les cheveux, simplement tordus et roulés en casque, éveillait l'idée d'une séduction irrésistible. Et telle était la magie de la jeune fille qu'à son seul aspect, l'humeur de Nebo était tombée :

— Votre télégramme est venu à midi, j'aurais pu ne pas rentrer à temps et vous seriez venue ici, quand même ; c'était fort imprudent.

— Je suis trop jolie pour être grondée », dit-elle avec une charmante conscience d'elle-même, « du reste, je pressentais vous trouver.

— Si j'avais couru le risque moi-même, votre vue le valait ; mais le danger pesait sur vous, et c'est par sollicitude que je blâme.

— C'est bête ; je m'en rends compte, après avoir vu tous les loups sur les pierres de fer et de bois, comme on dit, je me sens toute chose, style Buttes-Chaumont, émue, ravie d'être seule en face de vous, mon professeur.

— Seule en face de moi ! vous avez eu cette émotion-là plus de vingt fois, si c'en est une ; ou bien est-ce l'idée du cabinet particulier qui évoque en votre esprit d'amoureuses reminiscences ?

— Vous n'y êtes pas, vous y serez plus tard : versez-moi à boire, ô Platon.

Et elle gardait son beau bras tendu pendant que Nebo faisait sauter un bouchon.

— Regardez-donc, Nebo, mes veines, ce réseau bleu sous la peau blanche, je trouve ça joli, on dirait qu'il y a un peu de ciel enfermé sous ma peau.

16.

— Mademoiselle Narcisse, vous vous inventez les plus jolis madrigaux, pour me reprocher ma pauvreté de concettiste.

— Je ne vous reproche rien, mon ami; mais ce soir je suis pleine de tendresse pour ma délicieuse personne; si vous saviez comme je m'aime, Nebo.

Elle but d'un trait, et en posant son verre :

— Je m'aime à m'embrasser dans une glace.

— Embrassez-vous dans mon esprit qui vous reflète, lui, sous votre double splendeur de femme et d'androgyne.

— Oh ! laissons l'androgyne pour ce soir; mes pectoraux sont trop visibles et cela sonne faux; quand je suis en travesti, j'ai votre sexe chéri; je me sens femme ce soir jusque dans la façon dont je vous regarde.

— Eh bien, princesse, de cette façon de me regarder quel jugement résulte ?

— Oh ! bien compliqué, mon ami : donnez à boire.

— Paule, je ne suis pas pour les demi-gaietés; buvez peu ou beaucoup.

Elle éclata de rire, et tendant une huître qu'elle venait d'ouvrir :

— Ah ça ! qui trompe-t-on ici ? je sais ce que vous pensez, et vous croyez savoir ce que je pense; et, ce qui est peu androgyne de votre part; plus j'ouvre mon jeu, plus vous fermez le vôtre : votre préoccupation est telle, que vous venez de presser de la mie de pain, croyant presser du citron. Résignez-vous à céder ce soir à Diotime ; ce soir, rien ni personne ne me résistera : je me sens irradiante, jeune homme aux explications fluidiques — et rendez-moi vos cartes, vous avez perdu.

Nebo, se levant, prit la main de la princesse et la baisa. Une rougeur de plaisir monta au visage de Paule.

— Voilà la paix signée », dit le Platonicien ; « voici maintenant ma préoccupation, dans sa réalité : en me mandant de vous attendre en cabinet particulier, vous vouliez, de votre autorité, faire l'expérience du souper fin avec le seul homme qui ne vous déplût pas ; voilà pourquoi j'ai essayé d'être désagréable pour vous punir d'avoir été dissimulée. Jusqu'ici, vous ai-je jamais refusé rien ? Pourquoi ne m'avoir pas dit : « Nebo, ce soir vous me ferez la cour, je tiens à cette comédie ». En ce cas, j'aurais préparé une contenance, et les galanteries compatibles avec la nature de notre amitié.

— C'est précisément cette préparation que je voulais éviter, mon maître ; j'ai prévu que l'humeur que j'allais vous causer vous ôterait la faculté de me servir une comédie ; j'aime mieux vos froideurs vraies que de fausses chaleurs ; et vous voyez que j'ai réussi. O Verrochio, comme Léonard, dans le Baptême du Christ, peignit un des anges plus beau que ceux de son maître, telle, sur le rôle de votre initiation sentimentale, j'ai machiné ma petite scène, et, croyez-m'en, celle qui m'en apprendra le plus long.

Il sortait une telle décision de l'accent de ce discours, que Nebo, toujours souriant, avait peine à déguiser l'atroce douleur de se débattre contre un entraînement trop doux.

— Oui », reprit Paule, en arrangeant la dentelle de son corsage, « dans un moment, je vous poserai une question où il n'y a qu'une réponse ; et, de cette réponse, jaillira plus de lumière que de toutes nos cliniques.

— Vous m'accusez, princesse, de vous avoir fait prendre le chemin le plus long au lieu de la traverse ; pour la première fois vous vous émancipez, non pas de ma direction intellectuelle, mais d'une certaine gratitude que vous me devriez, si je ne vous devais pas moi-même toute la joie de ma vie et tout le sourire de ma pensée.

L'émotion qu'il mit à ces derniers mots touchèrent la princesse au cœur :

— Je suis votre joie, dites-vous, Nebo ; mais je ne suis pas une joie sans mélange ; vous êtes toujours juste, toujours bon, mais vous voyez en moi quelque chose qui n'est pas moi.

— Ne voyez-vous pas en moi aussi quelque chose qui ne peut-être moi ?

— J'étais douée ; j'ai rencontré un maître tel que vous, j'ai vu ce que nulle vierge n'a vu ; j'ai l'acuité de perception d'un être pur encore, enfin mon cœur est en jeu, et vous voulez, vous, qu'il ne voie pas aussi loin que votre génie' ?

— Que voyez-vous donc Paule ?

— Je vois que vous vous forcez à ne pas être tendre, de peur que cette tendresse ne vienne à compromettre votre rêve ; eh bien ! moi, au lieu de ruser, je viens à vous loyalement et je vous dis : frère Nebo, c'est vous qui compromettez notre fraternité, en redoutant que la petite Diotime vous tombe dans les bras ; c'est vous qui perdrez à jamais votre chimère, si vous la rebutez » ; et, croisant ses bras : « en honneur, est-ce pas vous qui avez eu les toutes premières appréhensions au début du premier périple ? Vous tremblez de regarder avec douceur et, tenez, tout à l'heure, vous avez évité ma main. Serait-ce donc vous qui tomberiez en amour

sexuel, alors que je reste fermement votre sœur ? mais
une sœur qui, dans un élan, puisse embrasser son
frère. A tout prix, Nebo, il faut qu'elle disparaisse.
cette gêne où nous sommes : et vous le sentez comme
moi.

En l'écoutant, Nebo avait repris son assurance.

— Le compliqué n'engendre pas le simple, et je
me sens ennuyeux, ce qui est pis que coupable : à
vous de me donner le ton ; si tendre qu'il puisse être,
il ne le sera pas plus que le sentiment que je vous ai
voué. Je puis vous dire que je vous aime, je ne
mentirai pas ; je puis boire dans votre verre et
manger dans votre assiette, et je suis sûr que ce sera
meilleur ; et, tenez, je vais bouleverser le service et
m'installer tout près de vous » ; et quand, à l'étonnement de la princesse, il se fut assis à côté d'elle :

— Vous vous attribuez un héroïsme grand, en ne
vous garant pas de moi ; mais je ne présente pas
cet attrait positif, immédiat de vue et de contact que
vous me présentez. Me voici, promenant mes yeux
sur votre gorge ; autant dire que je regarde dans
un foyer d'abstraction. Si je baisse la tête, les lèvres
les premières, je vous baise le sein : quel air avons-
nous alors.

A ce discours, la gorge de la princesse battit le
corsage.

— Ce n'est pas de l'amour que je me garde, c'est
de la force rayonnante qui s'émane de votre beauté et
de votre jeunesse ; quand j'ai respiré de l'acide prus-
sique sur la Butte, j'étais tout aussi imprudent que je
le suis à fixer vos épaules.

Et le Platonicien ne détachait pas ses yeux de la
gorge palpitante.

Alors, d'une douceur de voix indicible, elle murmura en lui touchant les yeux :

— Vous me regardez trop, Nebo.

— Trop ou pas assez, c'est toujours ainsi, chère
princesse ; qui commence par l'un finit par l'autre.

— Est-ce une prophétie ? » dit Paule. » Vous avez
promis que vous boiriez dans mon verre.

— Je bois à vos idées, princesse.

— Prenez garde de boire votre condamnation.

— En quoi la fameuse question me condamne-
t-elle ?

— Elle ne condamne pas le Nebo qui boit dans mon
verre, elle condamne le Nebo d'avant.

— Nous sommes déjà à notre ère vulgaire ; avant
votre verre nous étions héroïques ; après votre verre
nous voilà modernes.

— Pourquoi railler même une puérilité, quand elle
est la manifestation gauche, mais respectable, du sentiment.

— Je ne raille point, ce serait impie ; vous êtes ce
soir un chef-d'œuvre, je ne suis qu'admiration, avec
une pointe d'impatience.

— Ma question, la voici » et, tandis que le Platonicien allumait une cigarette, elle, s'inclinant vers lui,
un coude sur la table, et l'autre bras sur l'épaule de
Nebo :

— Vous m'avez saturé d'horreurs, vous avez savam-
ment gradué les nausées imaginables et me voici
dégoutée du monde. Je suis persuadée que l'on aime
mal, peu, et que l'amour en lui-même n'est rien qu'un
phénomène attractif, beaucoup moins important dans
l'économie providentielle que la gravitation des
sphères. Je ne crois pas à l'amour, mais je crois en un

être, et cet être c'est vous. Je vous ai dit que j'en saurais plus, avant un moment, que je n'en avais appris
sous votre Mentorat, et vous me compreniez si bien que
vous faisiez l'innocent. Ne m'interrompez pas, je suis
d'accord avec vous sur tous les points; vous m'avez
montré la lanterne magique; ce soir, j'ai eu l'audace
de l'allumer et j'y ai vu clair. En venant ici sans
autre idée qu'être avec vous, en vous faisant baiser ma
main, en provoquant votre regard sur moi, j'ai senti
que c'était là, la véritable initiation. Vous ne me faites
pas une mine engageante, avec ce sourire contraint et
ces yeux détournés; le souffle de la princesse Riazan
vous offusque presque; et cependant la fière petite
s'obstine, s'humilie, parce qu'elle préfère avoir son
bras sur votre épaule qu'elle agace, que les lèvres de
n'importe quel homme sur sa chaussure. Et maintenant, répondez-moi: l'amour n'est rien en lui-même,
mais celui qui l'inspire devient tout! Jusqu'à lui et
hors de lui, il y a le sacrement, le désir et le péché ;
mais lui, c'est l'initiateur, et l'idole et l'archange.

— Princesse », s'écria Nebo, avec une flamme
subite dans les yeux en lui prenant les deux mains:
« vous jouez-vous de moi ou bien si je rêve? Vous
m'aimeriez? vous m'aimeriez jusqu'à vous donner? »
et sa voix, chantante et habilement troublée, baissa.

— Paule, si c'est un jeu, il est cruel; ne tentez pas
ma fraternité, elle ne tiendrait pas devant vos
charmes; Paule, Paule, c'est la femme que j'aime en
vous, je le vois maintenant; désabusé, j'abandonne
mon rêve. Oui, tu as vaincu, beauté toute-puissante,
Ame du ciel, mon Ame », et Nebo avait glissé aux
genoux de la princesse; alors la jeune fille, d'un geste
fébrile, saisit la tête du Platonicien à deux mains, et,

l'élevant avec effort, la baisa d'un baiser où toute son
âme passait.

— Vous avez perdu, à votre tour, Paule », dit Nebo
en se redressant subitement.

La princesse cria.

— Prenez garde, on va croire que je vous viole » et
l'ironie de ce mot sur la situation fouetta la princesse
comme d'une cravache.

Elle se dressa :

— Monstre!

Nebo lui prit les deux mains, les baisa doucement.

— Le monstre », dit-il, « c'est le fantôme de volupté
qui se dresse toujours entre deux âmes pour les faire
tomber aux rets de la chair : le monstre, c'est la Bête
qui s'était attablée avec nous. J'ai voulu faire paraître
à vos yeux, pour vous mettre en garde contre lui, ce
mirage éternel qui égare les plus purs esprits; un
ami intime quelques paroles vibrantes, et tout s'oublie; mais je vous aime trop pour vous laisser jamais
la dupe de nos sens.

Me pardonnez-vous, Paule, de vous avoir fait mal
pour sauver notre gloire?

— J'ai voulu lutter avec vous, je suis battue; mais
vous auriez pu frapper moins fort; vous m'avez, en la
même minute, fait communier avec l'extrême volupté
et l'extrême douleur. Enfin, nous sommes tous deux
dans notre rôle ; j'accepte même les duretés de votre
enseignement, accordez-moi d'avance une grâce.

— Elle est accordée.

— Je pars dans trois jours pour le château de
Saint-Fulcran; ma tante a besoin absolument de
changer d'air; je vous demande de venir une nuit
dans le parc, en costume d'Hamlet ou de Roméo;

vous y verrez, du reste, votre statue placée dans un bosquet, suivant votre désir.

— D'où que vienne cette idée, j'y souscris. »

— Merci, Nebo, je ne me souviens plus de tout à l'heure, puisque vous accordez cela. Cette idée me vient d'un passage de Jean-Paul Richter, qui complète votre enseignement :

« Heureux celui dont le cœur ne demande qu'un cœur et qui ne désire ni parc à l'anglaise, ni opéra-séria, ni musique de Mozart, ni tableaux de Raphaël, ni éclipse de lune, ni même un clair de lune, ni scènes de romans, ni leur accomplissement. »

ÉPILOGUE

Sous l'air pesant et chaud, le vieux parc dormait un lourd sommeil, aux agitations languides ; le ciel d'outremer foncé jusqu'au noir, irradiait de la torpeur, et d'appétissantes effluves sourdaient du sol. Tantôt lançant sa poudre d'argent, tantôt disparaissant derrière des nuées épaisses, la lune semblait un astre en insomnie qui s'endort un instant et bientôt se réveille, lui-même obsédé par le magnétisme d'une nuit d'été.

Minuit sonna et d'une petite porte du mur apparut un personnage de Shakespeare, en maillot gris, au haut de chausses, taillardé de satin blanc ; sa fine taille serrée dans un justaucorps de velours noir, le cou très nu, coiffé d'une toque à longue plume et l'épée au côté. Un moderne en veston eût taché de laideur dissonnante, ce magnifique décor d'un rendez-vous d'amour. Après s'être orienté, le personnage avança résolûment ; puis, son pas subitement ralenti, il ramena ses bras sur sa poitrine ; on eût dit le fantôme d'Hamlet errant dans un bois d'Elseneur.

Tout à coup, il recula devant sa pensée comme devant un objet d'effroi, un grand moment immobilisé dans son hésitation ; puis, tirant son épée, il fit le geste de couper l'air en croix autour de lui, la rengaina et, lors, hâta son pas d'une allure d'homme qui se résout à une démarche dont les conséquences effrayent.

A un pavillon du château, une forme blanche se dessinait dans une baie éclairée.

— Est-ce toi, Roméo », modula une amoureuse voix.

— Non, belle Paule, ce n'est pas Roméo, le doux tourtereau, c'est l'amer Hamlet, l'âme troublée, l'esprit en désordre, qui a choisi le pied de ton balcon pour y venir enterrer ses rancœurs, sa lassitude des luttes stériles, et brûler en ton honneur, détestable holocauste, son vieux cœur qui battit autrefois glorieusement et, mieux qu'un cadran Apollonien, marquait l'idéal de toutes les heures humaines.

— J'ai plus de douceur à t'offrir que tu n'as d'amertume à m'opposer, mon doux Hamlet ; viens désordonner ma chevelure, blonde et parfumée ; la brise d'amour fait de chacun de mes cheveux une harpe éolienne ! ce concert apaisera tes esprits comme la Harpe de David apaisa ceux irrités du roi Saül ; jetez, au pied de mon balcon, ce lest de haine contre l'injuste sort, vos rancunes contre l'Hier trompeur, vos méfiances envers l'énigmatique Demain. Brûle ce qui a vieilli de ton cœur ; je t'en donnerai du mien jeune et que tu fais saigner en le refusant, et quoique nous ne puissions respirer par la même poitrine, demandons l'heure à ma jeunesse que la vie n'a pas encore fanée ; elle marque, cadran Phœbien, l'heure idéale du baiser.

— Vous êtes bien charitable pour une vierge ; le mendiant d'amour est parfois un voleur ; vous lui donnez le baiser, mais il peut vous prendre ce que le coroner ne lui fera pas rendre ; vous aurez beau faire crier sur toutes places d'Elseneur ce que vous aurez perdu, nul ne l'aura trouvé, et cependant le voleur ne l'aura pas gardé. Ah ! bénigne vierge, ne vous faites jamais tourière, vous ouvririez trop facilement au diable ! Non, Madame, le cloître ne vous vaudrait rien ; qu'est-ce qu'il vous faut ? un souffle, l'effleurement d'une âme, deux mots, ceci », il fit un geste d'envoyer un baiser, « ou bien, ma commère, il vous faut un compère, pas essoufflé, qui vous étreigne délicate envie. Eh ! qu'attendez-vous sur ce balcon ? qu'un ange y descende ou qu'une brute y monte ?

— Vous êtes piquant, monsieur, vous êtes piquant ; c'est un mauvais jeu de meurtrir la main qui vous caressse. Votre chien vous lèche et vous le repoussez en lui disant : retire-toi, je pourrais te faire abattre : une fleur odorante et pure penche vers vous son calice et dit « respire-moi », vous menacez la douce fleur de la briser ; le cloître ! oui bien, pour que vous m'y confessiez, mon révérend d'amour ; j'ai l'âme pleine de votre image, est-ce donc une souillure ? je serais une chute pour un ange, un animal me profanerait ; mais vous, cher Hamlet, vous êtes l'hôte pour lequel j'ai mis la maison en fête ; mon souffle déridera votre front et mes lèvres sauront épanouir les vôtres.

— Boiriez-vous au gobelet de l'ivrogne ? Et vous voulez tremper vos lèvres dans mes lèvres ; ce que c'est que la vertu ! Dieu-Puissant, voici une enfant aussi pure qu'au jour de sa naissance, aussi impolluée que l'aube, qui penche sa bouche de pucelle pour boire à ma coupe bourbeuse et mal lavée des orgies vulgaires. Songe, avant d'avancer vers moi ces rebords purpurins de ton âme, que j'ai fourragé des baisers aux lèvres viles, aux lèvres qui se payent le baiser un penny. Toi, jeune fille, que la soif pousse au bord d'une mare infecte, vas embrasser les pieds d'ivoire de ton crucifix, et immole ton désir à Celui qui s'est immolé pour nous tous, infâmes oublieux.

— Mon bon Seigneur, pourquoi me tordez-vous le cœur? je m'agenouille et vous salue, et vos paroles piétinent ma pudeur; quel soin jaloux prenez-vous donc de moi, que j'oublie de prendre? Puisque vos lèvres maudissent leurs fautes, le passage des miennes les purifiera. Si l'impur vous a souillé, que toute ma pureté suffise à désouiller; et je serais heureuse d'être l'eau de cette ablution d'amour, l'holocauste de cette rénovation. Viens, mon doux Hamlet, j'aspire à toi, ne sens-tu mon souffle qui t'attire? sur cette échelle élance-toi et que je sois, ce soir, ton Paradis.

Et une échelle de soie se déroula jusqu'aux pieds du fantôme Shakespearien : le balcon était à la hauteur du premier étage, élevé.

— Tu l'auras voulu, ô folle! n'accuse ni ton ange gardien de négligence, ni ta duègne d'oubli, ni Hamlet de ton destin : tu me convies à ta beauté, tu m'ouvres ton âme... voile donc ton crucifix, cache tes heures, retourne contre le mur le portrait de ta mère ; je ne suis pas l'Amour, Paule, l'Amour c'est un rêve; je suis la luxure, et puisque c'est la chair qui appelle, me voici, écho animal à ta voix d'animalité. Déchire ta robe, je vais faire saigner tes flancs et briser le sceau que Dieu avait mis sur ta beauté pour la défen-

dre des baves du péché. Ta virginité te gêne, je monte
t'en délivrer ». L'ironie était si acerbe, l'accent
mordait si violemment que l'ombre du balcon se rejeta
en arrière, comme salie par la voix qui montait vers
elle, insultante.

Grimpant la frêle échelle, il atteignit bientôt le
balcon, l'enjamba, et marchant droit au lit :

— C'est là, l'autel du sacrifice, ma belle victime »,
et plus semblable à un furieux qu'à un amant, le bras
étendu, il montrait la couche.

— « Grâce ! Nebo »; dit Paule, « vous me torturez »,
et elle roula sur un canapé.

Les cheveux dénoués et flottant sur les épaules,
vêtue d'une longue robe de mousseline, sous laquelle
transparaissait sa poitrine, les bras presque nus par
la fente des manches, haletante et hagarde, derrière
Nebo qui, les bras croisés, regardait toujours le lit,
plongé dans une méditation douloureuse. Qu'allait-il
résulter de cette comédie ; ni l'un ni l'autre ne le prévoyait. Paule ne s'avouait pas ce qu'elle voulait, sinon
entendre Nebo lui parler d'amour ; Nebo cherchait
comment sauver son rêve de cet étrange péril. Chez
tous les deux, les costumes, les paroles pastichant
Shakespare, avaient momentanément faussé l'individualité ; ils n'eussent point juré qu'ils n'étaient pas
dans un pavillon de chasse du pays d'Ardennes,
personnages vivants du poète saxon. Téméraires,
au jeu dangereux de l'imagination, l'imagination
exaltée les dominait. Nebo dans son rôle voyait la
possibilité d'une défense plus vive et Paule, par le
sien, sauvait un peu mieux sa pudeur. Une anxiété
poignante les secouait ; en ce duel étrange, chacun
combattait pour sa Chimère. Nebo faiblissant, son

grand œuvre avortait pour toujours ; Paule ne
faisant pas faiblir Nebo, renonçait pour toujours aussi
à cet amour qui lui enflammait le sang et qu'elle sentait gronder et grandir en elle à chaque minute.

Elle se leva, posant son bras nu sur le cou nu du
Platonicien, qui tressaillit ; ce seul tressaut lui donna
de l'espoir.

— Mon gentil Hamlet, l'air de cette nuit rafraîchira
votre front brûlant ; descendez au jardin, je vous y
vais rejoindre, et puisque votre amertume ne se dis-
sipe pas à ma prière, nos deux tristesses se donneront
la main sous la lumière argentée, moins pâle que
nous.

— Ma mélancolie, c'est la rage de mon âme, et ce
que je puis arracher de moins souffrant pour vous
l'offrir, belle et insuffisante consolatrice d'une douleur
qui ne saurait guérir, sans que le monde change et
tourne en sens inverse.

Et Nebo, qui n'avait qu'à étendre la main vers le lit
pour glacer le baiser aux lèvres de la jeune fille,
enjamba le balcon. Il s'aperçut, trop tard, qu'il perdait
tout le fruit de son inspiration, en descendant dans le
parc.

Il craignait un élan de Paule, impossible à repousser
sans grossièreté ; elle vint doucement, lui prit la main,
et la main de Nebo tremblait dans celle affermie par
l'espérance de sa belle adversaire.

— N'est-il pas doux, cher Hamlet, d'écouter son
cœur dans ce silence plein de mystère ? n'est-il pas
doux de sentir près de soi un écho à sa douleur ? ne
veux-tu, mon aimé, que je sois la répondeuse d'un
éternel amen aux fantaisies de ta tristesse, aux paroles même de la souffrante injustice ? » elle lui en-

toura le cou de son bras et posa l'autre main sur le cœur de Nebo comme un tendre défi de mentir plus longtemps à ce qu'il éprouvait.

— Vions sur ce banc, que la lune éclaire, asseoir la lassitude de nos âmes, tristement enchaînées à ce corps lourd et infirme.

— Par la triple Hécate ! vous ne prendriez pas plus de soins pour l'aveugle de Cythère ; est-ce que le battement de mon artère vous semblerait la corde même de mon âme, que vous la grattez de toute votre beauté comme d'un archet, pour en tirer je ne sais quel *ut ?* est-ce celui d'en bas ou celui d'en haut, magicienne de la concupiscence dont les doigts, par distractions feintes, traitent mon cou comme clavecin ; pour la note que vous voulez, mademoiselle, c'est le point d'orgue, et une longue tenue ; vous dites « oui ». Oh ! pour une vierge, c'est grave, allons, mettez la pédale ! Sans cela vous n'obtiendrez que des notes aigres comme des cris d'orfraie, fausses comme vous même, cher Ange, qui ouvrez vos ailes toutes grandes pour vous mieux épanouir dans la fange !

Ils s'étaient assis sur le banc ; Paule appuya sa tête sur l'épaule du Platonicien.

— Mon amour ne se lassera pas plus que ton indifférence ; je m'enroule à toi comme un lierre.

La tension d'esprit, la chaude atmosphère fermèrent les yeux de Nebo un instant. Rapide comme une femme qui a son amour à sauver, Paule agrafa sa bouche à la bouche d'Hamlet ; une secousse violente les traversa : le choc de leurs deux électricités ; ils restèrent ainsi longuement, tremblant de tous leurs membres ; et quand la princesse, suffocante et pâmée, les bras coupés par la violence de la sensation, relâcha son étreinte, Nebo redoubla la sienne, et, appuyant ses deux pouces sur le front de la jeune fille, il la frappa de sommeil, puis la coucha commodément sur le banc où elle s'était affaissée : « Je t'ordonne de te réveiller dans cinq minutes. » Et il se sauva comme un fou.

Quand il se crut assez loin pour défier les recherches de la princesse réveillée, il se prit la tête dans les mains. Que se passa-t-il dans ce cerveau prodigieux, fêlé par un baiser de femme? Il ne bougeait pas, pétrifié dans ce coin d'ombre ; un grand moment s'écoula... soudain il dressa la tête aux sons d'un piano : il passa la main sur son front pour lever les voiles qui s'étaient abaissés sur son esprit ; on jouait une marche triomphale, c'était Paule qui chantait sa victoire et épandait la joie d'avoir vaincu; lors, Nebo se leva, aussi prêt à fuir qu'à aller recombattre, quand une ombre s'allongea devant lui ; un nuage qui éclipsait la clarté lunaire venait de s'écarter, et en se retournant, il vit, hallucinante vue ! la statue d'Éros qui se dressait, souriante, de tout son corps ; Dieu réel de cette nature pâmée qui l'entourait.

Furieux et, dans sa rage, se vengeant sur l'effigie de son ennemi, il tira son épée et, d'un revers terrible, décapita l'icone, dont la tête roula.

A cet instant, la lune sortant tout entière des nuages frappa les lettres d'or du socle :

EROS BASILEUS

L'épée échappa de sa main. Béant d'épouvante, devant la Force mystérieuse qui le foudroyait, lui, Maître des Forces et Maître du Mystère, sentant les mailles d'or de sa cotte héroïque se rompre, il cria dans la nuit, d'une voix terrifiée, avec un geste fou :

EROS-BASILEUS !

TABLE DES MATIÈRES

Imprimerie de Poissy. — S. Lejay et Cⁱᵉ.